ANDREAS ERLENKAMP

Zwei Blüten für den Mörder. Clarissas feines Gespür für Blumen

Über den Autor

Andreas Erlenkamp ist das Pseudonym des erfolgreichen deutschen Krimiautors Andreas J. Schulte. Zusammen mit seiner Frau Christine schreibt er als Barbara Erlenkamp unterhaltsame Frauenromane. Mit seiner neuen Mosel-Krimi-Reihe um die ehemalige Kommissarin Clarissa von Michel und die Mitglieder des Krimi-Lese-Clubs in Niedermühlenbach verbindet er seinen Erfolg als Krimischriftsteller mit den Erlenkamp-Wohlfühlromanen. Der Autor wohnt mit seiner Familie am Rande der Osteifel.

Andreas Erlenkamp

Zwei Blüten für den Mörder

Clarissas feines Gespür für Blumen

Mosel-Krimi

lübbe

Dieser Titel ist auch als E-Book erschienen

Die Bastei Lübbe AG verfolgt eine nachhaltige Buchproduktion. Wir verwenden Papiere aus nachhaltiger Forstwirtschaft und verzichten darauf, Bücher einzeln in Folie zu verpacken. Wir stellen unsere Bücher in Deutschland und Europa (EU) her und arbeiten mit den Druckereien kontinuierlich an einer positiven Ökobilanz.

MIX
Papier aus verantwortungsvollen Quellen
FSC® C014496

Vollständige Taschenbuchausgabe
der bei Bastei Lübbe erschienenen E-Book-Ausgabe

Umschlaggestaltung: Guter Punkt, München unter Verwendung von Motiven © Meinzahn / iStock / iStock / Getty Images Plus | Thomas_Renz / iStock / Getty Images Plus | t_trifonoff / iStock / Getty Images Plus | ChoochartSansong / iStock / Getty Images Plus | Mistercheezit /iStock / Getty Images Plus
Satz: 3w+p GmbH, Rimpar (www.3wplusp.de)
Gesetzt aus der Minion
Druck und Verarbeitung: GGP Media GmbH, Pößneck
Printed in Germany
ISBN 978-3-404-18765-2

5 4 3 2 1

Sie finden uns im Internet unter luebbe.de
Bitte beachten Sie auch: lesejury.de

In Liebe für die Frau, der ich immer wieder Rosen schenke.

»Schöne Blumen wachsen langsam,
nur das Unkraut hat es eilig.«
William Shakespeare

Tschüs, Stadtleben

Wenn man aus dem Moseltal zurück in Richtung Autobahn fuhr und sich damit wieder auf das höhergelegene Hinterland begab, stieß man auf einige kleine Dörfer, die den bekannten Orten an der Mosel in Sachen Idylle in nichts nachstanden.

Niedermühlenbach war so ein Dorf. Anders als im deutlich größeren Obermühlenbach hatte hier der alte Dorfkern mit seinen Bruchsteinhäusern und den Fachwerkscheunen die Jahrhunderte überdauert. Außer einem kleinen Neubaugebiet am Dorfrand gab es fast ausschließlich alte Bausubstanz. Überragt wurde das Dorf von der St.-Hubertus-Kirche, die auf einer kleinen Anhöhe stand.

Touristen, die diese Idylle bestimmt geschätzt hätten, gab es allerdings nur wenige. Und diese waren auch eher auf der Durchreise zu den bekannten Weinorten im Moseltal. Es fehlte Niedermühlenbach schlicht an Winzern, Weinstuben und Restaurants. Nicht einmal ein Heimatmuseum gab es, das möglicherweise den einen oder anderen Touristen an der direkten Durchreise gehindert hätte. Dafür besaß das Dorf eine altmodische Beschaulichkeit, einen Bach, der am Marktplatz vorbei durchs Dorf floss, und – dank der Bäckerei Adenau – den besten Kirschstreuselkuchen, den man sich vorstellen konnte. Vermutlich waren die Niedermühlenbacher zufrieden mit sich selber und ihrer einigermaßen intakten Dorfgemeinschaft.

Fuhr man aus Niedermühlenbach wieder heraus, was nicht allzu lange dauerte, konnte man nach wenigen Kilometern auf der Landstraße links in einen Feldweg abbiegen und erreichte nach kurzer Fahrt das alte Forsthaus.

Clarissa Freifrau von Michel – auf den Titel Freifrau verzichtete sie für gewöhnlich – bog an diesem strahlenden Apriltag auf den Feldweg ein. Fröhlich sang sie ein Stück von Aretha Franklin mit, das gerade im Autoradio gespielt wurde, während ihr Kombi über den Weg holperte.

Seit fast zwei Monaten war sie im Ruhestand und hatte, um ein wenig Abstand von ihrer Arbeit als Leiterin der Mordkommission zu gewinnen, von ihrer Kusine Elli das alte Forsthaus gemietet. Das mit dem Abstand hatte funktioniert. Ihre Zeit im Forsthaus, die Arbeit im Garten und das Leben ohne Termindruck und Bürokratie hatten schon nach wenigen Wochen dafür gesorgt, dass sie kaum noch an ihre Berufsjahre dachte. Sie hatte die Arbeit als Polizistin genossen, aber jetzt war sie froh, alles hinter sich gelassen zu haben.

Endlich lag das Forsthaus vor ihr: weiß verputzt, mit einem Sockel aus hellbraunen Bruchsteinen und einem Giebel aus dunklem Holz.

Sie parkte neben dem Haus, stieg aus und holte die vollen Einkaufstaschen aus dem Kofferraum. Eine mittelgroße Frau, die mit ihren silbergrauen Haaren und dem modischen Kurzhaarschnitt eine gewisse Ähnlichkeit mit der Schauspielerin Judi Dench aufwies. Einer Judi Dench, wie sie mit einundsechzig Jahren ausgesehen hatte.

Auf dem kiesbedeckten Vorplatz blieb Clarissa einen Moment stehen, um die Stille, die das Haus wie ein schützender Kokon umgab, in sich aufzunehmen. Dann ging sie zum Briefkasten an der Hauswand und holte die Post heraus. Mit einem Lächeln schloss sie die alte Haustür auf. Im Flur des Forsthauses hatte sich seit Jahrzehnten nur wenig verändert. Der Flur zeigte daher sozusagen Jagdidylle pur, dafür sorgten nicht nur die dunkle Holzvertäfelung und die zahlreichen Geweihe an den Wänden, sondern auch der große ausgestopfte Hirschkopf, der über dem Durchgang zum Rest des Hauses an der Wand hing.

»Na, Hubertus, ist irgendwas in meiner Abwesenheit passiert? Nein? Du hast hier einfach nur so die ganze Zeit abgehangen? Ich gönn's dir, alter Junge«, sagte Clarissa.

In der geräumigen Landhausküche stellte sie ihre Einkäufe ab und schaltete die große Espressomaschine ein. Während die mit einem sanften Gurgeln zum Leben erwachte, schaute Clarissa die Post durch. Die Werbung von einem Supermarkt in Obermühlenbach wanderte direkt ins Altpapier. Dann war da ein Verkaufsprospekt von einem Weingut an der Mosel. Ich muss unbedingt Jochen anrufen, dachte sie, während sie den Prospekt durchblätterte.

Der letzte Umschlag trug einen Poststempel aus Berlin. Neugierig griff Clarissa zu einem Küchenmesser und schlitzte den Umschlag auf. Sie überflog den Brief, brummte missbilligend und holte kopfschüttelnd ihr Handy aus der Umhängetasche. In ihrer Kontaktliste fand sie die gesuchte Nummer und wählte.

»Stockmann, hallo?«

»Hallo, Elli, ich bin's, Clarissa.«

»Kusinchen, das ist aber nett, dass du anrufst. Sag bloß, mein Brief ist schon angekommen? Und, was sagst du zu meinem Vorschlag?«

Clarissa schmunzelte, als sie die Begeisterung in Ellis Stimme hörte. Ihre Kusine war nur wenige Monate jünger als sie, aber am Telefon klang Elli kein Jahr älter als euphorische sechzehn.

»Du bist ein total verrücktes Huhn. Ich hatte dir doch gemailt, dass ich das Haus bis zum Ende des Jahres mieten will, sofern ihr keine anderen Buchungen vorliegen habt.«

»Haben wir nicht – also keine anderen Buchungen, und im Mietvertrag steht doch auch, dass du das Haus gerne mieten kannst. Das ist doch nicht verrückt.«

»Ja schon, ihr sagt mir zu, dass ich mieten kann, ich hatte aber auch geschrieben, dass wir über eine angemessene Miete sprechen müssen. In den letzten Wochen habe ich ja nur die Nebenkosten übernommen, das war damals ein wirklich großzügiges Angebot von euch. Aber das geht natürlich bei einem längeren Zeitraum nicht, ich komme mir vor wie eine Schmarotzerin.«

»Bingo, Kusinchen. Deshalb habe ich mit Stefan alles genau überlegt. Ich finde zweihundertfünfzig Euro pro Monat wirklich angemessen.«

»Elli, nun mal Scherz beiseite. Dieses große Haus durfte ich bis jetzt praktisch umsonst bewohnen …«

»Na, na. Du hast die Nebenkosten übernommen – wie du selber gerade gesagt hast. Du hast dich mit Handwerkern und einer kaputten Heizung herumgeschlagen, und du bist dabei, den Garten auf Vordermann zu bringen. Das alles zählt ja auch.«

»Aber du kannst doch nicht diesen Witz von Miete verlangen«, protestierte Clarissa.

»Ich sag dir jetzt mal was.« Ellis Stimme klang plötzlich ernst. »Wir hätten in den letzten Monaten entweder regelmäßig selbst aus Berlin anreisen müssen, oder wir hätten ein Vielfaches von dem, was wir dir an Miete erlassen haben, für einen Hausmeisterservice bezahlt. So oder so, das alles wäre richtig teuer geworden. Stefan und ich sind sehr froh, dass du in dem Haus wohnst. Wir spielen mit dem Gedanken, im Spätsommer mal für eine Woche runterzukommen, dann hätten wir gerne das große Gästezimmer. Ansonsten wirst du wohl akzeptieren müssen, dass es bei den Zweihundertfünfzig bleibt, wir sind schließlich die Vermieter. Was willst du tun, eine Mieterhöhung einklagen?« Der letzte Satz endete wieder in einem Elli-typischen Kichern. Ein Kichern, das Clarissa zum Lächeln brachte. So war Elli, gegen ihre gute Laune kam man einfach nicht an.

»Also gut, dann unterschreibe ich diesen Vertrag und schicke euch ein Exemplar zurück nach Berlin. Nur der Ordnung halber. Und natürlich könnt ihr jederzeit das Gästezimmer haben. Alex war auch schon hier, aber er hat das kleinere Eckzimmer für sich in Beschlag genommen.«

»Ach, Alex – grüß ihn schön von uns. Ich lese gerade seinen neuesten Roman. Diese Schicksale in der Grafenfamilie von Schloss Falkenreich – herrlich!«

»Das werde ich ihm ausrichten.«

»Schön. Du, sei mir nicht bös, aber ich muss jetzt zum Yoga. Wir sprechen uns bald mal wieder, ja?«

»Das machen wir, Elli. Tschüs.« Clarissa beendete das Telefonat, nahm einen Kugelschreiber und unterschrieb schwungvoll den Mietvertrag. »Wie du willst, Elli«, sagte sie halblaut. »Beschwer dich hinterher nicht, ich hätte es dir nicht angeboten.« Zweihundertfünfzig Euro Miete im Monat für dieses Haus sind ein Witz, dachte sie, aber wenn Elli sich erst einmal was in den Kopf gesetzt hat, kann man nur noch wenig dagegen tun. Clarissa legte den Vertrag zur Seite und widmete sich ihrem Kaffee. Zischend floss der Espresso in einen großen Becher. Routiniert schäumte Clarissa Milch auf und goss sie dazu.

Von der Küche führte eine Tür direkt auf die Stein-Terrasse hinter dem Haus. Zwischen den sandfarbenen Bruchsteinplatten mäanderten Fugen voller Moos. Clarissa nahm ihren

Kaffee und ging nach draußen. Ob sie anfangen sollte, die Fugen sauber zu kratzen? Vielleicht konnte sie das Moos auch einfach in den Fugen lassen, im Grunde störte der Bewuchs sie nicht. Im Gegenteil, sie fand das zarte Grün zwischen den Platten richtig hübsch. Man konnte einen Garten auch zu ordentlich machen.

Direkt an die Terrasse schloss sich der mit einer Trockenmauer umgebene Küchengarten an. In diesen Bereich hatte Clarissa in den letzten Wochen die meiste Energie gesteckt. Sie hatte die Mauern ausgebessert, eine anstrengende Arbeit, aber sie war stolz darauf, es geschafft zu haben. Anschließend war die Kür gekommen: Liebevoll hatte sie Mauerpfeffer, Steinkraut und Seifenkraut in die Ritzen gepflanzt. Als Nächstes waren die beiden Hochbeete an der Reihe gewesen. Clarissa hatte sie gejätet, Vogelmiere und Löwenzahn entfernt und anschließend frische Erde aufgefüllt. Die übrigen Gartenbeete brauchten weniger Aufmerksamkeit, aber auch sie mussten zumindest gelockert und für die Aussaat vorbereitet werden. Dazu waren drei Komposthaufen gekommen, die umgeschaufelt werden wollten. Das alles waren Arbeiten, die Clarissa inzwischen erledigt hatte, was sie mit einer tiefen Zufriedenheit erfüllte. Sie blickte mit Stolz auf die letzten Wochen zurück.

Wenn sie ganz ehrlich zu sich selber war, dann war da noch etwas, auf das sie mit Hochgefühl zurückschaute: Sie hatte es genossen, wieder auf die Jagd zu gehen. Auf die Jagd nach einem Mörder.

Genauer gesagt, nach zwei Mördern, und um noch genauer zu sein: Sie war es auch nicht alleine gewesen, die das mörderische Pärchen am Ende überführt hatte. Der Krimi-Club hatte ihr dabei zur Seite gestanden. Bei dem Gedanken an die drei anderen Mitglieder des kleinen Vereins musste Clarissa unwillkürlich lächeln. Sie freute sich darauf, die drei am Abend zu bewirten. In Gedanken ging sie die Vorbereitungen für das Abendessen durch. Keine Frage, sie hatte noch mehr als genug Zeit. So viel Zeit, dass sie zuerst im Garten arbeiten konnte, bevor sie anfing. Clarissa setzte sich auf die alte Holzbank und seufzte glücklich. Diese Bank war ihr Lieblingsplatz, denn von hier aus konnte sie die breiten Steinstufen sehen, die zur Obstwiese führten. Und unmittelbar hinter den alten Obstbäumen begann ein lang gestrecktes Tal. Bei dem Blick in die unbebaute Weite fühlte sich Clarissa wie die Herrin über einen riesigen Landbesitz. In ihrer Stadtwohnung hatte sie nie die Möglichkeit gehabt, ihre Leidenschaft für Blumen, Stauden und selbst angebautes Gemüse auszuleben. Hier dagegen gab es mehr zu tun, als an einem einzigen Frühlingstag zu schaffen war – einfach herrlich. Entschlossen trank Clarissa den Kaffeebecher leer und ging ins Haus, um sich für die Gartenarbeit umzuziehen.

»Tschüs, Stadtleben«, murmelte sie.

Vorbereitungen

Das Forsthaus besaß neben dem großen Wohnzimmer und der geräumigen Küche auch eine wundervolle Bibliothek mit viktorianischen Bücherregalen und einem Kaminofen. Außerdem gab es im Erdgeschoss noch ein kleines Zimmer, das ursprünglich der Aufbewahrung von Jagdwaffen gedient hatte. Im Obergeschoss befanden sich neben dem Schlafzimmer noch zwei Gästezimmer. Clarissas erklärtes Lieblingszimmer war eindeutig die Bibliothek. Sie liebte es, am Abend den Kaminofen anzuzünden und es sich in einem der alten Ohrensessel bequem zu machen. Zu einem solchen Kaminabend gehörten auch ein Glas Wein und ein guter Krimi. Die deckenhohen, mit Schnitzereien versehenen Bücherregale waren hauptsächlich mit Fachliteratur zum Thema Wald und Forst bestückt – kein Wunder, schließlich war der verstorbene Vorbesitzer Gregor Goethe fast vierzig Jahre lang Förster gewesen. Zum Glück gab es aber auch ein paar Buchmeter Kriminalromane. Die meisten davon kannte Clarissa bereits, aber es machte ihr nichts aus, den einen oder anderen Fall ein zweites Mal zu lesen. Außerdem wurde sie mittlerweile von Luise mit Nachschub aus der örtlichen Bibliothek versorgt, an Lesestoff mangelte es Clarissa also nicht.

Luise fand für die Mitglieder des Krimi-Clubs regelmäßig neue Titel, die ihr aufgefallen waren, und sie sorgte dafür, dass jeder ein Exemplar erhielt. Für die Treffen des Krimi-Clubs gab es keine komplizierten Regeln. Man traf sich alle zwei Wochen reihum bei einem der Mitglieder, um sich über das jeweils aktuelle Buch auszutauschen. Üblicherweise sorgte dann der Gastgeber für einen kleinen Imbiss und Getränke.

Clarissa hatte sich für den heutigen Abend besonders ins Zeug gelegt, aus einem einfachen Grund: Luise, Vera und Ferdinand hatten sie nicht nur mit offenen Armen in Niedermühlenbach willkommen geheißen, sie hatten auch wesentlich dazu beigetragen, dass Clarissa die beiden Mörder hatte überführen können. Dafür wollte sie sich heute Abend noch einmal mit einem besonderen Essen bedanken.

Vorsichtig nahm Clarissa eine dünne Scheibe Räucherlachs, strich Meerrettich-Kräuter-Creme darauf und rollte die Lachsscheibe auf.

»Nicht schlecht«, sagte sie, »das sieht doch sehr anständig aus, altes Mädchen.«

Weil sie an diesem Abend in der Bibliothek sitzen wollten, hatte sie sich für Fingerfood entschieden. Das Zimmer war zwar gemütlich, aber es gab keinen großen Esstisch, sondern nur drei kleine Beistelltische neben den Sesseln. Die würden genügen, um die Teller und Gläser darauf abzustellen. In der Küche hatte Clarissa das Essen aufgebaut: die Servierplatte mit den Lachsröllchen, einen Avocado-Tomaten-Salat, einen gemischten Salat, ein paar Chili-Hähnchen-Ananas-Spieße, Oliven, Brot und eine Käseplatte. Einmal mehr fragte sie sich, ob die Häppchen für vier Personen ausreichen würden. Zur Sicherheit hatte sie reichlich Käse eingekauft.

Mit dem guten Gefühl, alles für ihre Gäste vorbereitet zu haben, nahm Clarissa den großen Weidenkorb, in dem sie das Brennholz ins Haus brachte, und ging nach draußen. Der Brennholzvorrat des Forsthauses war in der Waschküche untergebracht. Sie ging ums Haus herum und schloss die niedrige Holztür auf. Als sie den alten schwarzen Drehschalter betätigte, flammte eine einzelne Glühbirne auf, die ihr spärliches Licht auf den Holzstapel an der Wand warf. Ach herrje, dachte Clarissa beim Anblick des niedrigen Stapels, ich muss mich dringend um Nachschub kümmern. Als sie ins Forsthaus eingezogen war, hatte der Holzvorrat bis fast zur Decke gereicht, aber jetzt lagen die Holzscheite nur noch kniehoch. Das Problem werde ich bald angehen, nahm sich Clarissa vor. Und während sie den Weidenkorb mit Scheiten füllte, fiel ihr wieder ein, dass Jochen beim letzten Treffen etwas von einem Brennholzlieferanten erzählt hatte, der das Hotel Moselkrug und das Weingut mit Holz versorgte.

»Wenn das kein Fingerzeig des Schicksals ist«, sagte sie halblaut. »Ich muss Jochen mal wieder anrufen.« Würde er sich freuen, wenn sie ihn anrief? Doch, da war sie sich sicher. Clarissa vermerkte sich den Anruf auf ihrer inneren To-do-Liste.

Sie löschte das Licht und schloss die alte Holztür. Bevor sie zurück ins Haus ging, stellte sie den Korb ab und schaute in den Abendhimmel. Die ersten Sterne waren schon zu sehen, es würde eine klare Nacht werden. Sie atmete die kühle Luft tief ein. Beim Anblick des weiten Himmels durchströmte sie ein warmes Glücksgefühl. Hier draußen zu leben war so anders als in der Stadt. Und dann wurde ihr plötzlich klar, dass sie auf dem besten Weg war, sich in dieses Landleben für immer zu verlieben.

Publicity für den Krimi-Club

Clarissa stand auf und hob ihr Weinglas. »Ich möchte einen Toast aussprechen: Ein Hoch auf den Krimi-Club. Ich danke euch für die herzliche Aufnahme und eure Unterstützung.«

»Prost zusammen – auf den Krimi-Club!« Vera war die Erste, die mit Clarissa anstieß. Feierlich trank sie einen Schluck, dann räusperte sie sich und schob nervös mit dem Zeigefinger die runde Hornbrille auf der Nase zurecht. »Kinder, ich habe auch eine Ankündigung zu machen. Das heißt, eigentlich keine Ankündigung, sondern eine Überraschung.«

»Du machst es aber spannend«, sagte Ferdinand.

»Nun sag schon«, drängte Luise.

»Normalerweise treffen wir uns ja immer sonntags, aber wie gut, dass wir uns heute schon sehen. Nadine Biermann war heute Morgen bei mir in der Bäckerei. Nadine ist ja mit dem Thorsten seit ein paar Monaten zusammen, nachdem Simon, ihr Mann, bei der Weihnachtsfeier in seiner Firma zuerst zu tief ins Glas und dann zu tief in den Ausschnitt seiner

Assistentin geschaut hat.« Wie so oft, wenn sie zuhörte, verlor Clarissa nach kürzester Zeit den Faden und ihre Gedanken schweiften ab. Als sie das bemerkte, gab sie sich allerdings einen Ruck und hörte wieder zu. »Jedenfalls ist der Thorsten im Vertrieb beim Mosel-Verlag tätig, und deshalb sitzt er direkt an der Quelle. Zumindest sagt das meine Kusine Veronika, die …«

Bei ihrer Erzählung hatte die Bäckerin vor Aufregung rote Wangen bekommen. Jetzt sah sie einem barocken fröhlichen Puttenengel noch ähnlicher, fand Clarissa. Luise ging zu Vera und legte ihr den Arm um die Schultern. »Liebe Vera, ich schätze deinen Streuselkuchen, ich mag deine Krimi-Empfehlungen, überhaupt bist du eine wirklich gute Freundin, aber wäre es dir möglich, auf den Punkt zu kommen?«

Der Vorwurf, langatmig zu sein, perlte an Vera ab wie Regen an einer Plastikwand. »Nun, ich wollte euch nur erklären, was wir für ein unverschämtes Glück haben, das jetzt schon zu sehen.«

»Und was genau sehen wir?«, fragte Ferdi und unterdrückte ein Schmunzeln.

»Habe ich das noch nicht gesagt? Ach herrje, ihr habt wohl recht, ich bin ein wenig vom Thema abgekommen.« Vera stellte ihr Glas ab und zog eine Zeitung aus der Handtasche. »Hier ist der *Mühlenbach-Kurier* von Montag und wir sind – taadaa – auf der Titelseite.«

»Unmöglich!«

»Auf der Titelseite?«

Neugierig umringten die anderen Vera und die Zeitung. Das Foto nahm fast die gesamte obere Hälfte der Seite ein. Clarissa erinnerte sich, dass sie mit den drei anderen auf dem Marktplatz in Niedermühlenbach fotografiert worden war, aber sie hatte nicht damit gerechnet, es gleich auf die Titelseite zu schaffen. Zugeben, nur die Titelstory im *Mühlenbach-Kurier*, dachte sie, aber trotzdem.

»Krimi-Club auf den Spuren von Miss Marple & Co – Hobby-Kriminalisten aus Niedermühlenbach überführen Mörder-Paar«, las Ferdinand laut vor. »Ach Clarissa, das tut mir leid, die können ja nicht wissen, dass du als langjährige Leiterin der Mordkommission ein Profi bist.«

»Schon gut, Ferdi. Ich bin nun mal im Ruhestand – Hobby-Kriminalistin klingt doch gut«, versicherte Clarissa.

Der Fotograf beherrscht sein Handwerk, dachte sie, wir alle sind wirklich gut getroffen. Vera, klein und stämmig, strahlte im Vordergrund fröhlich in die Kamera. Daneben Ferdinand, der wie immer ganz in Tweed gekleidet war und mit seinem weißen Schnäuzer und der Schirmmütze mehr nach einem englischen Gentleman auf Moorhuhnjagd als nach einem ehemaligen Oberstudienrat aussah. Und schließlich Luise. Mit einem Anflug von Neid registrierte Clarissa, dass Luise auch auf diesem Foto wie ein ehemaliges Supermodel aussah. Die hohen Wangenknochen, die etwas zu große Nase, die dem perfekten Gesicht erst etwas Außergewöhnliches gab. Ein Gesicht, in dem ein Lächeln lag, das herausfordernd und verletzlich zugleich wirkte.

»Du siehst klasse aus, Luise«, sagte Vera im Brustton der Überzeugung.

»Ach was, der blöde Wind hat mir die Haare in die Augen geweht, aber ich finde, wir sind als Gruppe ganz gut getroffen. Sogar Ray ist mit auf dem Bild.« Luises Goldendoodle hob, als er seinen Namen hörte, kurz den Kopf und winselte leise.

Immer wenn Luise mit Ray im Forsthaus zu Gast war, wich der Hund Clarissa nicht von der Seite. Auch jetzt lag er neben dem Sessel, in dem Clarissa eben noch gesessen hatte, bevor sie aufgestanden war, um ihren Toast auszusprechen.

»Also, wenn ich gewusst hätte, dass wir auf die Titelseite kommen, hätte ich was anderes als die alte Barbour-Jacke angezogen«, sagte Clarissa.

»Ach was, das sieht doch alles stimmig aus«, meinte Ferdi. »Lies doch bitte mal vor, was die schreiben.«

Clarissa nahm die Zeitung, setzte sich in den Sessel und begann laut vorzulesen.

»Wenn sie sich treffen, dann sprechen sie über Mord und Totschlag, über Diebstahl und Entführungen: Für die Mitglieder des Krimi-Clubs aus Niedermühlenbach gehören Verbrechen zur Tagesordnung. Aber eben nur, wenn sie in Büchern begangen werden. Die Mitglieder des kleinen Clubs sind begeisterte Krimi-Fans und lesen alle zwei Wochen mindestens einen Kriminalroman, um sich bei ihren Treffen über den jeweiligen Fall auszutauschen. Vor sechs Jahren haben Vera Adenau (54), Luise Hackenroth (52) und Ferdinand Teichmann (65) den literarischen Zirkel gegründet.« Clarissa schaute kurz hoch. »Ich wusste gar nicht, dass es den Club schon seit sechs Jahren gibt.«

»Ja, das war in dem Jahr, in dem ich einen Monat in Schottland gewesen war«, sagte Ferdi. »Aber lies doch bitte weiter.«

»Okay, wo war ich? Ach ja, hier: … den literarischen Zirkel gegründet. Neu im Bunde der Krimi-Freunde ist Clarissa von Michel (61), die erst vor Kurzem nach Niedermühlenbach gezogen ist. Von Michel ist die Einzige in der Runde, die schon früher mit Verbrechen zu tun hatte. Sie war bis zu ihrem Ruhestand bei der Kriminalpolizei … Moment mal, das habe ich aber nicht erzählt.«

Man brauchte kein Sherlock Holmes sein, um zu sehen, dass Vera plötzlich sehr verlegen wirkte. »Upps, kann sein, dass ich das gegenüber dem Reporter kurz erwähnt habe. Ich meine, er wollte schließlich wissen, was wir alle … äh … beruflich machen.«

Clarissa schüttelte lächelnd den Kopf. »Mann, Mann, Mann, da kann ich ja auch gleich eine Plakatwand mieten. Na gut, ich wollte meine berufliche Vergangenheit zwar nicht an die große Glocke hängen, aber es ist auch nicht tragisch, wenn es jetzt in der Zeitung steht.«

»Lesen vielleicht auch nicht viele«, überlegte Luise.

»Ach, da täuschst du dich aber«, sagte Vera, »das liest in Niedermühlenbach wirklich so gut wie jeder.« Sie schlug sich die Hand vor den Mund. »Hoppla, wenn ich es richtig überlege … oje.«

»Wie gesagt, alles halb so schlimm«, beruhigte Clarissa ihre Freundin, denn Vera sah jetzt wirklich zerknirscht aus. »Okay, ich lese mal weiter: Jetzt aber haben die Mitglieder des Krimi-Clubs bewiesen, dass sie nicht nur Verbrechern in Romanen auf die Spur kommen können. Während der jährlichen Dorffahrt starb einer der Teilnehmer, ein bekannter Immobilienberater, an Herzversagen, so die Diagnose. Die Mitglieder des Krimi-Clubs glaubten aber nicht an einen natürlichen Tod und begannen mit ihren Ermittlungen. Am Ende konnten sie der Polizei tatsächlich die Täter präsentieren. Dem Mörder-Paar wird jetzt in Koblenz der Prozess gemacht, den Angeklagten droht eine lebenslange Haftstrafe. Und der Krimi-Club? Der wird sich auch weiterhin alle zwei Wochen mit Mord und anderen Verbrechen beschäftigen – wenn auch nur zwischen zwei Buchdeckeln.« Clarissa faltete die Zeitung zusammen. »Der Artikel ist wirklich gut geschrieben. Ich würde mich nicht wundern, wenn wir demnächst neue Mitglieder bekämen, bei der Publicity.«

»Ach, ich finde unsere Treffen im kleinen Kreis ganz angenehm«, sagte Luise. »Hast du dich denn schon entschieden, wann du zurück in die Stadt fährst, Clarissa? Du wirst natürlich trotzdem weiter bei uns Mitglied bleiben, ganz gleich, wo du wohnst.«

»Ich bleibe noch eine Weile im Forsthaus, auf jeden Fall bis Ende des Jahres. Ich habe heute früh den Mietvertrag unterschrieben.«

Ferdi hob sein Glas. »Das sind ja fantastische Neuigkeiten.

Wir freuen uns alle sehr. So, und jetzt wollen wir doch nicht den eigentlichen Grund für unser Treffen vergessen. Luise – du bist an der Reihe, hast du einen neuen Vorschlag für uns?«

»Ich habe ein tolles Buch für uns ausgewählt.« Luise griff in ihre Tragetasche und holte vier dunkelrote Bücher heraus, auf denen ein schwarz-weißer Vogel zu sehen war. »Wir lesen *Die Morde von Pye Hall* von Anthony Horowitz.«

»Horowitz? Der hat doch auch den neuen Holmes-Roman geschrieben«, warf Ferdi ein.

»Den und natürlich alle Alex-Rider-Bände«, ergänzte Clarissa. »In dem Haus, in dem meine Eigentumswohnung liegt, wohnt ein Dreizehnjähriger, der ein großer Fan der Jugendbuchreihe ist.«

»Ihr habt beide recht«, bestätigte Luise. »Ich denke, dieser Roman wird euch gefallen, ich habe reingelesen und finde ihn großartig. Der Detektiv im ersten Teil des Buches – Atticus Pünd – erinnert ein wenig an Hercule Poirot.« Luise stand auf und verteilte die Bücher. »Also, bei unserem nächsten Treffen feiern wir weniger und dafür wird wieder über Bücher gesprochen – einverstanden?«

»Selbstverständlich«, versicherte Vera. »Außerdem: Wenn wir jedes Mal so gut essen würden wie heute, würde ich im Handumdrehen zunehmen. Das Essen war wirklich köstlich, Clarissa.«

»Herzlichen Dank, Vera. Und lieben Dank auch für das Buch, Luise. Ich freue mich schon auf den nächsten Mord.«

Clarissa konnte nicht ahnen, dass der schneller kommen würde, als ihr lieb war.

Pläne für den Bauerngarten

Völlig in Gedanken versunken saß Clarissa auf der Bank an der Hauswand. Den ganzen Sonntag über hatte es geregnet. Kein Wetter für die Gartenarbeit, wohl aber für einen ausgiebigen Spaziergang, bei dem Clarissa noch mal ihre Pläne für die Anpflanzungen überdacht hatte. Erst in der Nacht hatte der Regen aufgehört. Jetzt war es kurz nach zehn Uhr, sie hatte gefrühstückt und sich dann mit einem Becher Tee nach draußen gesetzt. Der Himmel war zwar verhangen, aber es regnete nicht mehr, und mit ihrem dicken Wollpullover, den sie vor Jahren in Dublin gekauft hatte, der Barbour-Jacke und einem Sitzkissen ließ es sich auf der windgeschützten Bank gut aushalten. Sie musste jetzt draußen sein, denn heute war der Tag, an dem sie alle Entscheidungen zur Beetgestaltung treffen wollte. Auf ihren Knien lag ein großes Notizbuch, in dem sie schon vor Wochen angefangen hatte, nicht nur die einzelnen Beete zu skizzieren, sondern auch verschiedene Einfälle zu notieren. Was konnte man wo pflanzen? Welche Stauden passten zusammen? Welches Gemüse wollte sie anbauen? Zu vielen Fragen hatte sie bereits Stichpunkte notiert, doch es gab immer noch genug zu überdenken.

Nur Anfänger pflanzen und säen ohne Plan und wundern sich am Ende, warum sie fünfunddreißig Tomatenpflanzen gar nicht unterbringen können oder wieso ihr Garten wie ein wüstes unharmonisches Durcheinander aussieht. Das hatte ihr mal ein Gärtner vor vielen Jahren erklärt. Als Antwort, wie man es besser machen konnte, hatte er Clarissa ein Buch des englischen Gartendesigners John Brookes in die Hand gedrückt. Damals hatte Clarissa gelacht und das Ganze nicht wirklich ernst genommen, das Buch war knapp angelesen in ihr Bücherregal gewandert. Warum hätte sie sich auch damit beschäftigen sollen? Sie hatte in ihrer Stadtwohnung nur einen Balkon gehabt und abgesehen davon auch kaum Zeit, sich neben ihrer Arbeit bei der Kriminalpolizei um Pflanzen und Stauden zu kümmern. So war es in den letzten Jahren bei ein paar Töpfen und einem Pflanzkasten voller Gartenkräuter geblieben.

Jetzt aber standen ihr alle Möglichkeiten offen. Platz in den Beeten gab es genug, aber genau das hatte sie zunächst fast gelähmt. Was sollte sie nur wählen? Welche Pflanzen waren es wert, diesen wunderbaren Küchen- und Blumengarten zu bevölkern? Am Ende hatte sie sich an das Buch von John Brookes erinnert. Sie war extra in ihre Stadtwohnung gefahren, um es aus dem Regaldasein zu erlösen. Nach zwei langen Leseabenden am Kamin hatte sie gewusst, was sie zu tun hatte. Das war der Moment gewesen, in dem sie damit begonnen hatte, das große Notizbuch mit Ideen, offenen Fragen und Skizzen zu füllen.

Clarissa griff nach ihrem Teebecher, der neben ihr auf der Bank stand.

»Was für eine Augenweide, ein Garten, bereit zu wachsen!«

Die Stimme kam von der Seite und Clarissa hätte vor Schreck fast den Becher fallen gelassen. Sie zuckte so heftig zusammen, dass ihr der heiße Tee über die Finger schwappte.

Über der brusthohen Bruchsteinmauer, die den Küchengarten umgab, war ein Gesicht aufgetaucht. »Himmel, Herr Diakon, haben Sie mich erschreckt.«

»Oh, ach Gott, das tut mir leid, ich dachte, man hätte mich schon vor Minuten gehört, weil ich doch alles andere als leise durch den Wald gestampft bin.« Diakon Bernhard Wohlgemuth verzog entschuldigend das Gesicht. »Ich wollte eigentlich nur kurz Hallo sagen, Frau von Michel. Außerdem war ich natürlich neugierig, wie weit Sie mit dem Garten sind.«

Clarissa winkte ihn mit der Hand zu sich. »Kommen Sie ruhig näher, das Gartentor ist offen. Möchten Sie vielleicht einen Becher Tee oder Kaffee?«

»Zu einem Tee würde ich nicht Nein sagen.«

Ein paar Minuten später kam Clarissa mit einem Tablett heraus. Der Diakon hockte an einem der Beete und zerrieb ein wenig Gartenerde zwischen den Fingern. Sein fülliges, glatt rasiertes Gesicht strahlte dabei, die dünnen hellbraunen Haare waren ihm in die Stirn gefallen. Als er bemerkte, dass Clarissa aus dem Haus zurückgekommen war, stand er hastig auf, klopfte die Erde von den Fingern und strich sich die Haare zur Seite. »Was für ein Boden. Sie haben schon Kompost eingearbeitet, nicht wahr? Noch vor ein paar Wochen, bevor Sie hier angefangen haben, hat mir jedes Mal das Herz geblutet, wenn ich den Garten und die zugewucherten Hochbeete gesehen habe. Aber jetzt – jetzt ist das ein Unterschied wie Tag und Nacht.«

»Ich muss nur noch entscheiden, was ich pflanzen will. Ich wusste nicht, ob Sie Ihren Tee mit Milch und Zucker oder mit Zitrone trinken. Ich habe einfach mal alles mit nach draußen gebracht.«

»Ach, zwei Löffel Zucker und Milch wären klasse. Ich versuche, weniger Süßes zu essen.« Wohlgemuth klopfte sich mit der flachen Hand auf den Bauch. »Aber Tee und Kaffee schmecken mir süß einfach besser.« Er setzte sich auf einen der Gartenstühle.

»Hier, bitte schön.« Clarissa reichte dem Diakon den Teebecher hinüber, dann nahm sie ihm gegenüber Platz. »Ich bin gerade dabei, den Pflanzplan zu überdenken«, erklärte sie. »Haben Sie einen Tipp für mich? Sie haben mir doch damals erzählt, dass Sie fast Profi geworden wären, bevor Sie sich für Theologie entschieden haben.«

»Gärtner – das hat mich schon gelockt. Was Handfestes tun, etwas wachsen sehen, mit seinen eigenen Händen etwas zum Blühen bringen. Ich meine, unser Juniorchef«, Wohlgemuth deutete grinsend mit dem Zeigefinger nach oben, »war schließlich der Sohn eines Zimmermanns, der hat bestimmt auch einiges mit seinen Händen geschaffen.«

Clarissa hatte den jungen Mann während der Dorffahrt an die Mosel kennengelernt. Bernhard Wohlgemuth hatte beim Abendessen mit an ihrem Tisch gesessen und mit großer Begeisterung vom Gärtnern geschwärmt.

»Also dann, schauen Sie sich um, der Garten ist eine Leinwand, was würden Sie darauf malen? Ich habe schon tagelang Skizzen und Notizen angefertigt.«

Wohlgemuth trank einen großen Schluck Tee und stand dann auf, um einen besseren Überblick zu haben. »Zu diesem Haus passt ein Bauerngarten. Sie müssen natürlich überlegen, welche Variante Ihnen mehr zusagt. Mit der Mauer und den Wegen gibt es schon eine gute Basis. Sie könnten die formale Strenge anstreben: geometrische Strukturen, gerade Kieswege. Dazwischen etwas, um die Strenge zu brechen, eine Holzbank an der Mauer da vorne zum Beispiel oder Terrakotta-Kübel auf der Terrasse.« Wohlgemuths Stimme bekam etwas Schwärmerisches. »Eine andere Möglichkeit wäre natürlich das, was ich gerne als ›bunte Üppigkeit‹ und den malerischen

Cottage-Garten bezeichne. Beete, die in Farben explodieren, die in Größen und Formen schwelgen. Dort im Beet üppige Lavendelpolster, das würde gut zu den drei alten Rosen dahinter passen, lila blühende Katzenminze und im Hintergrund Rittersporn. Man könnte drüben noch einen weißen Holzzaun aufstellen und davor Rittersporn oder Stockrosen setzen. Herrlich! Und hier …«, Wohlgemuth drehte sich um und deutete auf die kleinen halbrunden Beete an der Mauer. »Hier würde ich Bauern-Hortensien pflanzen. Die mit den großen ballförmigen Blüten – Bouquet Rose. Die blühen rosa bis türkisblau. Das würde wunderbar zu der weiß verputzten Hauswand passen.« Wohlgemuth setzte sich wieder und seufzte tief. »Entschuldigen Sie, Frau Michel, die Begeisterung ist mit mir durchgegangen.«

Clarissa lachte auf. »Sie müssen sich nicht entschuldigen, Herr Wohlgemuth, ganz im Gegenteil, ich muss Ihnen danken, denn Sie haben mir die Augen geöffnet. Das war inspirierend.«

»Tatsächlich?«

»Ja, ich finde, ich habe bei der Polizei genug mit strengen Regeln zu tun gehabt. Mir gefällt der Gedanke an – wie nannten Sie das gerade – bunte Üppigkeit.«

»Das passt zu diesem Fleckchen Erde. Das Gewächshaus wäre übrigens für die Anzucht Gold wert.« Wohlgemuth deutete auf das Eisengerippe, das weiter hinten im Garten auf einer knapp einen Meter hohen Ziegelmauer stand. Leider glich es mehr einer Ruine als einem Haus.

»Wem sagen Sie das. Ich hatte die Anzuchtschalen zuerst im ehemaligen Waffenzimmer, aber das liegt auf der Nordseite. Jetzt steht fast die halbe Küche mit Aussaatkisten voll.«

Der Diakon musterte die Reste des Gewächshauses mit zusammengekniffenen Augen und schräg gelegtem Kopf. Offenbar ging er mehrere Möglichkeiten durch. »Es sieht noch recht stabil aus, fehlen eigentlich nur die Scheiben«, murmelte er. Dann sagte er laut: »Ich weiß genau, wovon Sie reden, Frau von Michel. Für ein Gewächshaus würde ich morden. Nein, vielleicht ist das übertrieben, aber es ist ein Herzenswunsch von mir. Es würde so vieles leichter machen. Ich habe zum Beispiel für meinen Garten Tulpen gezüchtet.«

Ja und?, dachte Clarissa, behielt aber schon aus reiner Höflichkeit eine interessierte Miene bei. Tulpenzwiebeln wurden einem in jedem Gartenmarkt fast schon hinterhergeworfen.

Wohlgemuth redete unbekümmert weiter. »Ich habe die Tulpen aber nicht aus Zwiebeln gezogen, sondern aus Samen, verstehen Sie?«

»Tulpen aus Samen selber ziehen, ist das nicht sehr aufwendig?« Jetzt war Clarissas Neugierde geweckt.

Wohlgemuth nickte und lächelte schief. »Ich weiß auch nicht, ob das Experiment gelingt. Immerhin dauert es bis zu sieben Jahre, bis die Tulpen die Blütenreife erreichen.«

»Sieben Jahre?«

»Ja, meine Tulpen werden wohl in diesem Jahr das erste Mal blühen. Ich habe meinen Garten für den Gartenwettbewerb angemeldet, der alle zwei Jahre in Niedermühlenbach stattfindet. Ich bin zwar erst seit einem Dreivierteljahr hier, aber meine Tulpen begleiten mich nun schon seit einigen Jahren. Ein ehemaliger Lehrer, dem ich persönlich viel verdanke, war ein begeisterter Tulpenfan und hat diese Sorte gezüchtet. Und dann hat er mir die Herausforderung gestellt, die Blumen aus Samen zu ziehen. Ich sollte eben nicht den einfachen Weg gehen. Ich hoffe, meine Tulpen finden im Pfarrhausgarten endlich eine Heimat, wo sie bleiben können. Wissen Sie, wenn man sich die Geschichte der Tulpe ansieht, dann gab es da mehr als ein bemerkenswertes Ereignis. Tulpen haben die Menschen fasziniert. 1636 hatte der Margraf von Baden-Durlach in seinem Inventarverzeichnis bereits mehr als viertausendsiebenhundert Tulpen. Na ja, davon bin ich mit meinen Züchtungen noch Lichtjahre entfernt. Aber ich hoffe natürlich, dass die Jury meine Anstrengungen zumindest honoriert. Schönheit gelingt eben nicht von heute auf morgen. Shakespeare soll einmal gesagt haben: Schöne Blumen wachsen langsam, nur das Unkraut hat es eilig.« Wohlgemuth schaute noch einmal gedankenverloren auf den Garten des Forsthauses. Clarissa hätte schwören können, dass er vor seinem geistigen Auge bereits die fertigen Beete sah. Unvermittelt sagte er: »Wissen Sie was, Sie sollten auch bei dem Gartenwettbewerb mitmachen.«

»Sie sind verrückt. Mein Garten ist ja nicht mal im Ansatz fertig.«

»Ach was, wenn Sie jetzt pflanzen, kann das noch richtig toll werden. Die Jury besucht die Gärten mehrmals, um sich dann bis Ende August ein Urteil zu bilden. Kommen Sie doch mal bei mir vorbei. Ich hab da sicher noch ein paar Stauden, die ich Ihnen abgeben kann. Und wenn Sie noch Gartenbücher brauchen … die lese ich persönlich so gerne wie andere Menschen Krimis.« Wohlgemuth zwinkerte Clarissa vergnügt zu.

»Okay, das Angebot nehme ich gerne an. Und wenn Sie das nächste Mal die Antonius-Kapelle besuchen, kommen Sie gerne wieder auf eine Tasse Tee vorbei.«

Wohlgemuth wurde eine Spur blasser als zuvor. Seine Augen schossen prüfende Blicke nach rechts und links. Er schluckte trocken. »Die Antonius-Kapelle?«, fragte er.

»Ja, die Kapelle oben im Wald, die kennen Sie doch sicher. Der Trampelpfad hinter meinem Garten führt direkt durch den Wald dort hoch.«

»Ach, die Kapelle meinen Sie. Ja, aber da bin ich schon ewig nicht mehr gewesen.« Der Diakon stand auf und stellte den leeren Becher auf das Tablett zurück. »Herzlichen Dank für den Tee, ich muss jetzt los. Ich habe noch das Treffen der Frauengemeinschaft vorzubereiten. Und vergessen Sie nicht vorbeizukommen, Frau von Michel.«

»Danke für die Einladung«, erwiderte Clarissa lächelnd. Nachdenklich schaute sie dem Diakon hinterher und winkte ihm noch einmal zu, als er sich im Gartentor zu ihr umdrehte.

Mhmm, dachte Clarissa, wie merkwürdig. Sie hatte Hunderte von Vernehmungen durchgeführt, sie spürte, wenn jemand etwas verschwieg. Warum hatte Bernhard Wohlgemuth, Diakon der St.-Hubertus-Kirche, gerade wohl gelogen?

Mister Stringer

Drei Stunden später wischte sich Clarissa den Schweiß von der Stirn. Da sag noch mal einer, Gartenarbeit sei die reinste Muße. Im Gegenteil, die Arbeit mit Schubkarre und Spaten war das reinste Workout. Bestimmt komme ich auch mal dahin, ganz entspannt ein paar Unkräuter zu zupfen, dachte sie, atmete einmal tief ein und drückte den Rücken durch. Heute Abend ist es mal Zeit für ein heißes Vollbad, das entspannt die Muskeln.

Clarissa bückte sich zu ihrer Wasserflasche, die sie auf dem Weg abgestellt hatte. Fast leer getrunken. Zum Glück gab es im Haus noch Nachschub. Sie holte sich aus der Küche eine neue Flasche und trank in großen Schlucken. Während sie die Flasche zuschraubte, kam ihr wieder das Gespräch mit dem jungen Diakon in den Sinn. Das Gewächshaus wäre wirklich ein Gewinn, dachte sie. Der Platz war jedenfalls optimal, und wenn das Gewächshaus sich nicht reparieren ließe, wäre ja sogar der Kauf eines neuen Hauses denkbar.

»Du bist verrückt, Clarissa«, sagte sie zu sich selber, »das ist schließlich nicht dein eigener Garten.« Aber war es dann nicht auch verrückt, was sie hier die ganzen Wochen schon tat? Sie investierte ihre Arbeitszeit und ihr Geld in Samen, Pflanzen, Dünger und Blumenerde. Alles für einen Garten, der ihr nur bis Ende des Jahres gehörte. Ich dummes Huhn, schalt sie sich, ich gärtnere, weil es mir Spaß macht, und es tut mir gut. Je länger sie im alten Forsthaus wohnte, je weniger dachte sie an die letzten Monate bei der Kripo – und das war ein Gewinn, den man mit Geld gar nicht aufrechnen konnte. Clarissa stellte die Flasche auf den kleinen Gartentisch und ging zum Gewächshaus. Das Metallgerüst auf der Ziegelmauer hatte einen verwitterten mattschwarzen Anstrich. Sie kannte solche Gewächshäuser von ihren Aufenthalten in England.

Bernhard Wohlgemuth hat recht, die Statik scheint noch völlig intakt zu sein, dachte sie. Hier gibt es keine verbogenen Streben, kein gebrochenes Metall. Das Ganze könnte einen neuen Anstrich vertragen, keine Frage, und alle Scheiben fehlen. Clarissa sah aber noch etwas: Nirgendwo lagen Glassplitter auf dem Boden. Und die wären unweigerlich zu sehen gewesen, wenn eine gehärtete Glasscheibe in Tausende kleine Teilchen zersprungen wäre. Gut möglich, dass die Scheiben schon vor Jahren entsorgt worden waren. Doch dann fand Clarissa etwas anderes. Auf einem Mauerrand lagen mehrere Schrauben. Sie bückte sich, hob eine der Schrauben auf. Auf der Schraube befand sich eine Unterlegscheibe und am Ende war eine Mutter aufgeschraubt. Die waren nicht einfach heruntergefallen, die hatte jemand dort hingelegt.

Vielleicht hatte jemand die Scheiben herausgenommen, um alles neu zu streichen. Vielleicht wurde er bei seiner Arbeit unterbrochen. Der Vorbesitzer des Forsthauses, Gregor Goethe, hatte einen Schlaganfall erlitten, war danach in ein Pflegeheim gekommen und dort gestorben. Gut möglich, dass er das Glashaus reparieren wollte, aber am Ende mit der Arbeit nicht mehr weitermachen konnte, überlegte Clarissa. Das könnte doch aber auch heißen, dass Goethe die Scheiben herausgenommen und eingelagert hat. Was für ein Gedanke! Es fühlte sich an, als hätte sie gerade einen Hinweis bei einer Schatzsuche gefunden. Okay, denk nach, Clarissa. Wo würde ein älterer Mann quadratische Scheiben abstellen, die ungefähr einen halben Meter groß sind? Windgeschützt und trocken? Auf jeden Fall. Aber weit tragen, zum Beispiel in den Keller? Nein, viel zu umständlich. Clarissas Bick fiel auf den alten Schuppen, der hinten auf der Obstwiese stand. Sie hatte ihm bislang nur wenig Beachtung geschenkt, weil Elli ihr erklärt hatte, dass das Dach undicht und deshalb das ganze Werkzeug in der Waschküche untergebracht sei.

Flüchtig hatte sie mal einen Blick hineingeworfen und nur eine Werkbank mit Schraubstock und ein paar alte Kanister vorgefunden. Der Schuppen, ging Clarissa jetzt durch den Kopf, wäre ideal, um etwas kurzfristig aufzuheben. Keine zwanzig Meter vom Gewächshaus entfernt, leicht mit der Schubkarre zu erreichen. Clarissa holte aus dem Schränkchen im Hausflur den Schlüssel mit dem Anhänger *Vorhängeschloss Schuppen.*

Das Vorhängeschloss ließ sich leicht öffnen, und Clarissa zog die alte, etwas windschiefe Holztür weit auf. Das Fenster in der hinteren Wand war staubig und so voller Spinnweben, dass das Tageslicht nur spärlich hereinsickerte. Ihre Augen brauchten einen Augenblick, um sich an das Halbdunkel im Schuppen zu gewöhnen. Vor ihr stand die Werkbank, darüber das Regalbrett mit den Kanistern. Clarissa trat näher und erkannte, dass es sich um Kettensägeöl und ein Benzingemisch für Zweitaktmotoren handelte. Klar, im Schuppen hatte der Förster seine Maschinen gewartet.

Neben der Werkbank hatten sich auf Bodenhöhe einige Bretter von der Wandverkleidung gelöst, aber nicht nur da schimmerte Tageslicht hindurch. Sie schaute nach oben. Die

Löcher im alten Dach waren schnell gefunden. So dramatisch waren die Schäden noch nicht, baufällig sah anders aus. Das Dach ließe sich bestimmt leicht reparieren. Ich könnte diesen Schuppen wieder auf Vordermann bringen lassen, überlegte sie. Immer in die Waschküche gehen und jedes einzelne Gartenwerkzeug umständlich von dort holen, ist auf Dauer keine Lösung. Hier könnte ich dagegen alles griffbereit haben. Noch ein Punkt, den ich angehen sollte.

Neugierig blickte sich Clarissa um. Gut zehn Quadratmeter Fläche hatte der Schuppen und bot damit mehr als genug Platz. Ganz hinten in einer Ecke stand ein unförmiger Stapel, der mit einer dunkelgrünen Plane abgedeckt war. Kein Wunder, dass ihr der nicht sofort ins Auge gefallen war. Sie griff in die Innentasche ihrer Jacke, holte ihr Handy heraus und aktivierte die Taschenlampenfunktion. Das sah doch sehr vielversprechend aus. Ob sie dort die gesuchten Glasscheiben finden würde? Sie schob die Plane ein Stück zur Seite. »Bingo!«, rief sie laut. Vor ihr lehnte ein ganzer Stapel staubiger Scheiben an der Wand, und es waren nicht wenige. Clarissa zog die Plane noch weiter zurück. Mit etwas Glück waren das alle Scheiben. Der Anblick der alten Glasscheiben erfüllten sie mit einer tiefen Genugtuung. Sie hatte die Spuren richtig gedeutet und die entsprechenden Schlüsse gezogen. Ich kann's noch, dachte sie zufrieden, Spuren finden und Zusammenhänge sehen. Mit einem glücklichen Lächeln deckte sie die Plane wieder über die Scheiben. Obwohl es doch nur alte Fensterscheiben waren, fühlte sich Clarissa, als hätte ihr jemand ein großes Geschenk überreicht. Lieben Dank, Gregor, dass du die so sorgfältig weggestellt hast. Ich werde dein Glashaus wieder mit Leben füllen, versprochen.

Ich weiß auch schon, wen ich ansprechen muss, um das Gewächshaus und den Schuppen auf Vordermann zu bringen. Ihre Überlegung wurde von einem lauten Scharren unterbrochen. Erschrocken wirbelte Clarissa herum. Das Geräusch kam aus Richtung der Werkbank. Ein paar Mäuse, die sie aufgeschreckt hatte? Nein, dafür war das Scharren zu laut. Was war das? Nun hörte sie ein ängstliches Mauzen aus dem Halbdunkel. Vorsichtig ging Clarissa näher und hockte sich hin. Das Mauzen wurde lauter. Sie leuchtete mit dem Handy unter die Werkbank. Der helle Schein wurde von zwei Katzenaugen reflektiert. Sofort schaltete Clarissa das Licht aus.

»Wer bist du denn? Na komm, komm schon«, lockte sie mit sanfter Stimme und schnalzte ein paar Mal mit der Zunge.

Das Miauen wurde lauter, und Augenblicke später lugte ein kleiner Katzenkopf unter dem Tisch hervor. Eine Katze, der Größe nach zu schließen noch ziemlich jung und nicht ganz ausgewachsen. Sie hatte bernsteinfarbene Augen, ein schwarzes Fell, aber eine weiße Schnauze. Auch Brustfell und Pfoten waren weiß.

»Na, du bist ja eine ganz Hübsche«, sagte Clarissa leise. Sie hielt dem Tier ihre flache Hand hin, damit es ihren Geruch erschnuppern konnte. Sekunden später kitzelte eine feuchte Katzenschnauze an ihrer Handfläche. Vorsichtig kraulte Clarissa mit den Fingerspitzen das Fell zwischen den Ohren. Das Mauzen ging in ein leises Schnurren über. »So, so. Verschmust bist du also auch noch. Wo kommst du denn her?« Diese Frage würde so schnell nicht beantwortet werden, aber Clarissa ahnte immerhin, dass die junge Katze durch den Spalt in der kaputten Wandverkleidung in den Schuppen gekrochen war. Sie stand auf und ging zur Tür. Die Katze blieb an ihrer Seite und rieb dabei den Kopf an Clarissas Hosenbein.

»Du willst also mit. Na gut, dann komm.«

Das kleine Tier folgte ihr auf dem Fuß und zeigte auch keine Scheu, mit in die Küche zu gehen. Clarissa nahm ein kleines Schälchen, füllte es mit Wasser und stellte es auf den Boden. Die Katze begann sofort aus der Schale zu trinken.

»Okay, Durst hast du, wahrscheinlich auch Hunger. Mhmm, ich habe nur nichts, was für dich gut wäre.« Clarissa erinnerte sich, dass sie einmal gelesen hatte, dass Katzen zwar keine Kuhmilch vertrugen, aber ein kleines Stückchen Käse essen dürften. Sie schnitt zwei kleine Käsewürfel zurecht und legte sie neben die Wasserschale auf den Boden. Mit zwei schnellen Bissen waren die Käsewürfel verschwunden. Erwartungsvoll blickten die bernsteinfarbenen Augen zu Clarissa hoch.

»Nein, mehr Käse gibt es nicht. Ich will doch nicht, dass dir schlecht wird.« Clarissa hockte sich hin und kraulte die Katze, die sich mit einem Schnurren auf die Seite legte, die Beine anwinkelte und sich am Bauch streicheln ließ. Das weiße Bauchfell fühlte sich unter den Fingerspitzen unglaublich weich und flauschig an. »Herrje, du weißt aber, wie man jemanden überreden kann.« Clarissa stand auf, nahm ihr Handy und wählte Luises Nummer.

»Hackenroth, hallo?«

»Luise, ich bin's, Clarissa. Kannst du mir sagen, wo ich den nächsten Tierarzt finde?«

»Einen Tierarzt? Wozu brauchst du einen Tierarzt?«

»Ich habe im Gartenschuppen eine kleine Katze gefunden, die keine Tätowierung im Ohr hat. Ich würde sie gerne von einem Tierarzt untersuchen lassen.«

»Ein Mitbewohner im Forsthaus? Na, wenn jemand eine Katze halten kann, dann du da draußen. Der Garten und die ganze Umgebung sind doch optimal für eine Freigängerkatze. Ich gehe mit Ray zu Elvira Krüger, die Tierärztin hat ihre Praxis in der Kirchgasse. Das ist die schmale Straße, die vom Marktplatz aus in Richtung Runkel führt. Die Tierarztpraxis ist eines der letzten Häuser auf der rechten Seite. Du könntest jetzt sofort hinfahren, ich bin mir sicher, dass die Praxis bis fünf Uhr geöffnet ist.«

»Ich danke dir, Luise. Das mache ich direkt, mal sehen, was die Tierärztin sagt.«

Clarissa überlegte, wie sie die Katze transportieren sollte. Sie musste vermeiden, dass das Tier plötzlich während der Fahrt durchs Auto springen konnte. Nach einigem Herumstöbern fand sie im Keller einen alten, mit Stoff ausgeschlagenen Einkaufskorb aus Weidengeflecht. Der Stoffbezug ließ sich oben mit einem Band zuziehen. Sie polsterte den Korb mit einem Handtuch aus. Ohne Protest ließ sich die Katze in den Korb setzen. Clarissa trug den Korb vorsichtig zum Auto und schnallte ihn auf dem Beifahrersitz an. All das ließ das Tier klaglos über sich ergehen. Ein Problem weniger, dachte Clarissa und fuhr los.

***

Clarissa fand die Tierarztpraxis auf Anhieb. Und als sie mit dem Korb in der Hand die Praxis betrat, stellte sie erfreut fest, dass das Wartezimmer leer war. Irgendwo hinten im Haus schnarrte eine elektrische Klingel.

»Ich bin gleich bei Ihnen, Sekunde«, tönte eine Frauenstimme aus einem anliegenden Zimmer. »Gehen Sie ruhig schon mal in den Behandlungsraum Eins.«

Clarissa folgte der Anweisung und stellte den Weidenkorb auf einen leeren Tisch, der in der Mitte des Raumes stand. Sie öffnete den Stoffbezug und kraulte den Kopf der Katze, die erwartungsvoll zu ihr hochschaute.

»Guten Tag, ich glaube, wir kennen uns noch nicht. Doktor Elvira Krüger, wie kann ich Ihnen helfen?«

»Guten Tag, Frau Doktor. Clarissa von Michel, wir haben eben kurz telefoniert.«

»Natürlich, Sie wohnen in dem alten Forsthaus und haben im Gartenschuppen eine kleine Katze gefunden. Aber sind Sie nicht auch eine Freundin von Luise Hackenroth? Ich habe das

Bild von ihnen allen in der Zeitung heute gesehen. Sie sind die ehemalige Kriminalbeamtin, stimmt's?«

»Da haben Sie recht.« Clarissa deutete auf den Korb. »Und das hier ist mein aktueller Fall, vielleicht können Sie mir dabei helfen?«

Elvira Krüger machte auf Clarissa einen sympathischen Eindruck. Die Tierärztin war Mitte dreißig, sie trug Jeans, feste Schuhe und ein hellblaues Flanellhemd mit hochgekrempelten Ärmeln. Jedenfalls keine Halbgöttin in Weiß, eher jemand, der in einem Wildgehege zupacken könnte.

»Bis vor einer Stunde stand ich noch im Kuhstall von Bauer Bartel und habe ein paar seiner Tiere behandelt.«

»Oh, die Nummer vom alten Bartel ist auch bei mir im Telefon eingespeichert, weil mir regelmäßig seine herrenlosen Kühe über den Weg laufen«, erwiderte Clarissa lächelnd.

»Ja, Bartels Kühe gehören in Niedermühlenbach praktisch zum Ortsbild. Aber jetzt bin ich doch neugierig. Wen haben Sie mir denn da im Korb mitgebracht?«

Neugierig trat die Tierärztin näher an den Tisch heran. »Ah, du bist ja eine Süße.« Sie streichelte der Katze mit dem Fingerrücken über den Kopf.

»Ich habe sie wie gesagt bei mir im Garten gefunden. Sie hatte sich in einem alten Geräteschuppen versteckt. Sie hat keine Tätowierung im Ohr, vermutlich ist sie also niemandem weggelaufen«, erklärte Clarissa.

Geschickt griff die Tierärztin in den Korb und hob die Katze sanft heraus, um sie von allen Seiten zu begutachten. »Punkt eins: Unser kleiner Freund ist ein Kater, und er scheint mir kerngesund zu sein. Punkt zwei: Ich glaube, ich kenne die Mutter dieses Kerlchens. Der Breitenhof ist vom Forsthaus gar nicht so weit entfernt. Henrik Breiten ist der Landwirt, der hinter dem Waldstück in Richtung Obermühlenbach sein Anwesen hat und dessen Kühe ganz in der Nähe von Ihrem Forsthaus auf der Weide stehen. Ich weiß, dass es dort eine Hofkatze gibt, die wahrscheinlich die Mutter dieses kleinen Katers ist. Wenn die Kleinen erst mal entwöhnt sind, kann es passieren, dass sie sich auf die Suche nach einem eigenen Zuhause machen. Offenbar hat er Sie ausgewählt, Frau von Michel.«

Clarissa dachte kurz nach. »Wenn Bauer Breiten nichts dagegen hat. Generell hätte ich nichts gegen eine Katze einzuwenden, aber ich habe das Forsthaus nur bis Ende des Jahres gemietet. Ein Leben in meiner Stadtwohnung möchte ich dem Tier nicht antun.«

»Ich denke, das wäre kein Problem. Wenn Sie mögen, spreche ich Henrik Breiten in den nächsten Tagen an. Aber es wäre nicht die erste Jungkatze von seinem Hof, die hier im Dorf ein neues Heim gefunden hätte. Und wenn Sie sich fürs Erste um den Kater kümmern, dann finde ich bestimmt später hier im Ort eine neue Bleibe für ihn, wenn Sie zurück in die Stadt gehen müssen. Wir haben Landwirte im Umkreis, die mehr als nur eine Katze versorgen.«

»Ja dann, warum nicht? Aber würden Sie ihn untersuchen und impfen?«

»Impfen, kastrieren, chippen. Mache ich gern, dafür müssten Sie ihn Anfang der kommenden Woche noch einmal vorbeibringen, in den nächsten Tagen habe ich zu viele Außentermine, und ich bin allein in der Praxis. Ich würde den Kleinen dann über Nacht hierbehalten, das macht alles leichter.«

»Einverstanden. Wäre Ihnen der kommende Montag recht? Oder ist das zu kurzfristig?«

Die Tierärztin setzte den kleinen Kater vorsichtig zurück in den Korb und ging zu ihrem Schreibtisch, um im Kalender nachzusehen. »Montagnachmittag wäre prima, dann kann ich ihn am Dienstag tagsüber noch hierbehalten und Sie können ihn abends abholen.« Die Tierärztin nahm eine Visitenkarte vom Tisch und reichte sie Clarissa. »Bitte schön, meine Telefonnummer. Sie haben jetzt jemanden im Forsthaus, mit dem Sie über Krimis sprechen können, Sie müssen ihm nur noch einen Namen geben.«

»Da wird mir schon etwas einfallen«, erwiderte Clarissa, schloss den Korb und hob ihn vom Tisch. »Wir sehen uns in der kommenden Woche. Ach, Frau Doktor Krüger? Eine Frage hätte ich noch.«

»Ja, sicher, was denn?«

»Welches Futter gebe ich dem Kater denn?«

»Am besten besorgen Sie Katzenfutter für eine ganze Woche, unser kleiner Freund hier wird mächtig Appetit haben. Wenn Sie keine offenen Dosen im Kühlschrank aufheben wollen, können Sie Nassfutter auch in Portionsbeuteln kaufen.«

»Und wie viel wird er so fressen?«

»Ich denke für den Anfang werden es zweihundert bis dreihundert Gramm am Tag sein, vor allem, wenn er draußen aktiv ist. Das wären dann zwei bis drei Beutel über den Tag verteilt. Und natürlich frisches Trinkwasser. Sie können auch noch einen kleinen Napf mit Trockenfutter hinstellen. Am besten probieren Sie mal aus, was ihm so schmeckt. Meine Katze ist ganz verrückt nach dem Nassfutter in Gelee, andere lieben die Soßenvariante. Wenn Sie zwischendurch noch Fragen haben, rufen Sie mich einfach an.«

Als Clarissa wieder im Auto saß, schaute sie gedankenverloren in den Korb, in dem der kleine Kater mauzte. »Weißt du, dass Stringer Davis zu seiner Rolle in den Miss-Marple-Filmen gesagt haben soll: ›Die brauchten aus dramaturgischen Gründen einen begriffsstutzigen alten Knaben, dem Miss Marple ihre Beobachtungen lang und breit mitteilen konnte.‹ Was hältst du davon, wenn ich dir meine Beobachtungen lang und breit mitteile? Ich glaube, ich nenne dich Mister Stringer.

Und jetzt, mein Lieber, fahren wir zum Supermarkt und kaufen Katzenfutter.«

Aus dem Korb kam ein leises Miauen, das fast wie Zustimmung klang.

***

An diesem Abend legte Clarissa ein paar alte Handtücher in einen großen Pappkarton. Den stellte sie vors Bücherregal. Der kleine Kater lag zusammengerollt in einem der Sessel vor dem Kaminofen in der Bibliothek. Clarissa hob ihn hoch und setzte ihn in den Karton. »Siehst du, Mister Stringer, ich habe ein hübsches Schlafplätzchen für dich vorbereitet.«

Der Kater schaute sich in dem Karton um, pieselte kurz auf eines der Handtücher und sprang mit einem Satz aus dem Kasten, um Sekunden später wieder im Ohrensessel vor dem Kamin zu liegen. Lachend schüttelte Clarissa den Kopf. »Okay, du bist also stubenrein, und du weißt, wo du lieber sein möchtest als in einem alten Pappkarton. Das kann ich dir nicht verdenken.«

Clarissa räumte den verschmähten Karton wieder weg und wischte den Boden sauber. Dann holte sie sich ein Glas Riesling und setzte sich damit vor den Kaminofen. Es dauert keine zwei Sekunden, da sprang Mister Stringer zu ihr in den Sessel, rieb seinen Kopf an ihrem Oberschenkel und rollte sich dann neben ihr ein. Eine zufrieden schnurrende Fellkugel, die sich gerne streicheln ließ.

Neue Aufgaben für Kurt

Gegen drei Uhr morgens wurde Clarissa von einem lauten, jammervollen Miauen geweckt. Mister Stringer war offenbar alles andere als glücklich darüber, im Haus bleiben zu müssen.

»Vielleicht bin ich zu alt für eine Katze«, murmelte sie, als sie schlaftrunken die Treppe herunterstieg. Bei ihrem Auftauchen rieb sich der kleine Kater schnurrend an ihrem Bein. Clarissa öffnete gähnend die Hintertür, um ihn nach draußen zu lassen. Mister Stringer verschwand in der mondhellen Nacht, um sich um Katerangelegenheiten zu kümmern. Für einen Moment blieb Clarissa in der offenen Tür stehen und schaute auf das Tal, das vom Vollmond beinah schon unnatürlich hell beleuchtet wurde. Fast wie in diesen alten amerikanischen Western, wo man die nächtlichen Filmszenen einfach tagsüber mit einigen Blenden weniger aufgenommen hatte. Clarissa wollte gerade die Tür schließen, als lauter Motorenlärm durch die Nacht hallte. Irgendwo weit oben im Wald röhrte ein Motorrad, vielleicht waren es auch mehrere, so genau konnte sie das nicht unterscheiden. Und dann sah sie für einen Moment grelles Scheinwerferlicht aufblitzen, bevor der Motorenlärm verstummte. Was für Idioten fuhren denn nachts durch den Wald dort oben? Da gab es doch nichts, außer ein paar Wirtschafts- und Wanderwegen. Und der Antonius-Kapelle, korrigierte sie sich im Stillen selber. Wobei ich mir kaum vorstellen kann, dass Motorradfahrer ausgerechnet die kleine Kapelle als Ziel wählen. Wahrscheinlich eher ein paar Heranwachsende aus der Gegend, für die eine nächtliche Fahrt durch den Wald schon Abenteuer genug ist. Sollen sie nur, ich gehe wieder ins Bett. Clarissa warf einen letzten Blick auf ihren mondhellen Garten, verriegelte die Tür und ging wieder zurück ins Schlafzimmer. Zum Glück kann ich ausschlafen, dachte sie und zog sich die warme Bettdecke bis zum Kinn hoch.

Mister Stringer hatte allerdings andere Pläne. Der Wecker auf Clarissas Nachttisch zeigte gerade mal sieben Uhr, als das Miauen nicht mehr zu ignorieren war. Diesmal hatte sich der kleine Kater in den Kopf gesetzt, seine nächtlichen Abenteuer mit einem gemütlichen Schlummer in einem der Sessel zu beschließen. Clarissa fluchte sehr undamenhaft, als sie in der Küche stand. Zu wach, um wieder einzuschlafen, und zu müde, um in den Tag zu starten. Sie entschied sich für das Nächstbeste: Sie nahm einen großen Milchkaffee mit hinauf ins Schlafzimmer und begann mit der Lektüre des neuen Krimis für ihren Krimi-Club. Anderthalb Stunden später fühlte sie sich entspannt genug, um den Tag richtig zu beginnen.

Nach dem Frühstück griff sie zum Telefon. Wenn eines mal sicher ist, so ein Hin und Her werde ich jetzt nicht jede Nacht mitmachen, dachte sie. Und für die Lösung ihres Problems fiel ihr nur ein Mann ein: Kurt Höhlbein. Kurt war so etwas wie der Hausmeister von ganz Niedermühlenbach. Er betrieb einen Handwerkerservice und galt bei den Dorfbewohnern, wie Clarissa kurz nach ihrer Ankunft im Ort erfahren hatte, als Universalgenie. Der drahtige kleine Mann mit dem Vollbart und einer Stimme, neben der Barry White wie Schlumpfinchen klang, hatte im Forsthaus die Heizung repariert. Seitdem hatte Clarissa seine Mobilnummer in ihrem Handy gespeichert.

»Höhlbein Handwerkerservice. Der Kurt hier. Wie kann ich helfen?«

»Guten Morgen, Kurt, ich bin's, Clarissa von Michel.«

»Frau von Michel, das ist aber eine Überraschung. Sagen Sie nicht, die Heizung macht wieder Mucken? Astrid hat Sie übrigens in der Zeitung gesehen, ich habe meiner Angetrauten gesagt, sie soll mir den Artikel ausschneiden.«

»Nein, die Heizung läuft tadellos und ja, den Artikel kenne ich schon. Ich habe aber gleich drei Dinge, bei denen Sie mir helfen könnten, hoffe ich zumindest.«

»Hast du Not und hast du Sorgen, ruf den Kurt, der kommt gleich morgen.«

»Ist der Werbespruch von Ihnen?« Clarissa versuchte ein Lachen zu unterdrücken.

»Nee, hat Vera Adenau mal in einer Anzeige für mich geschrieben. Nicht schlecht, aber ein bisschen altbacken.«

Altbacken, auch kein schlechtes Wort im Zusammenhang mit der Dorfbäckerin, dachte Clarissa amüsiert. Vera war berüchtigt für ihre selbst entworfenen Slogans, diese Erfahrung hatte Clarissa auch schon gemacht.

»Ich weiß, wovon Sie reden. Also, Sorgen habe nicht gerade …«

»Geschenkt, nennen wir es kleinere Aufgaben, dann klingt es gleich harmloser. Außerdem hätte ich auch heute schon Zeit. Wie kann ich Ihnen helfen?«

»Im Garten steht ein altes Gewächshaus. Ich vermute, dass Gregor Goethe das auseinandergenommen hat, um es zu streichen oder auch zu reparieren. Jedenfalls habe ich im Gartenschuppen die Scheiben dazu gefunden.«

»Oha, das klingt nach einem Fall für mich. Also, das schaue ich mir gerne an. Okay, das war Aufgabe Nummer eins.«

»Der Schuppen, in dem die Scheiben stehen, hat ein paar Löcher im Dach.«

»Das ist jetzt aber keine Herausforderung, Frau von Michel. Ein paar neue Dachplatten und fertig ist die Laube, wie mein Opa immer gesagt hat. Und diesmal passt es ja sogar«, Kurt lachte.

»Ja, und in den undichten Schuppen hatte sich ein kleiner Kater zurückgezogen, der seit gestern bei mir wohnt. Und jetzt kommt das dringlichste Problem: Ich brauche so schnell wie möglich eine Katzenklappe.«

»Weil der kleine Racker nachts raus und wieder rein möchte. Kenne ich, Frau von Michel, kenne ich. Wir haben auch eine Katze, ich weiß, wovon Sie reden.«

»Und haben Sie auch eine Lösung?«

»Klar, ich erledige noch schnell den einen Auftrag hier, dann fahre ich nach Obermühlenbach und schau mal, was die Zoohandlung an Modellen vorrätig hat. Gegen Mittag bin ich bei Ihnen. Darf ich denn ein Loch in die Tür sägen?«

»Ich glaube nicht, dass meine Kusine etwas dagegen einzuwenden hat. Im schlimmsten Fall muss ich ihr später eine neue Tür kaufen. Aber das ist besser, als ein Dreivierteljahr keinen Nachtschlaf zu haben.«

»Wem sagen Sie das? Also abgemacht. Ich bin gegen Mittag da und dann schau ich mir auch den Rest an.«

***

»So ein dunkles Tannengrün, das wäre doch die richtige Farbe. Wie diese Gewächshäuser im viktorianischen Stil, die Astrid immer in ihren Katalogen anschmachtet.« Langsam, Schluck für Schluck, trank Kurt Höhlbein seinen Kaffee und schaute sich dabei prüfend die Eisenstreben des Glashauses an. An mehreren Stellen kratzte er prüfend mit dem Daumennagel über die Oberfläche und verkündete schließlich: »Alles noch grundsolide. Man müsste mit der Flex den Rost entfernen, das Ganze grundieren und neu streichen. Dann kommen die Scheiben rein, wir erneuern die Dichtungsgummis, die kann ich online ordern, und fertig.«

Kurt war wie versprochen um kurz nach eins gekommen, hatte als bekennender Koffein-Fan den großen Becher Kaffee dankbar angenommen und ließ sich jetzt von Clarissa nacheinander die anstehenden Aufgaben zeigen.

»Also, das mit dem Gewächshaus sind ein paar Stunden Arbeit, mehr nicht. Wir sollten den Wetterbericht im Auge behalten, ein paar trockene Tage abwarten und loslegen. Ich könnte sogar, während die Farbe trocknet, das Schuppendach abdichten und – wenn ich das mal vorschlagen darf – die Tür richten. Das windschiefe Ding ist ja eine Zumutung für jedes Handwerkerherz.«

Clarissa, die neben Kurt stand, blickte in Richtung Schuppen. Wie die Tür so schief in den Angeln hängt, ist wirklich kein schöner Anblick, dachte sie. »Mit dem Schuppen und dem Gewächshaus kommt es mir nicht auf einen Tag an, Kurt. Und Tannengrün als Farbe fände ich auch hübsch, das ist eine gute Idee. – Haben Sie denn eine Katzenklappe bekommen?«

»Aber natürlich. Die wollten mir zuerst so ein Hightech-Teil andrehen, das sensorgesteuert die Klappe öffnet, aber dann muss Ihr Kater ein Halsband mit einem Sensor tragen. Wir haben so etwas mal ausprobiert, und unsere Katze hat es immer abgelehnt. Katze und Halsband, das geht nicht. Ich hab deswegen das einfachere Modell gekauft, das ich auch bei uns eingebaut habe, ist Ihnen doch recht, oder?«

»Aber natürlich. Wird der Einbau lange dauern?«

»Nee, ich trinke nur noch schnell den Kaffee aus und hole mein Werkzeug aus dem Wagen. Ich darf nicht vergessen, dass heute Tanz in den Mai ist. Wenn ich da zu spät nach Hause komme, zieht mir Astrid die Ohren lang.«

Tanz in den Mai, das klingt ja nett, dachte Clarissa und verspürte einen kleinen Stich vor Neid mit einem Nachgeschmack von Einsamkeit. Sie hatte niemanden, der sie zum Tanz einladen würde. »Findet das in Niedermühlenbach statt?«, fragte sie und versuchte, dabei nicht allzu neugierig zu klingen.

»Sie kennen unseren berühmten Tanz in den Mai nicht? Stimmt, wie sollten Sie auch? Sie wohnen ja erst seit ein paar Wochen hier. Das ist sozusagen *das* gesellschaftliche Ereignis im Frühjahr – die Karnevalssitzungen mal ausgenommen. Der alte Bartel hat eine seiner Scheunen vor ein paar Jahren dem Gemeinderat zur Verfügung gestellt. Seitdem gibt es da regelmäßig Veranstaltungen: Tanz in den Mai, Sommernachts-Partys, die Preisverleihung der Backwettbewerbe und natürlich im Herbst die Aufführung vom Theaterverein. Die haben im letzten Jahr *Arsen und Spitzenhäubchen* gebracht – hat mir gut gefallen. So, jetzt ran ans Werk.«

Während Kurt sein Werkzeug holte, um die Katzenklappe einzubauen, ging Clarissa ins Haus. Sie nahm ihr Telefon und zog sich in die Bibliothek zurück. Beim nächsten Anruf wollte sie keine Zuhörer haben.

Sie suchte in ihren Kontakten die Nummer von Jochen Bremmer heraus. Den Senior-Chef eines Mosel-Weinguts hatte sie vor ein paar Wochen kennengelernt. Der Winzer war attraktiv und hatte Charme. Clarissa lächelte bei der Erinnerung an seine Flirtversuche. Ich bin ja auch erst einundsechzig, da darf ein Mann ruhig mit mir flirten. Fakt war, sie hatte ein Versprechen einzulösen, nämlich das Versprechen, Jochen darüber zu informieren, wie lange sie in Niedermühlenbach bleiben wollte. Er hatte ein Anrecht darauf zu erfahren, dass sie ihren Mietvertrag bis zum Jahresende verlängert hatte. Sie wählte die eingespeicherte Nummer.

»Hallo, Clarissa, das ist aber eine nette Überraschung.«

Die direkte Begrüßung brachte Clarissa kurz aus dem Konzept. Klar, Jochen hatte ihre Nummer sicher auch gespeichert und sah auf dem Display ihren Namen.

»Hallo, Jochen, ich dachte, ich melde ich mal bei dir.«

»Finde ich eine großartige Idee. Wobei ich jetzt nur wenig Zeit habe. Hier ist gerade die Hölle los.«

»Wieso?«

»Ach, es ist verrückt. Wir haben gestern unsere Wochenendeinnahmen bei der Bank eingezahlt. Und jetzt ist die Polizei im Restaurant, weil mehrere falsche Zwanzig-Euro-Scheine dabei waren.«

»Falschgeld? Bei euch an der Mosel? Das ist ärgerlich.«

»Vor allem, weil wir mitten in den Vorbereitungen für den Abend stecken. Da kann ich Gespräche mit der Polizei gar nicht gebrauchen. Wir haben doch heute bei uns im Weingut Tanz in den Mai. Kannst du dir vorstellen, was da los ist?«

»Äh, ja sicher. Doch, da sind Nachfragen bezüglich des Falschgelds bestimmt unangenehm.« Clarissa schloss kurz die Augen. Irgendwie war das jetzt der falsche Augenblick, um über ihre Pläne in Niedermühlenbach zu sprechen.

»Du, dann will ich dich nicht länger aufhalten, Jochen.«

»Ach was, schon gut, ist eben nur noch viel zu tun. Ich muss demnächst wieder Wein nach Obermühlenbach liefern, dürfte ich dann auf eine Tasse Kaffee bei dir vorbeischauen?«

»Natürlich, jederzeit.«

»Prima, bis dann.«

»Ja, Tschü…« Clarissa verschluckte den Rest des Wortes, denn Jochen hatte den Anruf bereits beendet. Nachdenklich legte sie das Handy auf den Beistelltisch. Mit einem leisen, gleichmäßigen Schnurren betrat der kleine Kater den Raum, schritt würdevoll bis zum Sessel und sprang ohne zu zögern auf ihren Schoß. Er stellte sich hin und begann mit beiden Vorderpfoten auf ihren Beinen abwechseln zu treten. Clarissa hatte davon gelesen, dass Katzen das immer dann taten, wenn sie sich besonders behaglich fühlten. Es gab sogar ein spezielles Wort dafür: treteln. Sie ließ den kleinen Kater gewähren.

»Jochen hat Ärger mit der Polizei. Und dann organisiert er heute den Tanz in den Mai in seinem Weingut«, sagte sie ins leere Wohnzimmer hinein. Clarissa seufzte einmal, was Mister Stringer kurz den Kopf heben ließ. Bernsteinfarbene Katzenaugen musterten sie, und ihr kam es für einen Moment so vor, als würde sich Verständnis darin spiegeln. »Dieser Stoffel hat nicht mal gefragt, ob ich Lust hätte vorbeizukommen. Kannst du dir das vorstellen?«

Vor ein paar Tagen war sie noch sicher gewesen, dass sich da etwas zwischen ihr und Jochen entwickelte. Das hatte sie sich doch nicht eingebildet. Aber empfand Jochen das auch so? Offenbar nicht, sonst hätte er bestimmt nicht vergessen, sie zum Tanz einzuladen. »Vielleicht habe ich mich auch in ihm getäuscht, Mister Stringer.«

Noch während sie das sagte, nahm sich Clarissa vor, sich nicht von solchen Gedanken die Laune vermiesen zu lassen. Dafür lebte sie schon viel zu lange als Single. »Dann machen wir es uns eben heute Abend vor dem Ofen gemütlich, mein Kleiner.«

Doch es sollte anders kommen.

***

Clarissa war gerade dabei, eine Schubkarre mit Kompost vollzuschaufeln, als sie hinter sich ein Räuspern hörte. Im ersten Moment dachte sie, dass Kurt auf sich aufmerksam machen wollte, doch ein rascher Blick zeigte ihr, dass der gerade dabei war, die Außenabdeckung der Katzenklappe aufzuschrauben.

»Ähm … hier bin ich, Clarissa.«

Die Stimme kam aus Richtung der halbhohen Mauer. Clarissa drehte sich lächelnd zu der Stimme um. »Ferdi, das ist eine Überraschung. Was machst du denn hier?«

»Erlaubst du, dass ich kurz herein…«

»Ferdi! Warum denn auf einmal so förmlich? Na los, das Gartentor ist offen.« Clarissa zog die Arbeitshandschuhe aus und klopfte sich die Erde von der Latzhose.

Ferdinand hatte sich interessiert zu Kurt gestellt und begutachtete die neue Katzenklappe. »Ich wusste gar nicht, dass du eine Katze besitzt, Clarissa.«

»Wusste ich bis gestern auch nicht. Es ist ein kleiner Kater, ich habe ihn drüben im Schuppen gefunden. Ich würde ihn dir ja gerne zeigen, aber er hat sich wahrscheinlich im Haus verkrochen, er ist noch ein bisschen scheu.«

»Würde ich so nicht sagen, Frau von Michel.« Mit einem breiten Grinsen deutete Kurt auf seine Arbeitsjacke, die er auf der Terrasse abgelegt hatte. Inmitten der dunkelblauen flauschigen Kunstfaser sah man ein schwarz-weißes Fellknäuel, das dort friedlich schlummerte.

»Oh, da ist er ja. Ferdi, darf ich dir Mister Stringer vorstellen, meinen neuen Mitbewohner.«

Ferdinand hockte sich neben die Katze und streichelte vorsichtig mit dem Fingerrücken den Kopf zwischen den Ohren. »Na, der ist aber zutraulich. Manche Katzen brauchen immer eine Weile, bis sie sich von Fremden streicheln lassen«, sagte er.

Clarissa konnte nur staunen. Wie selbstverständlich Ferdi mit dem kleinen Kater umging, und wie selbstverständlich der sich das wiederum gefallen ließ!

»Mister Stringer – der Name gefällt mir«, sagte Ferdi und schob seine Tweedmütze auf dem Kopf nach hinten, um Clarissa besser anschauen zu können. »Mister Stringer gehört zu meinen Lieblingsfiguren in den Miss-Marple-Filmen. Stringer

Davis hat seine kleinen Rollen in den Filmen, die ihm seine berühmte Gattin verschafft hat, immer mit einem Augenzwinkern angenommen. Ich erinnere mich da an einen Satz über seine Nebenrolle …«

»Die brauchten aus dramaturgischen Gründen einen begriffsstutzigen alten Knaben, dem Miss Marple ihre Beobachtungen lang und breit mitteilen konnte«, zitierte Clarissa.

»Ganz genau, und dann soll er gesagt haben: ›Ich erklärte mich unter der Bedingung bereit, dass ich im Film ein Dreirad fahren durfte‹«, ergänzte Ferdi und stand auf. »Toller Humor!« Wie er so dastand, in hellen Cordhosen, beige-blau kariertem Flanellhemd, Barbour-Jacke und Schirmmütze, hätte er genauso gut in einem Katalog für britische Landhausmode abgebildet sein können. Gut sieht er aus, dachte Clarissa. Dann besann sie sich darauf, dass sie immer noch nicht den Grund für seinen Überraschungsbesuch kannte.

»Ich freue mich, dass du vorbeischaust, Ferdi. Wolltest du nur mal Hallo sagen … oder?«

Ferdi straffte seine Schultern, als wollte er eine Rede halten. »Liebe Clarissa, ich soll dich … ähm, nein … ich wollte sagen: Ich habe mich gefragt, ob du wohl Lust hättest, mich heute zum Tanz in den Mai zu begleiten. Du kannst natürlich Nein sagen, schließlich kommt das alles ein bisschen überraschend, aber …«

»Gerne! Ich würde mich riesig freuen.«

»O ja. Also gut. Ähm … ja, die anderen werden auch da sein, also Luise, Vera und Veras Mann, Wolfgang. Ich könnte dich so gegen acht abholen.« Ferdi zog an einer Kette eine altmodische Taschenuhr aus seiner Hosentasche und ließ den Deckel durch Druck auf die Krone aufspringen »Wir haben jetzt erst halb fünf, da bleibt dir noch genug Zeit, um dich frisch zu machen.«

Clarissa trat zu ihm und legte ihm die Hand auf den Arm. »Ach, Ferdi, ich hab heute gehört, dass der Tanz in einer alten

Scheune stattfindet, da verzichte ich ausnahmsweise mal auf mein Ballkleid. Ich brauche doch keine drei Stunden zum Duschen und Umziehen.«

»Nein, so … ich meine … so hatte ich das gar nicht gemeint.«

Sofort tat Clarissa leid, dass sie ihre ironische Bemerkung mit dem Ballkleid nicht hinuntergeschluckt hatte. Sie lenkte ein: »Schon klar. Komm du um acht, ich werde fertig sein. Ich finde das wunderbar. Danke für die Einladung.«

»Ja, ich freue mich auch. Bis später dann.« Ferdi griff grüßend an den Mützenrand, deutete eine kleine Verbeugung an und verließ den Garten durch das Gartentor. Clarissa wartete noch einen Moment, bis er um die Hausecke verschwunden war, dann drehte sie sich zu Kurt um.

»Wer hätte das gedacht?«

»Äh … ja, das ist doch schön, nicht wahr?«

Clarissa bedachte Kurt mit einem Blick, mit dem sie vor ein paar Monaten noch ihre Verhöre bei der Mordkommission begonnen hätte. Der Blick hatte nichts von seiner Wirkung eingebüßt. Kurt wurde mit einem Mal ganz verlegen.

»Ich soll dich ähm, nein … ich wollte sagen: Ich habe mich gefragt …«, zitierte Clarissa wörtlich. »Womöglich hat mein Freund aus dem Krimi-Club ja einen kleinen telefonischen Tipp bekommen? Vielleicht von jemandem, der gerade meine Katzenklappe einbaut?«

»Tut mir leid, Frau von Michel«, gestand Kurt zerknirscht, »aber es kann doch nicht angehen, dass Sie an einem solchen Tag hier ganz allein mit Ihrem kleinen Kater im Haus sitzen, während das halbe Dorf Spaß hat. Außerdem war Ferdinand Teichmann sofort Feuer und Flamme für die Idee. Ich glaube, der gute Ferdi ist einfach nur zu schüchtern. Ich hätte Sie ja auch eingeladen, aber dann wären Sie sich vielleicht wie das fünfte Rad am Wagen vorgekommen.«

»Kurt, ich danke Ihnen für Ihre Anteilnahme und ich freue mich wirklich auf den Abend.«

Kurt blies die Wangen auf und stieß die Luft mit einem erleichterten Seufzer wieder aus. »Meine Fresse, da bin ich aber froh. Sie hätten mal Ihren Blick gerade sehen sollen. Richtig unheimlich, so streng-amtlich. Mit Ihnen hätte ich nicht gerne in einem Verhörraum gesessen.«

»Alles Geschichte, Kurt. Jetzt bin ich Pensionärin und muss mich nicht mehr um Mord und Totschlag kümmern«, Clarissa lachte.

Das allerdings war eine grandiose Fehleinschätzung.

Tanz in den Mai

Kurz vor acht griff Clarissa nach ihrer kleinen Handtasche und dem Haustürschlüssel. Bevor sie das Haus verließ, strich sie ihr Frühlingskleid noch einmal mit der flachen Hand über der Hüfte glatt, zupfte noch einen kleinen Fussel vom Oberteil. Beim letzten Besuch in ihrer Stadtwohnung hatte sie unter anderem auch zwei Kleider eingepackt. Heute Abend trug sie das wadenlange lichtgraue Seidenkleid, auf dem kleine Röschen eingestickt waren. Ihre Wildleder-Pumps, deren Absätze niedrig genug waren, um damit bequem laufen und vor allem tanzen zu können, griffen mit ihrem hellen Altrosa die Farbe der Röschen auf.

Nicht ohne Hintergedanken hatte Clarissa die beiden Kleider mitgenommen. Ein lauer Sommerabend an der Mosel in Begleitung von Jochen Bremmer … das verlangte nach mehr als nur Jeans, Bluse und Strickjacke. Im Traum wäre ihr nicht eingefallen, dass sie einmal das Seidenkleid, das sie vor ein paar Jahren in Edinburgh gekauft hatte, bei einer Tanzveranstaltung in Bauer Bartels alter Scheune tragen würde.

»Man muss die Feste eben feiern, wie sie fallen, Mister Stringer.« Der Kater hob nur kurz den Kopf, bevor er sich wieder abwendete und weiter sein Fell putzte.

»Bleib nicht zu lange hier liegen, die Türen sind auf, die Katzenklappe kennst du ja jetzt und Futter steht im Napf auf dem Boden«, sagte Clarissa, wohl wissend, dass der kleine Kater nicht einmal Notiz von ihr nahm. Aber es machte einfach Spaß, mit ihm zu sprechen.

Damit er die Scheu vor der Klappe verloren hatte, hatte sie eine halbe Stunde Zeit und etliche Leckerlis investiert. Mister Stringer war durchaus gelehrig und hatte ziemlich schnell begriffen, dass diese Katzenklappe nichts Bedrohliches war, sondern vielmehr den Weg nach draußen in die Freiheit und zurück ins gemütliche Haus ermöglichte.

Nachtschlaf gesichert, dachte Clarissa. Sie legte sich noch ihren wollweißen Pashmina-Schal um, man wusste schließlich nicht, wie kalt es im Laufe des Abends noch werden würde, und dann nahm sie ihren hellgrauen Trenchcoat von der Garderobe und zog ihn über. Fertig für den Tanzabend.

Ein Abend, dem sie mit gemischten Gefühlen entgegensah. Jochen feiert in seinem Weingut den Tanz in den Mai, aber er hat nicht einmal daran gedacht, mich zu fragen und einzuladen. Das schmerzt mehr, als ich gedacht hätte. Clarissa schüttelte bei ihren Überlegungen missbilligend den Kopf.

Natürlich freute sie sich darüber, den Abend mit den anderen Mitgliedern des Krimi-Clubs zu verbringen. Sie war dankbar dafür, dass Ferdi sie eingeladen hatte. Aber da war auch die kleine teuflische Stimme, die ihr ins Ohr flüsterte, dass Ferdi sie vielleicht nur aus Mitleid eingeladen hatte, eben nur wegen des telefonischen Tipps von Kurt. Ich habe die Wahl, dachte sie, ich bringe die kleine Stimme zum Schweigen und genieße den Abend, oder ich lasse mir von meinen eigenen Zweifeln die Laune vermiesen. Bevor sie sich selber eine Antwort geben konnte, fuhr draußen ein Auto vor und hupte kurz. Clarissa schaltete noch schnell die Außenleuchte ein, um bei ihrer Rückkehr nicht im Dunkeln vor dem Haus zu stehen. Dann öffnete sie schwungvoll die Tür.

Als sie auf den Kiesplatz trat, stieg Ferdi rasch aus seinem Auto, kam auf sie zu und streckte ihr ein kleines Biedermeiersträußchen entgegen: gelbe Moosröschen mit Schleierkraut, umgeben von einer weißen Papierspitze.

»Bitte schön, Clarissa, die sind für dich.«

Clarissa nahm die Blumen entgegen. »Die sind zauberhaft, Ferdi. Das wäre doch nicht nötig gewesen.«

»O doch. Schon meine Großmutter hat mir in meiner Tanzschulzeit eingebläut, dass man seiner Tanzpartnerin gar nicht genug Aufmerksamkeit schenken kann. Das oder man sitzt beim Abschlussball alleine am Tisch und schaut den anderen beim Tanzen zu.«

»Deine Großmutter muss eine kluge Frau gewesen sein.«

»Das war sie, keine Frage. Was ich aber noch sagen wollte, bevor wir zum Tanz fahren: Ich habe heute Nachmittag einen Anruf von Kurt bekommen, der mich darauf hingewiesen hat, dass du gar nichts von dieser Veranstaltung heute wusstest. Jetzt könntest du glauben, ich habe dich nur aus Mitleid oder Pflichtgefühl eingeladen, aber das stimmt nicht. Um ehrlich zu sein, ich hatte schon längst vorgehabt, dich zu fragen, ob du mit mir dorthin gehen möchtest, aber … nun ja, ich bin keine zwanzig mehr und ich hatte den Eindruck, dass Jochen Bremmer, der Winzer, und du … Also, das wirkte bei unserem letzten Treffen, an dem ich euch beide zusammen gesehen habe, schon so vertraut. Was ich sagen will, ist, mir hat schlicht der Mumm gefehlt. Ich bin in der Hinsicht einfach aus der Übung. Die letzten fünfzehn Jahre seit der Scheidung, also … ich habe nicht viele Frauen zum Tanz ausgeführt.« Ferdis Finger spielten verlegen mit den Knöpfen seines hellgrauen Tweed-Jacketts. »Aber dann hat Kurt angerufen und mir wurde klar, dass ich ein alter Trottel bin, schließlich geht es ja nur darum, eine Freundin zu einem netten Abend einzuladen.«

Da war sie, die dritte Möglichkeit. Sie musste gar nicht ihre Zweifel ignorieren, um den Abend zu genießen. Ferdis kleine, ehrliche Ansprache hatte das alles unnötig gemacht. Clarissa stellte sich auf die Zehenspitzen und hauchte ihm einen freundschaftlichen Kuss auf die Wange.

»Ferdinand Teichmann, du bist sicher alles, nur kein alter Trottel. Und wenn du es genau wissen willst, dann fehlt mir auch die Übung in solchen Dingen. Kurt hat schon zugegeben, dass er den Anstoß gegeben hat. Aber ich freue mich wirklich sehr über deine Ehrlichkeit. Und was Jochen Bremmer angeht … nun ja, er hat mich nicht gefragt, ob ich mit ihm zum Tanz gehen möchte.«

Ferdi lächelte breit und bot Clarissa seinen Arm an. »Komm, dann schauen wir doch mal, was uns in Bartels Scheune geboten wird.«

***

Ferdi fuhr einen alten Mini-Cooper Baujahr 1971, in der klassischen Farbe British-Racing-Green. Das Auto passte zu dem bekennenden England-Fan wie Essig zu englischen Chips. Mehr noch, die dunkelgrüne Samtfliege, die Ferdi zur Feier des Tages zum grauen Tweed und dem blütenweißen Oxfordhemd trug, griff sogar die Autofarbe auf. Fliege und Tweed passen wiederum gut zu seinem wettergebräunten Gesicht und dem weißen Schnäuzer, dachte Clarissa, als sie ihn kurz verstohlen musterte.

Dann aber begann der nicht asphaltierte Feldweg. Clarissa wurde ordentlich durchgeschüttelt und vergaß bei der holperigen Fahrt durch die Schlaglöcher jeden Gedanken an Ferdis Aussehen.

»Das ist eine direkte Abkürzung zur Scheune«, erklärte Ferdi und schaute zu ihr hinüber. Clarissas Hand krampfte sich um den Türgriff.

»Schau bitte nicht zu mir, sondern konzentrier dich auf den Weg«, bat sie.

Der Mini mit seiner geringen Bodenfreiheit drohte mehrfach aufzusetzen, was Ferdi nicht zu stören schien. Als der Wagen auf einem Schotterplatz abbremste, stieß Clarissa den angehaltenen Atem erleichtert aus.

»Ein bisschen holperig, zugegeben, aber dafür ist man wirklich schnell am Ziel«, bemerkte Ferdi, der von ihrer Anspannung in den letzten Minuten offenbar nichts mitbekommen hatte.

»Wenn ich einen Wunsch äußern darf, dann würde ich gern für den Rückweg mal ausprobieren, wie der Mini auf einer normalen Straße fährt, wo man nicht jedes Schlagloch hautnah miterlebt.«

»Oh, das tut mir leid. War es so schlimm?« Ferdis Bestürzung war nicht gespielt.

»Sagen wir mal, ich bin froh, dass ich keine Probleme mit den Bandscheiben habe. Aber noch so eine Fahrt und ich könnte womöglich welche bekommen.«

»Gute Güte, daran habe ich gar nicht gedacht. Vielleicht ist es auch etwas anderes, wenn man selber am Steuer sitzt.«

»Jetzt sind wir angekommen. Alles in Ordnung, Ferdi. Das da vorne ist sicher die Scheune?«

Am Ende des Schotterplatzes lag ein großes Gebäude. Im Schein von mehreren Außenlampen sah Clarissa, dass der Sockel aus großen schwarzen Basaltsteinen gemauert war, während das obere Drittel mit grün gestrichenen Holzbrettern verkleidet war.

Eben öffnete sich die Tür und ein breiter Lichtstreifen ergoss sich auf den Platz. Sozusagen ein goldener Teppich zur Begrüßung, gepaart mit Gelächter, Stimmengewirr und Musikfetzen.

»Wollen wir?«, fragte Ferdi, nachdem sie ausgestiegen waren und er das Auto abgeschlossen hatte. Erneut bot er ihr den Arm an. Clarissa hakte sich bei ihm unter und gemeinsam schritten sie über die Lichtbahn in Richtung Tür.

Die Scheune mochte schon alt sein, aber innen bot sich ein ganz anders Bild. Die Wände waren weiß verputzt, der Boden bestand zum Teil aus rötlichem Klinker, es gab aber auch eine leicht erhöhte große Tanzfläche mit Holzboden. Das gut und gerne zehn Meter hohe Dach war mit hellem Holz verkleidet und die sichtbaren Dachbalken waren weiß gestrichen. Ein Dutzend große Kutschenräder aus Holz hingen wie Kronleuchter von den Balken, moderne LED-Strahler an den Holzrädern sorgten für ausreichend Beleuchtung. Zwischen den Deckenleuchten hingen rot glühende Infrarotstrahler. Ich muss mir wohl keine Sorgen machen, dass es zu kalt werden könnte, dachte Clarissa. Neben der Tanzfläche gab es noch eine große Bühne, auf der ein Orchester seine Instrumente stimmte. Die langen Tischreihen waren schon gut gefüllt. Und das war noch nicht alles, auch an der fast zehn Meter langen Bar im Hintergrund drängten sich viele Gäste. Der ganze Raum glich einem Bienenstock, in dem es vor Leben nur so wimmelte und summte.

»Willkommen in Bartels alter Scheune«, sagte Ferdi. »Bartel hat der Gemeinde die Scheune überlassen, damals war sie fast eine Ruine. Der Gemeinderat hat dann unzählige freiwillige Helfer organisiert, um das Gebäude in Eigenregie zu renovieren und nach und nach in ein Dorfzentrum zu verwandeln. Ich erinnere mich zum Beispiel, dass Kurt Höhlbein und ein paar seiner Kollegen von der freiwilligen Feuerwehr hier mit einem Einsatzwagen im Rohbau standen, um diese Balken dort oben zu streichen. Jedes Jahr gibt es noch was Neues zu tun.«

»Ich muss sagen, da habt ihr wirklich großartige Arbeit geleistet. Und alles ehrenamtlich, das muss euch erst mal jemand nachmachen«, erwiderte Clarissa. »Und dass Kurt auch noch bei der freiwilligen Feuerwehr ist, wundert mich gar nicht, das passt zu seiner hilfsbereiten Art.«

»Komm, wir schauen erst einmal, wo wir einen Platz finden, dann hole ich uns etwas zu trinken«, sagte Ferdi. »Man muss seine Getränke selber an der Theke da drüben holen. Möchtest du vielleicht ein Glas Weißwein?«

»Weißwein wäre toll. Wein und ein Glas Wasser für die Blumen von dir.« Clarissa hob kurz den Biedermeierstrauß. »Sie sind wirklich zu schön und sollen doch nicht vertrocknen. Ich kann ja schon mal suchen, ob ich die anderen …«

»Juhu, Clarissa! Ferdi! Hier sind wir!«

Clarissa schaute in die Richtung, aus der sie die Stimme gehört hatte. Vera hatte sie offenbar zuerst entdeckt, sich auf ihren Stuhl gestellt und winkte jetzt mit beiden Armen. Ihre laute Stimme übertönte das Stimmengewirr mit Leichtigkeit. Zahllose Köpfe drehten sich zu Clarissa und Ferdi um. Neugierde spiegelte sich auf vielen Gesichtern. Die Aufmerksamkeit war Clarissa ein wenig unangenehm. Wir stehen hier, Seite an Seite, ich mit den Blumen in der Hand, als würden wir gleich zum Altar schreiten, dachte sie. Aber sie wollte Ferdi auch nicht loslassen. Das wäre ja noch schöner, sollen sie ruhig gucken und sich die Köpfe zerbrechen. Ferdi dachte wohl ganz ähnlich, sie spürte die Anspannung in seinem Körper. »Wir gehen jetzt quer durch die Scheune zu den anderen, Ferdi«, flüsterte sie. »Und wenn sich einer fragen sollte, wer die Frau an deiner Seite ist, soll er das laut tun.«

»Du bist eine bemerkenswerte Frau, Clarissa von Michel«, gab Ferdi ebenso leise zurück. Ein Lächeln zuckte um seine

Mundwinkel. »Ich bin sehr froh, dass ich dich gefragt habe, ob du mitkommen willst. Also, lass uns Spaß haben.«

***

Die letzten Takte eines Foxtrotts verklangen.

»Oh, das war wunderbar«, seufzte Clarissa. »Du tanzt hervorragend Foxtrott, Ferdi. Wo hast du das so gut gelernt?« Sie stand neben ihm auf der Tanzfläche und applaudierte mit den anderen Paaren den Musikern.

»Ich habe mit meiner Exfrau fast fünfzehn Jahre lang eine Tanzschule besucht. Das ist zwar schon lange her, aber das meiste fällt mir wieder ein, wenn ich einmal auf der Tanzfläche bin. Du bist aber auch eine gute Tanzpartnerin.«

»Danke schön.« Clarissa senkte bescheiden die Augen und blickte ihn dann doch wieder direkt an. »Das Kompliment gebe ich gerne zurück. Du führst hervorragend. Das hat ja viel mit Kommunikation zu tun.«

Etwas verlegen räusperte sich Ferdi. »Nun ja, dann passen wir wohl gut zusammen. Also … ähm … beim Tanzen meine ich natürlich. Wollen wir zu den anderen zurück?«

»Gerne. Ich glaube, das Orchester macht jetzt sowieso eine kurze Pause. Sie haben es verdient. Ich habe in den letzten Jahren selten so tolle tanzbare Musik gehört.« Das war nicht gelogen, schoss es Clarissa durch den Kopf. Ich war nämlich in den letzten Jahren nicht mal in der Nähe einer Tanzfläche.

»Das ist das Salonorchester Brennerbach«, erklärte Ferdi, während sie zu ihren Plätzen zurückschlenderten. »Die spielen häufig in der alten Abtei Brennerbach. Die liegt oberhalb von Wümmerscheid-Sollensbach. Wir sollten da mal hinfahren, dauert nicht mal eine halbe Stunde. Da gibt es ein Bistro in einer ehemaligen Mühle mit einer wundervollen Speisekarte, das würde dir gefallen.« Weiter kam er mit seinen Erklärungen nicht, denn jetzt hatten sie ihren Tisch erreicht und

Vera, die Ferdis letzten Satz gehört hatte, fragte: »Was würde Clarissa gefallen, Ferdinand?«

»Ich habe gerade von dem Essen in diesem netten Bistro oberhalb von Wümmerscheid-Sollensbach erzählt.«

»Ja, das ist wirklich gut. Ich war mit Wolfgang an unserem Hochzeitstag dort. Nicht wahr, Wölfchen?«

Wolfgang Adenau, so viel hatte Clarissa im Laufe des Abends begriffen, war das genaue Gegenteil seiner Gattin. Er bedachte alles und jeden mit einem eher missmutigen Blick. Mit hageren ein Meter neunzig überragte »Wölfchen« seine Vera um mehr als zwei Köpfe, und er war in etwa so gesprächig wie ein Basaltbrocken. Nein, korrigierte sich Clarissa, da tue ich dem Brocken unrecht. Der wäre im Vergleich zu Veras Göttergatten eine regelrechte Quasselstrippe. Auch diesmal antwortete Wolfgang auf die Frage seiner Frau nur mit einem unbestimmten Grunzen, bevor sich sein Blick wieder irgendwo in Richtung der leeren Bühne verlor.

»Veras Mann ist ja eine regelrechte Stimmungskanone«, wisperte Clarissa Ferdi zu.

»Ja, dass der überhaupt die Zähne auseinanderbekommen hat, um vor dem Traualtar ›Ja, ich will‹ zu sagen, grenzt an ein Wunder. Ich habe mir sagen lassen, dass er lediglich in der Backstube aufblüht. Ein ehemaliger Schüler von mir hat bei ihm gelernt, was der von Wolfgang erzählt hat … irre. Das müssen zwei verschiedene Menschen sein.«

»Was gibt es denn bei euch zu flüstern?« Vera kicherte.

»Wir haben uns gerade für einen Ausflug nach – habe ich das richtig behalten? – Wümmerscheid-Sollensbach verabredet. Aber das sollte unser kleines Geheimnis bleiben«, gab Clarissa mit einem Lachen schlagfertig zurück und zwinkerte Ferdi vergnügt zu.

Luise hatte sich bis jetzt mit einer Frau am Nachbartisch unterhalten. Nun mischte sie sich in das Gespräch ein. »Wümmerscheid-Sollensbach«, sagte sie, »das sind zwei Dörfer, die sich lange Zeit gegenseitig nicht die Butter auf dem Brot gegönnt haben. Im Kurier stand doch mal was über diesen Wettstreit als schönstes Weihnachtsdorf vor ein paar Jahren.«

»Da läuft das bei uns zum Glück anders. Hier in Niedermühlenbach hält man zusammen«, sagte Vera. »Nimm allein den heutigen Abend, das ist doch toll. Die ganzen netten Leute aus unserem Dorf. Und unser Gemeinderat lässt sich eine Menge einfallen. Denkt nur an den Wettbewerb um den schönsten Bauerngarten.«

»Davon hat mir Diakon Wohlgemuth erzählt«, bestätigte Clarissa. »Er hat sogar vorgeschlagen, dass ich mich bewerben soll.«

»Das musst du unbedingt tun. Du hast schon so viel in dem Garten des Forsthauses verändert. Und bis zum Entscheid dauert es ja auch noch, ich wette, du hast gute Chancen.«

»Ich weiß nicht, ich stehe gerade erst am Anfang. Kurt Höhlbein wird zwar das Gewächshaus auf Vordermann bringen, aber ob das reicht? Der Diakon hat mir allerdings auch schon Vorschläge für die Bepflanzung gemacht. Ich werde darüber nachdenken. Vielleicht sollte ich Alex anrufen, er könnte mir bei den schweren Arbeiten helfen.«

»Wie geht es denn deinem Neffen? Was macht seine Krimi-Idee?«, fragte Luise.

»Ich habe keine Ahnung«, gestand Clarissa. »Ich hoffe natürlich, dass ich ihm ein wenig weiterhelfen konnte. Er möchte so gerne mal was anderes schreiben als die historischen Romane.«

»Ich habe auf seiner Webseite gesehen, dass er zahlreiche Lesungen mit den Schloss-Falkenreich-Romanen hat. Dafür gibt es eine große Fangemeinde. Reicht ihm das nicht? Wobei, ein Krimi von ihm, das würde mich schon auch interessieren.«

»Ich werde ihn auf jeden Fall mal danach fragen, aber ich will ihn auch nicht bedrängen«, meinte Clarissa.

»Das tust du schon nicht«, sagte Ferdi. »Ich denke, er kommt gerne zu dir ins Forsthaus. Du gibst ihm Tipps, er schleppt Erdsäcke, das ist doch ein guter Deal.«

»Den brauche ich aber auch, wenn ich wirklich beim Wettbewerb mitmachen will. Bis dahin ist im Garten noch eine Menge zu tun.«

»Ich habe bei uns in der Bäckerei die Anmeldeformulare liegen. Komm doch übermorgen vorbei, dann kannst du gleich eins ausfüllen.« Veras Gesicht glühte regelrecht vor Begeisterung, und die Brille rutschte ihr bis auf die Nasenspitze. Das passierte ihr hundert Mal am Tag, sie hatte sich offenbar so daran gewöhnt, dass sie kaum noch darauf achtete. Hastig schob sie mit dem Zeigefinger das Gestell zurück.

»Wenn du im Dorf und bei Vera bist, kannst du auch in der Gemeindebücherei vorbeischauen«, schlug Luise vor. »Ich habe eine ganze Reihe von interessanten Büchern über englische Cottage-Gärten. Wenn du noch Ideen suchst, wirst du da bestimmt fündig.«

Vera klatschte begeistert in die Hände. »Oh, das wird super! Ich habe da ein ganz gutes Gefühl. Schließlich kennt die Jury die einzelnen Gärten schon seit Jahren. Es sind immer die gleichen Teilnehmer. Etwas ganz Neues hat also gute Chancen. Es gibt sogar eine Kategorie für den schönsten neu angelegten Garten, glaube ich.«

»Ich werde darüber nachdenken«, versprach Clarissa.

Einer der Musiker, ein junger Mann, der seine langen Haare auf dem Hinterkopf zu einem Man Bun zusammengebunden trug, kam auf die Bühne. Mit einem sympathischen Lächeln kündigte er an: »Meine Damen und Herren, zurück auf die Tanzfläche. Das Salonorchester Brennerbach bittet zum langsamen Walzer.« Er trat vom Mikrofon zurück und griff nach dem Kontrabass.

»Wollen wir mal einen Walzer versuchen?«, fragte Ferdi und hielt Clarissa auffordernd die Hand hin.

»Warum nicht? Ich habe schon ewig keinen Walzer mehr getanzt.«

In diesem Augenblick tauchte Kurt Höhlbein an ihrem Tisch auf, verbeugte sich kurz und fragte: »Luise, wie wäre es mit einem Walzer? Meine Astrid hat nichts dagegen, wenn ich unsere Bibliothekarin auffordere.«

Luise lächelte Kurt an. »Dann mal los.«

»Komm, Wölfchen, wir wollen auch tanzen«, sagte Vera und zog ihren Mann vom Stuhl hoch. Dabei wirkte der mit einem Mal so unsicher und verloren, dass Clarissa Mitleid mit ihm bekam. Ja, Wolfgang Adenau war sicher kein Plappermaul, aber vielleicht war er einfach nur furchtbar schüchtern, arbeitete am liebsten alleine in seiner Backstube und starb tausend Tode, wenn er mit seiner quirligen Gattin unterwegs war. Vera schien das alles zu ignorieren. Bereitwillig schritt er zur Tanzfläche. Vera dagegen blieb noch kurz stehen, zwinkerte Clarissa zu und flüsterte in ihr Ohr: »Beim Tanzen ist Wölfchen ein wahrer Travolta.«

Clarissa prustete unvermittelt los.

»Was ist denn so komisch?«, fragte Ferdi, der Veras Bemerkung nicht gehört hatte.

»Ach, nichts weiter. Ich bin nur einfach glücklich, heute hier zu sein und mit euch den Abend zu verbringen. Niedermühlenbach ist wirklich ein Gewinn.«

Ein Abend mit Schloss Falkenreich

Zur gleichen Zeit in Koblenz am Rhein …

Mit großen Schritten stürmte Graf Rudolph den breiten Gang entlang, vorbei an den kostbaren Wandteppichen und den zahlreichen Ölgemälden, die seine Vorfahren zeigten. Schwer atmend riss er die breite Eichentür auf, die in den großen Saal von Schloss Falkenreich führte.

»Haltet ein. Auf der Stelle!« Seine durchdringende Bassstimme ließ alle Anwesenden erstarren. Neugierige Gesichter drehten sich zu ihm um. Der Einzige, der den überraschenden Auftritt des Grafen mit geradezu spöttischer Gelassenheit aufnahm, war Leopold. Den Füllfederhalter in der Hand, bereit, den Vertrag zu unterzeichnen, der das Ende der Falkenreichs auf diesem Anwesen besiegeln würde.

»Und warum sollte ich das tun, verehrter Vetter?«, fragte Leopold mit sanfter Stimme. Im großen Prunksaal hätte man eine Nadel fallen hören können.

»Weil Ihr, werter Vetter Leopold, keinerlei Ansprüche besitzt. Ja, ich fürchte, Ihr seid nicht einmal mein Vetter. Und das erfüllt mich mit tiefer Genugtuung.« Ein Lächeln blitzte unter dem mächtigen gezwirbelten Schnauzbart hervor, eine Gefühlsregung, die sich Graf Rudolph von Falkenreich nur selten erlaubte. Er griff in die Innentasche seines Gehrocks und zog die gefaltete Depesche hervor. Mit drei raschen raumgreifenden Schritten stand er an der prunkvoll gedeckten Tafel und blickte auf Leopold hinab. »Lest selbst. Ihr seid nicht der Erbe des Schlosses, Ihr seid ein Hochstapler, ein Halunke. Der Wolf, der sich in einen Schafspelz gehüllt, in unsere Herde geschlichen hat. Doch Euer falsches Spiel ist vorbei.« Verächtlich warf Rudolph das alles entscheidende Schreiben auf die Tafel. Geheimrat Wehners, der stille, zurückhaltende Advokat, griff ohne Zögern zu. Er überflog die wenigen Zeilen und ließ dann entgeistert das Blatt sinken.

»Hier steht, und es ist bezeugt und besiegelt, hier steht, werte Herren, dass dieser Mann, den wir für Leopold von Trumbach halten, ein Hochstapler ist. Nicht berechtigt, auch nur vom Verkauf des Anwesens zu träumen. An der Echtheit dieses Schreibens kann kein Zweifel bestehen. Meine Herren, wir sind hinters Licht geführt worden.«

Mit einem erstickten Aufschrei der Erleichterung sank Gräfin Elisabeth-Margarethe auf die Polster der Chaiselongue. Gerettet — das Haus, das Anwesen, die Familie — gerettet.

Leopold ließ den Füllfederhalter fallen und sprang auf. Plötzlich lag eine kleine einschüssige Duellpistole in seiner Hand, die er aus einer Rocktasche gezogen hatte. »Zurück! Zurück, sage ich, der Erste, der sich bewegt, hat sein Leben verwirkt. So einfach werdet ihr mich nicht in die Hände bekommen.« Langsam hob sich der Lauf. Stocksteif standen die Männer an der großen Tafel. »Ja, es ist vorbei, aber ich werde nicht alleine abtreten.« Leopold zielte auf Graf Rudolph und langsam krümmte sich sein Finger am Abzug.

Alex klappte das Buch zu. Mit einem charmanten Lächeln verkündete er: »Den Rest werden Sie wohl selber lesen müssen. Ich danke Ihnen, Sie waren ein tolles Publikum.«

Ein kollektives Raunen ging durch den großen Raum, als das Publikum ins Hier und Jetzt zurückkehrte und die Deckenlichter aufflammten. Eben noch ganz gefangen von der Handlung, entlud sich die atemlose Anspannung in begeistertem Applaus.

»Na, Sie sind mir ja einer.« Eine stämmige Frau, sie mochte etwa Ende vierzig sein, stand auf und drohte Alex spielerisch mit dem Zeigefinger.

»Meine Damen und Herren, liebe Freunde der Buchhandlung Sieper, ich darf mich ganz herzlich bei Alexander Freiherr von Michel bedanken, der uns heute Abend den siebten Band der Schloss-Falkenreich-Reihe vorgestellt hat.« Beatrix Sieper strich sich eine Haarsträhne hinter das Ohr. Sie zog aus einer Seitentasche ihrer smaragdgrünen Tunika einen kleinen Zettel heraus, setzte sich die fliederfarbene Lesebrille auf, die an einer langen Silberkette um ihren Hals hing, und erklärte: »Tatsächlich hat es auch dieser Band bereits auf die Bestsellerlisten geschafft. Stand heute Mittag auf Platz elf. Und noch etwas darf ich Ihnen verraten: Der achte Band wird bereits im Oktober, kurz vor der Buchmesse in Frankfurt, in den Handel kommen.«

Diese Ankündigung sorgte für mehrere begeisterte Zwischenrufe und zusätzlichen Beifall. »Natürlich werden wir einen ausreichenden Vorrat für Sie bereithalten. Ich denke, ich spreche in Ihrer aller Namen, wenn ich sage – weiter so, Herr von Michel. Ihre Fans der Schloss-Falkenreich-Bücher freuen sich schon auf dieses und natürlich die kommenden Bücher. Ich habe im Vorgespräch erfahren, dass Sie nicht nur unter dem Pseudonym Alexandra von Seifenberg literarisch unterwegs sind.« Die Buchhändlerin wartete einen Moment, um die Spannung zu steigern. Plötzlich wurde es sehr still in dem großen Raum, jede geflüsterte Unterhaltung verstummte. Fast hundert Augenpaare richteten sich auf Alex und die Buchhändlerin. »Sie werden demnächst auch für Krimi-Fans einen Leckerbissen bereithalten. Bitte, Herr von Michel, verraten Sie uns mehr.«

»Nun ja, wie Sie alle wissen«, Alex hob das Buch hoch, aus dem er gerade gelesen hatte, »liegen mir die Falkenreichs sehr am Herzen. Schließlich bezahlen sie meine Miete.« Er zwinkerte ins Publikum und erntete dafür an verschiedenen Stellen ein unterdrücktes Kichern. »Aber Sie werden zugeben müssen, für mich als Autor ist das weibliche Pseudonym … nun, sagen wir so: Wir Autoren sind natürlich auch ein wenig eitel. Ich würde schon gerne einmal meinen eigenen Namen auf den Bestsellerlisten sehen.« Jetzt ging das Lachen durch den ganzen Raum. »Ja, Sie lachen, aber Sie glauben gar nicht, wie oft Leserinnen enttäuscht sind, wenn sie erfahren, dass ein Mann diese Bücher geschrieben hat. Kurz und gut: Ich habe die Anfrage eines Verlags auf dem Tisch und bin gerade dabei, einen Krimi zu schreiben. Keine Sorge, er wird Ihnen gefallen. Das wird nichts Blutiges, sondern ein Kriminalroman ganz in der Tradition der von mir geliebten Klassiker wie Agatha Christie und Francis Durbridge. Bücher, die man gerne an einem Abend vor dem Kaminofen lesen möchte. Mein Arbeitstitel: *Tante Bruni ermittelt.* Es geht um den Mord an einem Architekten, der mit einer vergifteten Pizza ins Jenseits befördert wird. Bruni war früher Kriminalbeamtin und ist jetzt im Ruhestand. Zusammen mit den Mitgliedern eines Lesezirkels, lauter eingefleischten Krimikennern, bringt sie den Mörder zur Strecke. Mehr verrate ich Ihnen aber erst im nächsten Frühjahr. Das heißt, wenn unsere reizende Gastgeberin Beatrix Sieper mich dann wieder zu einer Lesung einlädt.«

Beatrix Sieper nickte euphorisch und klatschte in die Hände. »Mit dem größten Vergnügen, Herr von Michel. Mit größtem Vergnügen. So, und jetzt noch einmal Applaus für unseren Gast, der natürlich noch Ihre Bücher signieren wird. Ich darf Sie einladen, wir haben ein kleines Büfett aufgebaut. Essen Sie eine Kleinigkeit, trinken Sie noch ein Glas Wein. Genießen Sie den Abend bei uns und stöbern Sie ruhig noch in unseren Regalen, die Bücher wollen ja gekauft und gelesen werden.«

Beifall brandete erneut auf, diesmal sogar von einigen Bravo-Rufen begleitet. Alex verbeugte sich und strahlte von einem Ohr zum anderen, während er sich die schwarzen Locken aus der Stirn strich.

Es dauerte eine ganze Weile, bis sich die lange Schlange an seinem Stehtisch aufgelöst und er alle Bücher signiert hatte.

»Die lieben dich wirklich! Du bist der Rockstar der historischen Familien-Sagas.«

Alex, der in ein letztes Buch schwungvoll seinen Namen geschrieben hatte, schaute hoch. Vor ihm stand eine junge Frau in seinem Alter, also noch keine dreißig. Die schulterlangen rötlich-braunen Haare, die sonst zu einem praktischen Pferdeschwanz gebunden waren, umrahmten in weichen Wellen das schmale, attraktive Gesicht mit den Sommersprossen auf der Nase. Ein Gesicht mit tiefgrünen, klugen Augen. Alex grinste wie ein Schuljunge.

»Hast du etwas anderes erwartet? Mensch, Lisa, ich freu mich, dass du gekommen bist. Ich hatte nach meiner Mail an dich ernsthafte Zweifel, ob du dir die Falkenreichs wirklich antun willst.«

Lisa Marlene Bellenberg schüttelte lachend den Kopf. »Blödsinn. Das ist zwar die erste Lesung von dir, bei der ich im Publikum dabei bin, aber mir hat es gefallen. Das Publikum liegt dir zu Füßen, wenn du liest. Ein Glück, dass du so ein gefestigter Charakter bist, sonst würdest du womöglich noch abheben.«

Alex griff nach Lisas Hand und hauchte ihr einen Kuss

darauf. Für einen Augenblick schaute sie ihn überrascht an. Alex entging nicht, dass sie ihre Hand nicht zurückzog. Mit einem theatralischen Augenaufschlag sagte er: »Ich und abheben? Wie sollte ich, wo du mich doch seit zwei Wochen in Grund und Boden rennst? Glaub mir, die Trainingsrunden mittwochs und freitags an deiner Seite haben mich Demut gelehrt.«

Sanft entzog Lisa nun doch ihre Hand seinem Griff. »So ist das auch richtig, stell dir mal vor, du würdest nicht nur tolle Lesungen abhalten, sondern auch noch Erfolge beim Sport feiern – in weniger als einem Monat wärst du unausstehlich. Nein, ich strenge mich an, um dich zu schlagen, damit du nicht völlig den Boden unter den Füßen verlierst.«

Alex wollte gerade etwas darauf antworten, als Beatrix Sieper mit einem kleinen Tablett zu den beiden trat. »Darf ich Ihnen ein Glas Weißwein anbieten?«

Lisa winkte ab. »Herzlichen Dank, ich muss noch fahren.«

»Aber, aber, ich bitte Sie. Ein Gläschen – dagegen wird wohl auch die Polizei nichts haben.«

»Ich bin die Polizei, Frau Sieper. Kriminalkommissarin Lisa Bellenberg.«

»Hoppla.« Beatrix Sieper schlug sich die freie Hand in gespieltem Entsetzen vor den Mund. »Na, da war ich wohl ein wenig vorschnell. Im Grunde haben Sie recht, besser, man kommt erst gar nicht in Versuchung. Und Sie, Herr von Michel? Wie sieht es bei Ihnen aus?«

»Danke, liebe Frau Sieper, aber wenn ich arbeite, trinke ich grundsätzlich keinen Alkohol, ich bin ja nicht Charles Bukowski.«

»Gut gesagt. Dann empfehle ich Ihnen unser Büfett, dort gibt es Wasser und Säfte.«

Lisa wartete mit der nächsten Frage, bis die Buchhändlerin außer Hörweite war. Dann fragte sie halblaut: »Weiß Clarissa, dass du sie und den Krimi-Club in einem Buch verarbeitest?«

Die Frage sorgte dafür, dass Alex mit einem Mal sehr ernst dreinschaute. Er verzog bedauernd das Gesicht. »Nee, noch nicht. Ich meine, sie hat mir damals im Forsthaus gesagt, ich soll einen Krimi schreiben, den ich selber gerne lesen würde. Dafür fehlte mir diese eine, alles entscheidende Idee. Und plötzlich wird mir ein Mordfall praktisch auf dem Silbertablett serviert. Ich war sogar dabei, als das Opfer starb, also, nicht im gleichen Zimmer, aber doch zumindest bei derselben Veranstaltung, im gleichen Gebäude. Und natürlich bei der Auflösung, als Clarissa die Mörder überführt hat. Das war doch eine Steilvorlage, die konnte ich nicht einfach ignorieren. Außerdem …«, Alex gewann, je länger er redete, seine Selbstsicherheit zurück, »außerdem habe ich ja alle Namen und Details verändert, nur die Figurenkonstellation, den Mord und die Aufklärung habe ich übernommen.«

»Und?«

»Und was?«

»Und wann gedenkst du es ihr und den anderen vom Krimi-Club zu sagen?«

»Na ja, ich werde demnächst wieder nach Niedermühlenbach fahren, da finde ich schon eine Gelegenheit. Meine Agentin und der Verlag sind jedenfalls hellauf begeistert.«

Lisa wiegte bedenklich den Kopf und sagte dann beiläufig: »Ach, was ich dich noch fragen wollte: Komme ich auch in deinem Buch vor?«

Alex legte den Kopf schräg und suchte Lisas Blick. »Möchtest du das denn?«

»Möchtest du, dass ich dich vor dem nächsten Lauf noch mit ein paar Sit-ups zum Aufwärmen quäle? Außerdem darfst du nicht vergessen, du sprichst mit einer Frau, die vom Gesetz her eine Dienstwaffe tragen darf.«

»Ich deute das mal als ein klares Nein.«

»Gut mitgedacht, Herr Autor. Aber was hältst du davon, wenn wir uns aus dieser Veranstaltung mit Anstand verabschieden und noch einen kleinen Spaziergang zu Luigi machen? Wir könnten dort einen Happen essen. Es ist klar draußen und ich brauche ein bisschen frische Luft. Morgen ist ein Feiertag, und ich muss nicht arbeiten.«

Zehn Minuten später hatte sich Alex verabschiedet, unzählige Hände geschüttelt und noch drei Autogramme gegeben. Nach dem stickigen Raum mit den vielen Menschen war es hier draußen angenehm frisch. Keine hundert Meter von der Buchhandlung entfernt begann die Rhein-Promenade.

»Wollen wir?«, fragte Alex und zeigte zum Wasser. »Wir könnten einen kleinen Umweg gehen und am Rhein entlanglaufen.«

»Warum eigentlich nicht?« Seite an Seite schlenderten sie über die Uferpromenade. Auf den Flusswellen tanzte das weiße Licht des Vollmonds.

Neue Blüten und ein paar Gartenideen

»Ich habe zwar noch vorgestern verkündet, dass Niedermühlenbach wirklich ein Gewinn ist, aber das hier, das kann mir gestohlen bleiben!« Wütend klatschte Vera zwei Fünfzig-Euro-Scheine auf die Theke. Clarissa, die gerade die Bäckerei betreten hatte, trat näher an die Theke.

»Warum regst du dich so auf, Vera?«

»Warum ich mich aufrege? Weil ich heute früh bei der Bank unsere Einnahmen von vorgestern einzahlen wollte, am 1. Mai hatten wir ja geschlossen. Ich zähle vorher also das Geld und diese zwei Scheine kommen mir merkwürdig vor. Vielleicht habe ich sie in aller Eile angenommen und nicht aufgepasst, war ja viel los vorgestern. Wolfgang war auch eine Zeit lang allein im Laden, kann gut sein, dass er es nicht bemerkt hat.«

»Was hat er nicht bemerkt?«, fragte Clarissa und griff nach einem der Fünfziger.

»Blüten sind das, falsche Fünfziger, Drecksfälschungen«, schimpfte Vera.

Sie ist wirklich empört, dachte Clarissa, ich hab sie noch nie so schimpfen gehört.

»Da steht man stundenlang in der Backstube, sorgt bereits am frühen Morgen dafür, dass die Brote rechtzeitig fertig werden, und so wird es einem gedankt. Übers Ohr gehauen hat man uns, eine Schande ist das.«

Clarissa befühlte den Schein mit Daumen und Zeigefinger. »Das Papier fühlt sich okay an. Gut, ich hatte bei meiner Arbeit auch nichts mit Falschgeld zu tun, das war nicht mein Fachgebiet.«

Was ist mit den Fingerabdrücken der Täter?, schoss es ihr plötzlich durch den Kopf. Himmel, vor einem Jahr wäre mir so ein Fehler nicht passiert.

»Ich habe die Scheine heute schon verschiedenen Leuten im Laden zum Fühlen gegeben, die haben alle nichts bemerkt«, erklärte Vera.

So viel zum Thema Fingerabdrücke, dachte Clarissa und war insgeheim erleichtert.

»Halt ihn mal gegen das Licht, Clarissa. Siehst du, da ist ein dunkler Sicherheitsfaden in der Mitte.«

»Ja, sehe ich.«

»Was du nicht siehst, sind das Euro-Zeichen und die Zahl Fünfzig, die da jetzt in weißer Schrift erkennbar sein müssten.«

»Stimmt, auf so was habe ich noch gar nicht geachtet.«

»Steht alles auf der Webseite der Bundesbank. Doro, eine Freundin aus Runkel, die ein Blumengeschäft führt, hatte Probleme mit falschen Zwanzig- und Fünfzig-Euro-Scheinen. Als sie mir davon erzählt hat, dachte ich, besser, ich informiere mich mal. Aber du siehst, obwohl ich mich schlaugemacht habe, stehe ich jetzt dumm da. Da gibt es doch das Porträt-Fenster, das Hologramm, Wertzahlen, die die Farbe je nach Blickwinkel wechseln … aahhh, ich bin so wütend.« Vera raufte sich die Haare.

»Komm, Vera, mach dir keinen Vorwurf«, versuchte Clarissa ihre Freundin zu trösten.

»Für hundert Euro muss eine Bäckerin ganz schön viele Brötchen backen. Aber vor allem nagt der Vertrauensverlust an mir. Das hier ist Niedermühlenbach, da kennt man sich, man hilft einander, aber man bezahlt seine Brötchen doch nicht mit Blüten.«

Da hat sie nicht ganz unrecht, dachte Clarissa, für Vera muss sich das anfühlen wie ein Angriff auf den Ruf und das Ansehen ihres geliebten Dorfes.

»Das kann ich verstehen. Und – hast du schon die Polizei angerufen?«

»Nein, das mach ich gleich. Von Doro weiß ich, dass die Polizei das Falschgeld mitnimmt, und man soll sich erinnern, wen man bedient hat. Als ob ich das für vorgestern noch sagen könnte. Fast das ganze Dorf hat hier eingekauft, weil wir doch am nächsten Tag geschlossen hatten.«

Clarissa legte den falschen Fünfziger zurück zu dem anderen Schein. Vera nahm die Blüten und deponierte sie separat in einem leeren Fach der Kasse. Erst als sie die Kasse geschlossen hatte, schien sie sich langsam wieder zu beruhigen. Sie holte tief Luft und lächelte Clarissa schief an. »Die Anmeldeformulare liegen dort drüben aus, möchtest du gleich eins ausfüllen?«

»Warum nicht? Außerdem hätte ich gerne einen Milchkaffee und ein Stück Kuchen.«

»Magst du Pfirsich-Streusel? Der ist mindestens so begehrt wie mein Kirsch- und mein Apfelstreusel. Auf dem Kuchen ist auch noch eine dünne Schicht Vanillepudding mit echten Vanilleschoten und Tonka-Bohnen.«

Allein bei der Aufzählung lief Clarissa das Wasser im Mund zusammen. »Klingt ganz köstlich, Vera. Bitte dann auch ein Stück Pfirsich-Streusel.«

»Kommt sofort.«

***

Zwei Tassen Milchkaffee und ein Stück Kuchen später schlenderte Clarissa über den alten Marktplatz des Dorfes. In der Mitte des Platzes stand ein Denkmal, das einen Mann mit Schirmmütze und in Knickerbockern zeigte. Und nein, es war nicht der berühmte Detektiv Nick Knatterton, der dadurch geehrt wurde. Clarissa wusste mittlerweile, dass hier Oskar Leander Höhlbein-Bröhmke der Ältere, ein Maler und Heimatdichter mit Hang zu Knittelversen, dargestellt wurde. Ein Mann, der sich selber einen Doppelnamen und den Zusatz »der Ältere« gegeben hatte, obwohl er als Einzelkind aufgewachsen war. Was Clarissa ebenfalls gelernt hatte, war, dass Höhlbein-Bröhmke Kurt Höhlbeins Uropa war. Von Kurt hatte sie auch die übrigen Details erfahren über das, wie Kurt es einmal ausgedrückt hatte, schwarze Schaf der Familie.

»Na, Oskar Leander, was würdest du zu dem Falschgeld in deinem geliebten Niedermühlenbach sagen?«, murmelte Clarissa, als sie an der Statue vorbeiging. Höhlbein-Bröhmke der Ältere schwieg, den Blick nach oben in weite Ferne gerichtet. Vielleicht sollte ich mit Lisa über die Falschgeld-Funde sprechen, überlegte Clarissa. Aber andererseits arbeitet Lisa in der Mordkommission und hat mit solchen Betrugsfällen nichts zu tun, und ich bin im Ruhestand. Sollen sich doch mal die aktiven Kollegen darum kümmern.

***

Die Gemeindebücherei lag neben der St.-Hubertus-Kirche, die

auf einer kleinen Anhöhe stand und dadurch alle Häuser des Marktplatzes überragte. In dem Gebäude war auch der Pfarrsaal untergebracht. Als Clarissa die steile Gasse zur Kirche hochging, fuhr weiter oben ein roter Golf an und raste den Hügel hinunter. Clarissa war zwar auf dem Bürgersteig unterwegs, machte aber zwei rasche Schritte zur Seite, nur zur Sicherheit, weil der Golf viel zu schnell auf der schmalen Fahrbahn unterwegs war. Mit quietschenden Reifen bog er Richtung Marktplatz ab. Clarissa erkannte gerade noch ein Kölner Kennzeichen und eine Delle im Kofferraumdeckel. Dann war der Golf auch schon außer Sichtweite. Zwei, drei Mal hörte man nochmals die Reifen quietschen. Als Letztes verklang das laute Knattern eines Auspuffs, der offenbar auch nicht mehr der Neueste war. Idiot, dachte sie, hier so herunterzurasen, wo doch nur ein paar Häuser weiter die Kita untergebracht ist. Nicht auszudenken, wenn dort mal kleine Kinder aus dem Haus laufen. Solchen Fahrern wünscht man doch möglichst bald eine Verkehrs- und Geschwindigkeitskontrolle an den Hals. Kopfschüttelnd setzte sie ihren Weg fort.

Als sie vor der Gemeindebücherei stand, drehte sie sich noch einmal um. Obwohl die St.-Hubertus-Kirche und die dazugehörigen Gebäude nur wenige Höhenmeter oberhalb des Markplatzes lagen, hatte man den Eindruck, praktisch über den Dingen zu stehen. Die idyllischen alten Häuser mit ihren Blumenkästen, in denen bereits die ersten Blüten bunte Farbtupfer boten, das alte Kopfsteinpflaster, ja, auch der eher komisch aussehende Höhlbein-Bröhmke auf seinem Sockel, das alles bildete ein sehr friedliches Bild.

Clarissa spürte bei diesem Anblick, wie sehr ihr dieser kleine Ort in den letzten Wochen ans Herz gewachsen war. In der Stadt hatte sie nie darüber nachgedacht, wie sich ihr Wohnort anfühlte. Das war die Stadt gewesen, in der sie gearbeitet hatte, mehr nicht.

Jetzt bin doch aber gespannt, wie die Bücherei aussieht,

dachte sie und drückte die Tür auf. Nun war sie schon seit Wochen in Niedermühlenbach und hatte es tatsächlich noch kein einziges Mal geschafft, Luise in ihrer geliebten Gemeindebücherei zu besuchen. Es hatte sich einfach nicht ergeben.

Luise hatte ihr einmal bei einem gemeinsamen Spaziergang erzählt, in welchem Zustand sie die Gemeindebücherei vorgefunden hatte. Es hatte damals nur eine Handvoll Stammkunden gegeben. Kinder und Jugendliche waren, wenn überhaupt, nur selten gekommen, um dann schnell wieder das Weite zu suchen. Die Gemeindebücherei war praktisch in einer 70er-Jahre-Zeitblase stecken geblieben – genau so hatte sich Luise ausgedrückt. Es gab ein paar angestaubte Krimis, ein großes Regal mit Hörspielkassetten – welches Kind kannte heute überhaupt noch einen Kassettenrekorder? – und die üblichen Verdächtigen im Bereich Unterhaltungsliteratur. Alles aus einer Zeit, in der die ZDF-Hitparade oder Peter Frankenfeld noch das Abendprogramm im Fernsehen geprägt hatten. Gut achtzig Prozent des Bestandes hätte ebenso gut ins Antiquariat oder auf den Flohmarkt wandern können, wenn es so etwas in der Nähe von Niedermühlenbach gegeben hätte. Oder vielleicht auch eher ins Altpapier.

Dazu kam die lieblose Einrichtung: Außer den metallenen Bücherregalen gab es nur ein paar alte Holzstühle, die um einen fleckigen Tisch herumstanden. Dieser euphemistisch als Leseecke bezeichnete Bereich war in etwa so anheimelnd wie der Wartebereich in einem Behördenflur. Das alles hatte Luise so plastisch beschrieben, dass Clarissa damals sofort gewusst hatte, was ihre Freundin meinte.

Luise hatte nach ihrem »Dienstantritt« sehr viel Zeit, Energie und – wie Clarissa vermutete – auch eigenes Geld in den Umbau der Räume, die Einrichtung und den Buchbestand gesteckt.

Als Clarissa die Eingangstür aufdrückte und eintrat, blieb sie erst einmal stehen, um sich in Ruhe umzusehen. Viel helles Holz und ein dunkelgrüner Linoleumboden im Wechsel mit Kiefernparkett schufen eine offene und gleichzeitig gemütliche Atmosphäre. Der große Raum war lichtdurchflutet, und der Geruch von Buchseiten gepaart mit dem Duft von Kaffee und Blumen lag in der Luft. Clarissa bekam sofort Lust hierzubleiben; vielleicht lag das ja auch an den dunkelblauen Sesseln, die neben einzelnen Regalen standen und dazu einluden, Platz zu nehmen und in einem Buch zu blättern. Sie war unschlüssig, wohin sie jetzt gehen sollte, denn hinter der Birkenholztheke für die Ausleihe und Rückgabe stand niemand. Soll ich vielleicht laut rufen?, überlegte sie. In diesem Moment erklang ein kurzes Bellen, gefolgt von einem glücklichen Winseln. Ray raste zwischen den Regalen auf sie zu. Der Goldendoodle bremste vor ihr ab, schaute hechelnd zu ihr hoch, um sich dann auf die Seite zu legen, damit Clarissa ihn kraulen konnte. Sie kniete sich neben dem Hund auf den Boden und fuhr ihm mit der Hand durch das weiche Rückenfell.

»Wenn du hier bist, dürfte dein Frauchen auch nicht weit sein, alter Knabe«, sagte sie. Ray hob zur Antwort nur kurz den Kopf, legte sich dann wieder hin und winselte zufrieden.

»Hallo, ich bin hier hinten im Kinderbereich«, tönte Luises Stimme durch den großen Raum. Clarissa erhob sich und ging, begleitet von Ray, in die Richtung, aus der die Stimme ihrer Freundin gekommen war. Sie kam an einer Tee- und Kaffeebar vorbei, der Quelle des himmlischen Dufts, der in der Luft lag. Es war erstaunlich, wie geschickt die Bücherregale angeordnet waren. Das Ganze wirkte verschachtelt und damit auch größer, als es wohl war, aber an keiner Stelle im Raum hatte man ein Gefühl von Enge. An Luise ist eine Innenarchitektin verloren gegangen, dachte Clarissa. Der Kinderbereich war nicht zu übersehen: Zwei anderthalb Meter hohe Einhörner flankierten den Eingang. Man fühlte sich, als würde man im Wald eine Lichtung betreten. Hohe Regale bildeten sozusagen den Rand der Lichtung, niedrige Regale mit

Bilderbüchern und Spielen waren im Inneren verteilt. In der Mitte aber stand das Allerschönste: eine gut vier Quadratmeter große Ritterburg, deren Türme und Burgmauern sich bei näherem Hinsehen auch als Bücherregale entpuppten. Im Inneren des Regalvierecks blitzten bunte Sitzsäcke. Clarissa fühlte sich zwar definitiv zu alt für eine Ritterburg und einen Sitzsack, dennoch verspürte sie den unwiderstehlichen Drang, hineinzugehen und es sich auf einem der bunten Polster bequem zu machen. Das sagt doch schon alles, dachte sie. Diesen Ort muss jedes Kind lieben.

Jetzt tauchte Luises Kopf in gut zwei Metern Höhe über einem der Türme auf.

»Hallo, da bist du ja. Mensch, klasse, ich freue mich, dich zu sehen. Ich muss nur noch eben eine neue Glühbirne in die Lampe hier oben schrauben. Jessica, das ist meine Aushilfe, hat heute Nachmittagsunterricht in der Schule, deswegen ist vorne gerade niemand. Um vier schließt die Kita, bis dahin muss ich fertig sein. Viele Eltern kommen dann mit ihren Kindern noch rasch vorbei, um ein paar Bilderbücher auszuleihen und einen Nachmittagskaffee zu trinken.« Luise schraubte die Glasabdeckung auf die Lampe. »So, fertig.«

Augenblicke später kam sie aus der Ritterburg und umarmte Clarissa zur Begrüßung. Luise trug heute einen hüftlangen sandfarbenen Rollkragenpullover mit Zopfmuster, dazu enge beige Jeans und kniehohe hellbraune Wildlederstiefel mit hohem Absatz. Sie entsprach ganz und gar nicht dem typischen Bild, das man von einer Bibliothekarin im Kopf hatte. Aber Luise ist eben auch eine außergewöhnliche Frau, dachte Clarissa.

»Na, wie findest du die Bücherei?«

»Ich weiß ja nur aus deinen Erzählungen, wie es vorher ausgesehen hat, aber jetzt ist es so schön hier, so gemütlich und einladend. Das muss doch unendlich viel Arbeit gewesen sein, von den Kosten mal ganz zu schweigen.«

»Viel Arbeit war es schon. Aber als man in Niedermühlenbach erst einmal begriffen hatte, was möglich sein könnte, haben ganz viele mit angepackt. Im Grunde ist es die gleiche Geschichte wie mit der Scheune. Es sind zwar immer dieselben Menschen, die was tun, aber diese Gruppe ist wirklich engagiert. Dieses hübsche Ritterburg-Regal hat beispielsweise eine Tischlerei gestiftet, weil sich der Seniorchef früher hier immer seine Karl-May-Romane ausgeliehen hat. Und was das Geld betrifft: Ich kenne noch ein paar Großkunden aus der Zeit, als ich die Firma meines verstorbenen Mannes geleitet habe. Und die fanden Gefallen an dem Gedanken, so ein Projekt zu fördern, um damit das eigene Image aufzupolieren. Möchtest du übrigens einen Kaffee oder Tee?«

Clarissa winkte lächelnd ab. »Nee, lass mal. Ich hatte gerade zwei große Milchkaffee und Pfirsich-Streusel bei Vera.«

»Mhhmm, Veras Streuselkuchen.«

Clarissa griff in ihre Umhängetasche und förderte ein in Papier eingeschlagenes Päckchen zutage. »Ich weiß doch, wie gern du den magst. Ich habe dir auch ein Stück mitgebacht.«

»Ach, das ist lieb von dir. Ich hab gerade schon richtig Appetit bekommen.« Luise nahm den Kuchen und führte Clarissa zurück zur Kaffeebar. Sie nahm sich eine Untertasse und legte den Kuchen darauf. Mit einem Teelöffel trennte sie ein kleines Stückchen ab. Schon bei dem ersten Bissen schloss sie genießerisch die Augen. »Ganz köstlich, wirklich lecker.« Zwischen zwei Happen fragte sie: »Dann hast du dich also für den Wettbewerb angemeldet?«

Clarissa nickte. »Habe ich, auch wenn mir bei dem Gedanken noch ein bisschen mulmig ist.«

»Ach was, das ist doch nur ein Dorfwettbewerb, der allen Spaß machen soll. Du bist ja nicht bei der Chelsea Flower Show in London.«

»Da hast du auch wieder recht, Luise. Ich möchte mich nur nicht blamieren.«

»Wirst du nicht, glaub mir. Komm, ich muss dir noch schnell das Allerneueste zeigen. Danach kannst du in Ruhe die Gartenbücher ansehen.« Luise aß noch einen Bissen, dann stellte sie den Kuchen auf die kleine Theke. »Hier entlang, unser neuer Krimibereich ist jetzt endlich fertig geworden.«

Sie führte Clarissa zwischen den Regalen hindurch. Ähnlich wie in der Kinderbuchabteilung öffneten sich auch in diesem Abschnitt der Bücherei die Regale zu einer größeren freien Fläche. Hier aber warteten keine Einhörner oder eine Ritterburg auf die neugierigen Leser. Clarissa stieß einen kleinen Überraschungslaut aus. »Das … das … ist unglaublich.«

Es war, als hätte man einen Raum aus einem englischen Cottage direkt in die Niedermühlenbacher Gemeindebücherei verfrachtet. Die Illusion war perfekt.

Auf mehreren Quadratmetern war eine Wand halbhoch mit dunklem Holz vertäfelt, darüber hing eine bordeauxrote Tapete mit kleinen goldenen Lilien. Drei breite Holzregale im viktorianischen Stil beherbergten unzählige Krimis und flankierten einen offenen Kamin mit künstlicher Glut, vor dem vier Sessel und eine alte Stehlampe standen. An der Wand hingen gerahmte Schwarz-Weiß-Fotos – Margaret Rutherford in ihrer Paraderolle als Miss Marple, Edgar Wallace und ein paar Zeichnungen aus dem legendären *The Strand Magazine*, die Sherlock Holmes zeigten.

»Ich habe die Regale spottbillig bei einem Händler in Belgien gefunden, und dann kam mir die Idee mit dem Kaminzimmer. Das Café Sherlock im Kriminalhaus in Hillesheim ist doch auch so eingerichtet. Bei mir ist das glimmende Feuer im Kamin allerdings nur eine Attrappe, aber ich sag dir, wenn es hier dämmrig ist, wirkt das alles so gemütlich. Die Zahl der Krimiausleihen ist sprunghaft angestiegen, seit wir die Bücher so präsentieren.«

Clarissa trat näher und sah zwischen all den Fotos von bekannten Autoren und Schauspielern auch den gerahmten Zeitungsartikel über den Krimi-Club.

»Da hängen wir ja auch«, sagte sie überrascht.

»Ja, mehr noch«, erklärte Luise, »drüben im Regal gibt es einen ganzen Abschnitt mit Büchern, die der Krimi-Club empfiehlt. Die laufen besonders gut.«

»Wirklich toll. Das kann man unmöglich toppen, es sei denn, du hast im Gartenbereich einen Teich und eine Wiese.«

»Nee, soweit bin ich noch nicht«, Luise schmunzelte, »wobei die Idee gar nicht schlecht ist.«

Wie sie so dastand und glücklich ihr Reich betrachtete, glaubte Clarissa sofort, dass ihre Freundin auch diese Idee für möglich hielt.

»Die Gartenbücher sind vorne in der Hobbyabteilung«, sagte Luise. »Ich zeig dir rasch die Stelle, dann esse ich meinen Kuchen auf und bereite mich auf die Kleinen vor.« Sie führte Clarissa zurück zum Eingangsbereich.

»Wie weit bist du eigentlich mit deinem eigenen Umzug?«, fragte Clarissa.

»Da dauert leider noch etwas. Es gibt Probleme mit dem Dachstuhl im neuen Haus. Ich fürchte, es wird sich alles um mehrere Wochen verzögern.«

Luise wohnte in einem unglaublich protzigen, sehr modern eingerichteten Bungalow, den ihr Mann zu Lebzeiten ausgesucht hatte. Bei einem Besuch hatte Clarissa erfahren, dass ihre Freundin in ein kleineres, gemütlicheres Haus umziehen wollte.

»Schade, ich hatte gehofft, du könntest mir einen Tipp geben. Ich möchte gerne mein Fahrrad und vor allem Kleidung aus meiner Stadtwohnung holen und suche dafür einen Transporter. Ich habe weder hier im Dorf noch in Obermühlenbach einen Verleiher gefunden.«

»Einen Transporter? Dann frag doch mal Vera, bestimmt leiht sie dir den Wagen der Bäckerei.«

Für einen Moment zögerte Clarissa mit einer Antwort. Luise bemerkte das und fing laut an zu lachen. »Ich weiß, woran du gerade denkst. Aber einem geschenkten Gaul …«

»Ich werde darüber nachdenken«, erwiderte Clarissa und stimmte in das Lachen ihrer Freundin ein.

Stadtbesuch

Als Clarissa mit knapp hundert Stundenkilometern auf der rechten Spur der Autobahn fuhr, fielen ihr gleich mehrere Autos auf, die beim Überholen hupten oder deren Beifahrer ihr zuwinkten. Clarissa entschied für sich, das Ganze sportlich zu nehmen, sie konnte es nicht ändern, und vor allem hatte sie vorher gewusst, worauf sie sich einließ. Der Transporter der Bäckerei Adenau war nicht nur untermotorisiert, sondern auch auffällig, sehr auffällig. Vera hatte bei der Zusammenarbeit mit einer Firma für Außenwerbung ganz tief in die Trickkiste gegriffen. Die Seitenwände des Wagens und das Fahrzeugdach sahen aus wie ein frisch gebackenes, sehr knuspriges Kastenbrot.

Beschwer dich nicht, wie Luise schon sagte, einem geschenkten Gaul schaut man nicht ins Maul, dachte Clarissa. Sie hatte nach ihrer Rückkehr aus der Bücherei kurz mit Alex telefoniert und um seine Hilfe gebeten. Und Vera hatte sofort den Transporter zur Verfügung gestellt. Jetzt muss ich eben damit leben, dass ich in einem rollenden Brot sitze und mich anstarren lasse. Der Wagen hatte aber auch unbestreitbare Vorteile: Er war kostenlos verfügbar, und in seinem Inneren roch es wunderbar nach Frischgebackenem, schließlich hatte Wolfgang Adenau noch am Morgen damit Ware ausgefahren. Zum Glück habe ich gut gefrühstückt, dachte Clarissa, sonst würde mir bei diesem Duft die ganze Zeit der Magen knurren. Sie überschlug im Kopf, wie viel von ihren Sachen sie mitnehmen wollte. Sie brauchte ein paar Dinge aus der Küche, dann noch etwas Kleidung, die sich aber leicht in zwei Koffer packen ließe, und schließlich ihr Fahrrad, denn das fehlte ihr in Niedermühlenbach. Für jeden Einkauf musste sie das Auto nehmen, das ging ihr gegen den Strich. Mit dem Fahrrad könnte sie den Wagen öfter stehen lassen. In den Kofferraum ihres eigenen Autos bekam sie das Rad aber nicht hinein, daher der Bäckerei-Transporter.

Während sie von der Autobahn abfuhr, betrachtete Clarissa die Wohngebiete am Stadtrand und die großen Einkaufszentren ohne Wehmut. Viele Jahre hatte sie gedacht, dass das Leben in der Stadt, die Kulturangebote und der abendliche Spaziergang in die Altstadt mit ihren Kneipen, Bars und Restaurants genau das Richtige für sie seien. Doch jetzt spürte sie kein Bedauern, das alles nicht mehr zu haben, eher war es Unbehagen.

Wie wenig Grün es in den Straßen gab, nur einige Bäume, ein paar Quadratmeter Sträucher zwischen den Parkbuchten und vor einigen Häusern noch ein kümmerliches Stück Rasen. Das war ihr früher gar nicht so aufgefallen. Sie sehnte sich schon jetzt nach der Weite ihres Tals hinter dem Haus und nach ihrem Garten, obwohl sie erst seit zehn Minuten durch die Innenstadt fuhr. Gut, dass ich das Forsthaus länger gemietet habe, dachte sie, das ist auf jeden Fall die richtige Entscheidung gewesen.

Vor dem Haus, in dem ihre Eigentumswohnung lag, stand

bereits Alex. Pünktlich wie immer. Clarissa lenkte den Wagen in die Einfahrt des Hauses und sah, wie ihrem Neffen vor Staunen die Kinnlade herunterfiel. Veras Brot-Mobil war eben ein echter Hingucker. Als Clarissa ausstieg, kam Alex grinsend auf sie zu.

»Guten Tag, Clarissa. Mensch, wo hast du denn den Wagen her? Wer ist der Besitzer, Bernd das Brot?«

»Hallo, Alex, mein Lieber. Lästere nicht. Ich bin froh, dass ich den Transporter ausleihen durfte. Außerdem musst du nur lesen, dann weißt du, wem der Wagen gehört.«

»Ich kann es mir auch so denken«, murmelte Alex, ging aber trotzdem um den Wagen herum. »Heilige Scheiße!«

»Ah, du hast also den Werbeslogan entdeckt«, rief Clarissa und fischte derweil schon mal den Haustürschlüssel aus ihrer Handtasche. Kopfschüttelnd beendete Alex seinen Rundgang. »Brot und Kuchen, die sind lecker, kaufst du sie im Dorf beim Bäcker. Drum zögere nicht und handle schlau, kauf ein bei Bäcker Adenau.« Alex wischte sich eine Lachträne aus dem Augenwinkel. »Das ist dermaßen schräg, dass es schon fast wieder gut ist. Wer hat sich denn den Spruch ausgedacht? Warte, sag nichts, lass mich raten: Es ist eine Eigenkreation von Vera höchstpersönlich.«

»Bingo, mein Lieber. Du hast sie kennengelernt. Sie kann gar nicht verstehen, warum man so was nicht toll findet.«

»Wer Streuselkuchen backen kann wie Vera Adenau, dem verzeihe ich auch solche sprachlichen Sünden«, sagte Alex mit einem breiten Grinsen. Dann wurde er unvermittelt wieder ernst. »Sag mal, Clarissa, du hast doch gefragt, ob ich ein, zwei Tage Zeit hätte, dir im Garten zu helfen. Gilt das noch?«

»Na klar. Ich brauche ein paar starke Männerarme für den Transport von Blumenerde und zum Herumwuchten von Steinen, aber wenn du keine Zeit hast …«

»Nein, nein, im Gegenteil«, beeilte sich Alex zu versichern. »Ich wollte fragen, ob es dir was ausmacht, wenn ich nicht nur ein paar Tage, sondern mehr so ein, zwei Wochen bei dir wohne. Erik, mein Nachbar, probt zurzeit jeden Abend mit seiner Band, und ich habe zwei Buchprojekte vor der Brust. Ich brauche einfach ein bisschen Forsthaus-Ruhe, um voranzukommen.«

»Nachdem das mit uns beiden doch beim letzten Mal so gut geklappt hat, habe ich nichts dagegen. Außerdem hängen im ehemaligen Waffenzimmer noch deine großen Plakatwände mit den Stichworten zum letzten Roman. Und ich habe es ja gesagt: Das Gästezimmer steht dir immer zur Verfügung.«

Alex umarmte seine Tante und drückte ihr einen Kuss auf die Wange. »Das ist furchtbar nett von dir.« Er lächelte schelmisch. »Ich habe auch nichts anderes erwartet. Deswegen habe ich meine Tasche schon fix und fertig gepackt im Auto liegen und fahre gleich hinter dir her. Oder ist dir das zu spontan? Du kannst immer noch Nein sagen.«

»Bist du verrückt? Ich freu mich doch. Jetzt lass uns aber anfangen. Gehen wir rein.«

Clarissas Eigentumswohnung lag im zweiten Stock. In ihrer Wohnung sah alles aus wie immer. Irmgard Krause aus dem dritten Stock schaute hin und wieder nach dem Rechten und hatte offenbar auch regelmäßig gelüftet. Trotzdem fühlte sich Clarissa in ihren eigenen vier Wänden wie ein Gast. Reiß dich zusammen, ermahnte sie sich im Stillen, in spätestens einer Stunde kannst du schon auf dem Rückweg sein.

»Lass uns als Erstes das Fahrrad aus dem Keller holen. Ich habe Gurte dabei, damit kannst du es im Transporter sichern, während ich rasch meine Kleidung einpacke«, schlug sie vor.

»Nur zu. Sag, was ich tun soll, dafür bin ich ja hier.«

***

Sie brauchten nicht länger als eine Dreiviertelstunde, um alles zusammenzupacken. Weitere zehn Minuten verbrachte Clarissa bei ihrer Nachbarin, um sich mit einem großen Blumenstrauß für die bisherige Mühe zu bedanken und Frau Krause zu erklären, dass sie noch ein paar Monate länger auf dem Land bleiben würde. »Machen Sie sich mal um Ihre Wohnung keine Sorgen, Frau von Michel, darum kümmere ich mich schon. Das ist für mich keine Arbeit. Und wenn Sie irgendwann ganz aufs Land ziehen wollen, sagen Sie einfach Bescheid. Mein Enkel Theo ist doch Makler, der wollte sogar mich schon überreden, ins Altersheim zu ziehen und meine Wohnung zu verkaufen. Er sagt, unsere Lage ist eine wahre Goldgrube. Aber noch bin ich nicht so weit, ich bin erst achtzig und fühle mich hier pudelwohl.«

Clarissa versprach ihrer Nachbarin, sich regelmäßig zu melden und ab und zu vorbeizuschauen.

***

Sie bremste vor dem Forsthaus, stellte den Motor ab und sprang aus dem Wagen. Alex war in seinem SUV gleichzeitig mit ihr losgefahren, aber schon vor ihr angekommen und wartete vor dem Haus. Nun stieg er aus und streckte sich einmal genüsslich. »Gott, diese Stille hier, herrlich. Kein Wunder, dass du deine Stadtwohnung nicht vermisst.«

»Lass uns rasch die Sachen ins Haus tragen. Ich möchte den Transporter so schnell wie möglich zurück ins Dorf bringen. Nicht, dass sich Vera noch Sorgen macht, weil sie doch morgen früh den Wagen wieder braucht.«

»Wird gemacht. Wie kommst du denn zurück zum Forsthaus?«

»Ich habe mein Auto auf dem Marktplatz geparkt.«

»Gut. Während du dieses Roll-Brot zurückbringst, kann ich uns schon mal einen Tee kochen. Fürs Abendessen ist es ja noch ein bisschen früh. Morgen könnte ich einkaufen gehen.«

»Kannst du gerne machen, Junge, ich komme aber mit – wir müssen auch ins Gartencenter.« Mit einem freudigen Miauen kam Mister Stringer um die Hausecke gelaufen und rieb sich mit schräg gestelltem Kopf an Clarissas Wade. Alex hockte sich hin und schnalzte mit der Zunge. Zögernd kam der kleine Kater auf ihn zu und ließ sich streicheln.

»Na, wer bist du denn?«

»Das, Alex, ist mein neuer Mitbewohner. Darf ich vorstellen, Mister Stringer.«

Alex blickte zu seiner Tante hoch, während er weiter den Kater streichelte. »Super Name, Clarissa. Muss ich schon sagen.«

»Er ist mir zugelaufen. Am kommenden Montag muss ich ihn noch einmal zur Tierärztin bringen.«

Alex nahm den Kater auf den Arm und kraulte ihn am Bauch, was sich dieser widerstandslos gefallen ließ. »Na, dann sind wir ja schon zwei Männer im Forsthaus. Aber meinen Whisky trinke ich allein, damit das von Anfang an klar ist.«

Mit einem leisen Lachen schloss Clarissa die Haustür auf. Sie freute sich darauf, dass Alex ein paar Tage bleiben würde.

Tante Bruni ermittelt

Am nächsten Morgen roch es in der Küche bereits verführerisch nach Kaffee, und der Duft von frischen Brötchen lag in der Luft. Clarissa schaute sich um. Der Küchentisch war liebevoll gedeckt, ein paar gelbe Narzissen standen in einer kleinen Vase und eine Kanne mit englischem Frühstückstee dampfte zwischen den Tellern. Die Hintertür zum Garten war halb offen, also trat sie auf die Terrasse. Alex saß auf der Bank, ein Becher stand neben seinen Füßen auf dem Boden. Er schrieb gerade etwas in ein großes schwarzes Notizbuch, während er nebenbei mit der linken Hand Mister Stringer kraulte, der dicht an seinen Oberschenkel geschmiegt auf der Bank lag.

»Guten Morgen, Alex, du bist aber früh auf den Beinen.«

»Guten Morgen, Clarissa.« Alex hörte abrupt auf zu schreiben und schaute hoch. Ja, er klappte sogar das Notizbuch energisch zu. Das sieht aus, als hätte ich ihn bei irgendetwas ertappt, dachte Clarissa. Merkwürdig.

»Ich konnte nicht mehr schlafen, und da bin ich rasch ins

Dorf gefahren und habe Brötchen geholt. Außerdem war ich mir nicht ganz sicher, ob du lieber einen Kaffee oder englischen Tee wolltest. Ich hab mir schon mal einen Becher Tee mit raus genommen, die Espressomaschine ist aber auch startklar und der Tee steht auf dem Tisch. Wusstest du, dass Vera in der Bäckerei auch selbst gekochte Konfitüre verkauft? Die sah so lecker aus, dass ich ein Glas mitbringen musste. Schwarzkirsche mit einem Hauch Rum, steht übrigens auch schon auf dem Tisch.«

»Sogar an Blumen hast du gedacht.«

»Gab es im Supermarkt. Gefallen sie dir?«

»Sehr, mein Junge. Komm, lass uns mit dem Frühstück anfangen, wir haben eine Menge zu tun, und ich glaube, der Gartenmarkt in Obermühlenbach schließt schon am frühen Nachmittag. Die haben hier in der Gegend am Samstag nicht bis zwanzig Uhr geöffnet.«

»Soll mir recht sein, ich kann auch später schreiben.« Alex grinste. »Außerdem muss ich mir ja meinen Aufenthalt bei dir verdienen.«

»Das ist die richtige Einstellung«, Clarissa lachte und ging zurück ins Haus, weil die Aussicht auf frische Brötchen wirklich zu verlockend war. »Mir ist heute übrigens nach Tee zum Frühstück.«

Sie setzte sich an den gedeckten Tisch, schnitt ein Brötchen auf und bestrich es mit Butter. Dann nahm sie von Veras Konfitüre, die wirklich köstlich roch, und biss herzhaft in die Brötchenhälfte hinein. »Mmmh, die ist aber gut. Ich hatte die Gläser zwar schon mal im Regal gesehen, aber ich wusste nicht, dass es hausgemachte Konfitüre ist«, sagte sie.

»Reiner Glückstreffer. Vor mir waren noch zwei Kundinnen an der Reihe, und ich hatte Zeit, das kleine Schild am Regal zu lesen. Süße Früchte hier im Glas, machen nicht nur Vera Spaß.«

Clarissa prustete los, verschluckte sich und versuchte hustend wieder zu Atem zu kommen. »Das hast du dir ausgedacht!«

»Ich? Nein, das steht auf dem Etikett. Ehrlich.« Alex drehte das Glas herum, sodass Clarissa eine weitere Perle von Veras Werbe-Dichtkunst lesen konnte.

»Unglaublich, Vera ist einfach unglaublich. Aber die Konfitüre ist lecker.«

Es war schön, sich zur Abwechslung einmal morgens beim Frühstück mit jemandem unterhalten zu können. Unwillkürlich dachte sie daran, wie es jetzt wohl wäre, wenn sie hier nicht mit Alex säße, sondern mit jemandem wie Ferdi oder Jochen. Clarissa schüttelte unmerklich den Kopf. Nein, das wäre dann doch zu viel Nähe. Nach Maximilian war da kein Mann mehr gewesen, mit dem sie den Start in den Tag gewagt hätte.

»Was ist los? Du siehst plötzlich so ernst aus«, sagte Alex besorgt. »Bist du traurig, weil deine Zeit im Forsthaus schon bald zu Ende geht?«

»Stimmt, das weißt du ja noch gar nicht«, Clarissa lächelte und schüttelte alle trübseligen Gedanken ab. »Du musst dich doch schon gewundert haben, dass wir gestern die Koffer und das Fahrrad geholt haben.«

»Gewundert schon, liebe Tante, aber ich habe mir gesagt, du wirst es mir schon erzählen, wenn du so weit bist.«

Kauend drohte sie ihm mit dem Finger. »Die Tante kannst du dir sparen, da fühle ich mich ja gleich steinalt. Nein, das Haus ist bis zum Ende des Jahres meins. Ich habe den Mietvertrag verlängert. Und ich habe den Garten bei einem Dorfwettbewerb angemeldet. Da wird der schönste Bauerngarten prämiert.«

»Ah, daher weht also der Wind, du willst mehr als nur ein paar neue Blümchen pflanzen.«

»Blümchen, wie du das nennst, werde ich auch pflanzen, aber dabei wird es nicht bleiben.« Clarissa zögerte einen Augenblick, aber sie hatte sich mit ihrem Neffen immer gut verstanden und sie waren stets offen zueinander gewesen, deshalb fragte sie: »Und du wirst es mir erzählen, wenn du so weit bist?«

»Ähm, erzählen? Ich? Was denn?«

»Das, was so geheim in deinem Notizbuch steht, dass du das Buch sofort zuklappst, wenn jemand in deine Nähe kommt, während du bei allen anderen Buchprojekten quasi ganze Wände mit Notizzetteln vollgeklebt hast.«

Alex seufzte und sah aus wie ein Schuljunge, den man beim Kreideklauen erwischt hatte. »Okay, man kann dir ja doch nichts vormachen. Ich schreibe gerade an meinem Krimi, das heißt, im Moment sind das die vorläufigen Notizen, die ich mir immer für den Inhalt eines Kapitels mache, damit ich eine grobe Struktur für das Buch habe.«

»Dein Krimi? Das ist doch toll, dann hast du also eine Idee, die dein Verlag gut findet?«

»Habe ich, und sie sind ganz begeistert, hingerissen sind die, das kann ähnlich erfolgreich werden wie die Schloss-Falkenreich-Serie«, erklärte Alex. Sein Gesicht strahlte bei dem Gedanken an das neue Buch. Aber die Freude verschwand aus seinem Gesicht ebenso schnell, wie sie gekommen war.

»Aber?«, fragte Clarissa, denn sie sah ihrem Neffen an der Nasenspitze an, dass es noch ein Aber gab.

»Ich sollte dir wohl besser erst mal erzählen, worum es geht. Der Untertitel der Bücher könnte lauten: *Tante Bruni ermittelt.*«

»Tante Bruni? Das klingt jedenfalls besser als deine erste Idee mit dem Doppelagenten, der gleichzeitig beim BKA war und als Killer arbeitete.«

»Auf jeden Fall ist das besser. Warte«, Alex stand auf und kam wenige Augenblicke später mit ein paar Seiten zurück in die Küche, »hier, am besten, du liest selbst.«

Clarissa legte den letzten Happen Brötchen auf den Teller

und begann zu lesen. Schon nach der ersten Seite begannen ihre Augenbrauen in die Höhe zu wandern.

»Im Ernst, Alex? Das ist doch ganz klar der Mord an Gisbert Römer. Das bin ich, diese Tante Bruni, das ist der Krimi-Club, das Forsthaus …«

»Ja, ich weiß. Aber es war so verlockend. Ich habe die ganze Zeit nach einer guten Idee für einen Krimi gesucht und plötzlich, zack, stecke ich selber mitten in einer Mordfallermittlung. Natürlich wünscht sich der Verlag eine Einverständniserklärung von euch. Wenn ihr dagegen seid, dann werde ich das Buch nicht schreiben.« Den letzten Satz sagte Alex dermaßen verzagt und kleinlaut, dass es Clarissa im Herzen wehtat.

»Hör zu, Alex, für mich ist das in Ordnung. Nein, es ist sogar mehr als nur in Ordnung, irgendwie fühle ich mich auch geschmeichelt. Hier steht, dass ich eine Art Miss Marple sei. Wie soll ich da noch etwas gegen dieses Projekt haben? Aber wir sollten die anderen drei so schnell wie möglich informieren. Ich denke, sie werden sich auch geehrt fühlen, aber sie müssen gefragt werden, daran führt kein Weg vorbei.«

»Natürlich werde ich sie fragen, auch deshalb wollte ich hier ein paar Tage bleiben.«

»Gut, dann ist das ja geklärt. Vielleicht fällt dir auch noch etwas ein, womit du ihnen ihren plötzlichen literarischen Ruhm schmackhaft machen kannst, denk mal nach.« Clarissa aß das letzte Stück Brötchen und trank ihre Tasse leer. »Ich geh schnell und putz mir noch die Zähne, dann könnten wir fahren.«

»Geh nur, ich decke derweil den Tisch ab.«

»Lass auf keinen Fall den Brotbelag offen auf dem Tisch stehen, wenn du weggehst. Mister Stringer liebt Butter und Käse.«

»Keine Sorge, ich passe auf.«

Als sie die Küche verließ, hörte sie noch, wie Alex leise vor sich hin summte. Dass ich so schnell einverstanden sein würde, damit hat er wohl nicht gerechnet. Sie nahm sich vor, zur Not bei den anderen Mitgliedern des Krimi-Clubs ein gutes Wort für Alex und seine Buchidee einzulegen.

»Tante Bruni ermittelt«, murmelte sie, während sie die Treppe zum Badezimmer hochstieg, »Ideen hat der Junge.«

Im Gartenmarkt

Der Gartenmarkt in Obermühlenbach lag am Ortsrand in einem Gewerbegebiet. Clarissa hatte ihn beim Vorbeifahren schon mehrmals von Weitem gesehen. Deshalb wusste sie, wohin sie fahren mussten. Erwartungsvoll betrat sie mit Alex den großen Markt, der im Grunde aus mehreren riesigen aneinandergereihten Gewächshäusern bestand.

»Weißt du, was du kaufen willst?«, fragte Alex, der auf Bitten von Clarissa schon einen großen Einkaufswagen geholt hatte.

»Ja, ballförmige Bauernhortensien, die sollte es im Topf geben, dann Lavendelpflanzen. Hyazinthen kann ich jetzt leider schon vergessen, aber Katzenminze, davon sollten wir sechs oder sieben kaufen. Rittersporn brauche ich auch noch, aber eine ungefüllte Sorte, weil dadurch Bienen und Hummeln angelockt werden. Den würde ich gerne paarweise oder vielleicht in Dreiergruppen pflanzen, da müssen wir mal sehen, wie viele Pflanzen es werden. Ranunkeln, Ranunkeln wären auch noch schön. Die hätte ich auch selber ziehen können, aber daran habe ich nicht gedacht.«

»Aber du hast doch in der Küche vier Aussaatkisten stehen?«

»Da sind die Einjährigen drin, Zinnien zum Beispiel. Die kann ich aber frühestens Mitte Mai einpflanzen, erst müssen die Eisheiligen vorbei sein. Na ja, und ich möchte doch bei der ersten Begehung durch die Jury schon etwas in den Beeten vorweisen können.«

»Himmel, ich hol am besten schon mal einen zweiten Wagen.«

»Ach, so schlimm wird es schon nicht werden. Wir müssen ja noch Platz im Kombi lassen, weil wir bei der Holzhandlung die Straße runter noch Latten für den neuen Holzzaun kaufen werden.«

»Einen Holzzaun?«

»Rittersporn vor weißem Holzzaun, das Bild habe ich praktisch schon vor Augen.«

»Ein weißer Holzzaun«, echote Alex, »und wer …?«

Clarissa bedachte ihren Neffen mit einem strahlenden Augenaufschlag.

»Nee, klar, warum frag ich überhaupt. Bestimmt kann ich auch einen Holzzaun bauen.«

»Komm, so schwer wird das schon nicht sein. Ich fasse auch mit an. So, und jetzt holen wir erst einmal Aussaaterde und Samen für den Kräutergarten. Na los, nicht so zaghaft, du willst doch auch noch an den Schreibtisch.«

***

Zwei Stunden später fuhr Clarissa vorsichtig über den Feldweg zurück zum Forsthaus. Hinten im Auto rumpelten die Holzlatten gegen die verzinkten Einschlaghülsen, und die Farbeimer schepperten bei jedem Schlagloch aneinander.

»Stehen die Pflanzen auch gut?«

Alex schaute sich um. »Sieht prima aus, außerdem sind wir gleich da. Willst du das alles heute noch pflanzen?«

»Besser ist das. Mit dem Zaun können wir ja morgen anfangen. Das ehemalige Waffenzimmer ist seit deinem letzten Besuch noch unverändert, da kannst du dich gleich zurückziehen und schreiben.«

»Und wie sieht es mit Essen aus?«

»Ich bestell uns heute Abend was bei Alfredos Steinofenpizza in Runkel, das kann ich abholen.«

»Das ist eine gute Idee.«

»Dann ist das abgemacht. Ich pflanze, du schreibst und später gibt es die größte Familienpizza, die man in einem Steinofen backen kann.«

***

»Ciao, Signora, die größte Familienpizza, die Alfredos Steinoffenpizza zu bieten hat. Isse praktisch mit allem, Pilze, Salami, Prosciutto, Artischocken, Spinat … mhmm molto bene, so wahr ich Alfredo heiße.«

Der Pizzabäcker schob einen Karton auf die Ladentheke, der in Clarissas Augen einen guten Quadratmeter groß war.

»Das ist also die … äh Familienpizza?«

»Si, Signora. Isse Familienpizza für italienische Großfamilie. Mama, Papa, Bambini …«

»Oma, Opa und die italienische Fußballnationalmannschaft samt Trainer und Betreuern«, ergänzte Clarissa lächelnd.

Alfredo lachte so laut, dass seine voluminöse Körpermitte auf und ab hüpfte wie ein Punchingball. »Mache Spaß mit Alfredo. Mag ich. Ich habe Frauen mit Witz in mein Herz geschlossen. Hier isse noch Rabattkarte für Sonderaktion. Signora kauft zwei Familienpizze und bekommt Flasche mit Originale-Kräuterschnaps ausse meine Heimat dazu.«

Die würde jeder brauchen, der zwei von diesen Riesendingern auf den Tisch bringt, dachte Clarissa, lächelte aber höflich und bezahlte. Ihre kurz aufkeimende Sorge, mit dem Karton des Familien-Monsters nicht durch die Tür der Pizzeria zu kommen, erwies sich als unbegründet. Draußen auf dem dunklen Parkplatz fischte sie mit gesenktem Blick in ihrer Handtasche nach dem Autoschlüssel und wäre dabei fast in einen anderen Gast gerannt. »Hoppla, das tut mir leid. Da passt man einmal nicht auf.«

»Hallo, Clarissa.«

»Ferdi! Mensch, ich hab hier im Dämmerlicht kaum was gesehen. Was machst du denn hier?«

»Na, Frau Detektivin, was macht ein Single am Samstagabend auf dem Parkplatz einer Pizzeria?« Clarissa konnte zwar das Gesicht ihres Freundes nur sehr unscharf erkennen, aber die Stimme klang eindeutig nach amüsiertem Schmunzeln.

»Erwischt, das war eine blöde Frage. Weißt du was, ich habe hier die größte Familienpizza, die Alfredo aus seinem Steinofen herausziehen konnte. Im Forsthaus wartet Alex, aber ich bin sicher, die Pizza reicht auch für drei. Willst du nicht mitkommen und mit uns gemeinsam essen?«

Auch diesmal hörte Clarissa das Grinsen mehr, als dass sie es sah. »Die Einladung nehme ich gerne an. Fahr du doch schon mal los, ich gehe schnell in die Pizzeria und besorge uns noch Salat, Brötchen und Kräuterbutter. Alfredos Kräuterbutter ist wirklich gut.«

»Abgemacht, aber beeil dich, ich glaube, Alex hat ziemlichen Hunger.«

Kein Entkommen

Bernhard Wohlgemuth wusste, dass es ein Fehler gewesen war. Ein Riesenfehler. Er hätte gar nicht erst zustimmen sollen. Hatte er aber, weil sie ihm keine Wahl gelassen hatten. So knapp vor dem Ziel wollte er nicht aufgeben. Sie wussten das und genossen ihre Macht. Und wenn es keinen Ausweg mehr gab, kein Schlupfloch, um zu entkommen? Lieber ein Ende mit Schrecken als ein Schrecken … Bernhard schluckte trocken. Das war nicht das, was der Herr für ihn vorbestimmt hatte. Hatte Er ihm nicht den richtigen Weg gewiesen? Psalm 23. Der Herr ist mein Hirte …

»Wird's bald, Berni, Schluss mit Grübeln. Ich hab dich gefragt, was du für ein verdammtes Problem hast. Na los, rede, oder soll dir Dingo erst die Fresse polieren, damit du wieder zur Besinnung kommst?«

»Hör zu, Clemens. Du kannst mir so viel drohen, wie du willst. Ja, und du, Dingo, du bist riesengroß und stark. Du schlägst gern zu. Aber das wird an meinem Entschluss nichts ändern. Ich mach da nicht mit. Vorbei, aus, Ende.«

Die drei in schwarzes Leder gekleideten Männer, die vor dem Diakon standen, rückten bedrohlich näher.

»Was wollt ihr denn tun? Ihr denkt, ihr habt mich in der Hand.« Bernhard hörte selber, dass er mit einem schrillen Unterton sprach.

»Denk ich nicht nur, is' so«, brummte Clemens.

»Pass auf, Clemens. Du, Dingo und Pit … ich werde niemandem etwas erzählen.« Bernhards Stimme überschlug sich. »Ich schwöre, meinetwegen sogar auf die Bibel, wenn ihr das wollt. Wobei mir die Worte des Herrn sicher mehr bedeuten als euch dreien.«

»Quatsch nicht so pfaffenmäßig rum.« Pit verzog angewidert das Gesicht. »Erinnert mich an früher. Ich krieg das Kotzen, wenn einer so rumjammert.«

Kein Ausweg. Kein Plan B. Plötzlich stürmte Bernhard los. Mit einem Schrei sprang er nach vorne, versuchte wie ein Footballspieler mit gesenkter Schulter zwischen den drei Männern hindurchzustürmen. Doch Clemens war schneller. Statt stehen zu bleiben, zu blocken, ihn aufzuhalten, trat Clemens einen Schritt nach hinten und gab den Weg frei. Bernhard schoss an ihm vorbei und übersah dabei das Bein, das Clemens ihm stellte. Bernhard krachte auf die alten Steinplatten der Kapelle. Mit einem Stöhnen drehte er sich halb um, wurde von Fäusten an der Jacke gepackt und grob zurück auf die Füße gerissen. Abwehrend hob Bernhard die Hände, erwartete den ersten Fausthieb. Doch Clemens stieß ihn nur heftig nach hinten. »Boah, Bernie, du bist so eine Pussy.«

Bernhard Wohlgemuth stolperte rückwärts, mit dem Absatz blieb er an der Kante einer Steinplatte hängen, die sich leicht angehoben hatte. Mit einem Aufschrei stürzte er auf den Rücken. Sein Hinterkopf krachte gegen das Seitenteil einer Kirchenbank.

Der schwache Schein der Kerzen vor der Muttergottes verschwamm vor seinen Augen, bevor er in einen tiefen schwarzen Schacht fiel. Endlos tief, kein Entkommen.

Der Mann in der Kapelle

»Das war ein schöner Abend mit euch beiden.« Ferdi lehnte sich zufrieden zurück. »Vor allem, weil ich damit gerechnet hatte, den Samstagabend allein bei einer Pizza und einem neuen Krimi zu verbringen. Ich habe zufällig in der Kiste mit den ausrangierten Romanen der Gemeindebücherei einen Francis Durbridge gefunden: *Zu jung zum Sterben.* Ich bin ganz gespannt darauf.«

»Ich wollte dich nicht von der Lektüre abhalten«, sagte Clarissa und zwinkerte ihm zu.

»Das Essen mit euch und der schöne Abend sind es wert, dass man jedes Buch links liegen lässt.«

»So, ich hab genug gehört.« Alex grinste über das ganze Gesicht und machte Anstalten, sich zu erheben. »Ich lass euch jetzt mal allein. Als Gentleman weiß ich, wann ich mich diskret zurückziehen sollte.«

Ferdi lachte lauthals los. »Du bist unmöglich, Alexander. Aber wo wir schon bei indiskreten Themen sind: Was macht denn diese nette Polizistin, mit der ich dich das letzte Mal hier im Forsthaus gesehen habe?«

»Autsch, das war eine Retourkutsche, die gesessen hat. Zu Lisa Bellenberg verweigere ich die Aussage, Euer Ehren. Ich sehe die Dame meistens nur von hinten, weil wir zusammen trainieren, was im Klartext bedeutet: Lisa läuft locker vor und ich hechele mir die Lunge aus dem Leib, um nicht völlig den Anschluss zu verlieren.«

»Dann solltest du mehr trainieren, so was macht Eindruck auf Frauen.«

»Danke, Ferdi, du bist jetzt gefühlt der Sechste, der mir diesen Tipp gibt.« Alex seufzte theatralisch. »Ich fürchte, ich muss mich der Erkenntnis stellen, dass da was dran ist. Ich bin einfach nicht fit.«

»Kopf hoch, wird schon«, tröstete ihn Clarissa, die am Spülbecken stand, um zwei Schüsseln auszuspülen. Sie konnte sich aber ein Lächeln nicht verkneifen.

»Glaub nicht, ich würde nicht bemerken, dass du dich königlich amüsierst.«

In diesem Moment klingelte es an der Haustür. Nein, es klingelte nicht nur einfach, jemand blieb mit dem Finger auf dem Klingelknopf und hämmerte gleichzeitig gegen die Haustür.

»Holla, das klingt dringend. Soll ich schnell nachschauen?«

»Nein, bleib sitzen, Alex, ich gehe selber«, erwiderte Clarissa und trocknete sich die Hände ab.

Im Flur schaltete sie das Außenlicht ein, bevor sie die Haustür öffnete. Das Klingeln und Hämmern hörte nicht auf. »Ja, schon gut, ich komme ja.«

Vor der Tür stand eine Frau um die vierzig, atemlos, das Gesicht bleich wie eine frisch gekalkte Wand.

»Schnell, rufen Sie die Polizei, den Notarzt. Na los!«

»Was ist passiert?«

»Er ist tot. Wahrscheinlich ist er tot. So richtig tot, meine ich«, stammelte die Frau.

Clarissa zögerte keine Sekunde. Sie nahm die Frau, die sichtlich nach Fassung rang, am Arm und führte sie in die Küche. Die Frau ließ sich auf einen Stuhl sinken. Clarissa holte aus dem Schrank eine Tasse und goss etwas von dem frisch aufgebrühten Kaffee hinein, den sie nach dem Essen hatte servieren wollen. Sie gab drei Löffel Zucker dazu und drückte der Frau die Tasse in die Hand. »Da, trinken Sie, und dann bitte der Reihe nach.«

Die Frau trank gehorsam, wenn auch zu hastig. Als sie die Tasse sinken ließ, schloss sie kurz die Augen.

»Mareike, ich bin Mareike Jonas. Ich bin mit meinem Mann oben im Wald spazieren gegangen. Die Dunkelheit macht uns nichts aus, wir haben Taschenlampen und Dirk wollte ein paar Nachtaufnahmen machen. Er ist Hobbyfotograf.«

»Frau Jonas, wer ist tot?« Clarissa betonte die einzelnen Wörter besonders deutlich und registrierte die überraschten Gesichter von Ferdi und Alex.

»Oben in der Kapelle.« Plötzlich übernahmen wieder Schrecken und Furcht die Vorherrschaft. Clarissa kannte das, sah es an den weit aufgerissenen Augen.

»Ist Ihrem Mann etwas passiert, Frau Jonas? Schauen Sie mich an, bitte konzentrieren Sie sich.«

»Dirk? Nein, nein, nicht Dirk, ein anderer, keine Ahnung wer, oben in der Kapelle.«

Mareike Jonas umklammerte mit beiden Armen ihren Oberkörper und fing an, sich vor und zurück zu wiegen. Ihr Blick verlor sich im Nichts. Clarissa ahnte, dass sie auf die Schnelle nicht mehr viel erfahren würde.

»Alex, pass auf sie auf. Wähl den Notruf, die sollen einen Notarzt und die Polizei zur Antonius-Kapelle schicken. Keine Ahnung, wie man mit dem Auto da raufkommt.«

»Sag ihnen, sie sollen am Breitenhof den Wirtschaftsweg nehmen, der führt in einer Schleife nach oben in den Wald, da kann man mit dem Auto einigermaßen fahren«, erklärte Ferdi.

»Und dann hol eine Decke für Frau Jonas. Sie steht unter Schock, das Beste wäre, wenn sie sich im Wohnzimmer auf das Sofa legt.«

»Wird gemacht«, versprach Alex.

»Begleitest du mich, Ferdi?«, fragte Clarissa.

»Denkst du, ich lass dich allein im Wald rumlaufen, um nach einer Leiche zu suchen? Ich hole nur schnell aus dem Kofferraum eine Taschenlampe.«

Clarissa war in den letzten Wochen ein paar Mal oben an der Kapelle gewesen, aber da war sie dem kaum erkennbaren Trampelpfad zwischen den Bäumen hindurch bei hellem Tageslicht gefolgt. Jetzt bei Nacht wirkte der Wald komplett anders. Dunkel, undurchdringlich … ja, fast bedrohlich. Es grenzt an ein Wunder, dass Mareike Jonas hier ohne Licht herunterhetzen konnte, ohne zu stürzen und sich zu verletzen, dachte Clarissa. Die Frau muss wirklich einen Schutzengel gehabt haben. Clarissa war jedenfalls dankbar für Ferdis lichtstarke Taschenlampe, durch die allerdings alles außerhalb des Lichtkegels gleich doppelt so finster erschien.

»Hier oben, hallo, hier bin ich!« Die Bäume wichen zurück, und gegen den helleren Nachthimmel zeichnete sich eine Silhouette ab. Eine Silhouette, die heftig mit beiden Armen winkte.

»Augenblick, wir sind gleich bei Ihnen, Herr Jonas«, rief Ferdi.

Das Winken hörte auf. Kurze Zeit später waren Clarissa und Ferdi am Ziel. Ferdi ist ganz gut in Form, er atmet kaum schneller, obwohl wird uns doch so beeilt haben, schoss es

Clarissa durch den Kopf. Sie selber musste dagegen ein, zwei Mal tief Luft holen, bevor sie fragte: »Sind Sie Dirk Jonas?«

»Ja, meine Frau, ich weiß nicht …«

»Alles in Ordnung, Herr Jonas. Machen Sie sich keine Sorgen. Ihrer Frau geht es gut. Mein Name ist Michel, Clarissa von Michel, ich wohne dort unten im alten Forsthaus. Ihre Frau hat uns benachrichtigt, wir haben auch schon die Polizei und den Notarzt verständigt. Das ist Ferdinand Teichmann und mein erwachsener Neffe ist bei Ihrer Gattin geblieben. Sie hat von einem Toten gesprochen.«

Dirk Jonas wirkte deutlich gefasster als seine Frau. »Ich habe mir große Sorgen gemacht, aber ich wollte sie auch nicht allein hier oben im Wald lassen. Hinunterzulaufen, um Hilfe zu holen, schien mir die bessere Wahl. Hier oben gibt es keinen Handyempfang.«

»Schon okay, wo ist der Tote?«

Jonas deutete, wie Clarissa im Schein der Taschenlampe sehen konnte, hinter sich. »Da drin. Eigentlich wollte ich eine Aufnahme vom Innenraum der Kapelle machen. Nur so mit dem Kerzenlicht, aber … aber daraus wurde nichts.«

Clarissa nahm Ferdi die Taschenlampe aus der Hand. »Ferdi, bleib bitte kurz hier, wenn die Kollegen von der Schutzpolizei kommen …«

»Schon klar.«

»Ist sie von der Polizei?«, fragte Jonas.

Clarissa hörte noch, wie Ferdi antwortete: »Mordkommission, jedenfalls bis vor zwei Monaten.«

»Ah, eine Fachfrau, das ist gut.«

Es wird sich zeigen, ob das gut ist, dachte Clarissa. Sie suchte vor der Kapellentür nach Spuren, fand aber nichts. Die Tür selber stand halb offen, wahrscheinlich hatte das Ehepaar Jonas zuerst den Riegel zurückgezogen, aber beim Verlassen der Kapelle die Tür nicht mehr verschlossen. Mehr als verständlich! Clarissa vermied es, die Klinke anzufassen. Mit ihrem angewinkelten Ellenbogen stieß sie die alte Holztür auf, die sich knarrend öffnete. Der Lichtstrahl der Lampe glitt über den Boden. Von links nach rechts. Nichts! Das heißt … stopp, da lag eine kleine Kniebank umgestürzt auf dem Boden. Diese Kniebank stand sonst vor den beiden mannshohen Nischen, in denen sich eine Marienfigur und der heilige Antonius befanden. So konnten sich Gläubige zu einem kurzen Gebet niederknien. Jetzt lag das hölzerne Bänkchen, das vielleicht einen halben Meter breit und einen knappen Meter hoch war, umgekippt auf der Seite. Der Lichtstrahl verharrte auf der Bank, dann ließ Clarissa ihn nach oben wandern. Sie zuckte kurz zusammen, als das Licht zwei schwarze Schuhe mitten in der Luft erfasste. Clarissa hob die Lampe, schloss die Augen und seufzte einmal tief. »Ach Gott, Junge«, murmelte sie, »warum?« Sie schaltete die Lampe aus und ging die wenigen Schritte rückwärts zur Tür. Sie zog sie mit dem Fuß auf. Dann drehte sie sich noch einmal um und sagte halblaut in die Dunkelheit hinein: »Der Herr sei deiner armen Seele gnädig.«

Clarissa trat zu Ferdi und überreichte ihm stumm die Lampe.

»Und?«, fragte er. Und in diesem einen Wort lagen Ruhe und der Wille zu helfen, da war keine Neugierde oder gar Sensationslust.

»Bernhard Wohlgemuth.«

»Unser Diakon?« Jetzt klang Ferdi nicht mehr so ruhig und selbstsicher. »Aber wie?«

»Erhängt, offenbar Selbstmord.«

»Du gute Güte. Bernhard, ausgerechnet Bernhard? Welchen Grund sollte der Junge gehabt haben?«

Clarissa schüttelte den Kopf. »Ich weiß es nicht, Ferdi.« Man kann in einen Menschen nicht hineinsehen, dachte sie. Man weiß nicht, mit welchen Dämonen jemand kämpft, wann er so weit ist, diesen Kampf aufzugeben, sich selber aufzugeben.

Unten im Tal hörte man ein Martinshorn, Blaulicht zuckte durch den Wald. Clarissa gab sich einen Ruck. »Herr Jonas, Sie haben schon gehört, dass ich bei der Kriminalpolizei war. Die Situation sieht nach Selbstmord aus. Der Mann dort drinnen ist der Diakon von Niedermühlenbach. Ich weiß, das klingt jetzt vielleicht etwas sonderbar, aber würden Sie mir den Gefallen tun und mir Ihre Kamera ausleihen? Ich möchte möglichst viele Fotos machen. Wie gesagt, das hier ist inoffiziell. Ich muss fertig sein, bevor Notarzt und Polizei hier oben eintreffen. Verraten Sie bitte niemandem, dass ich fotografiert habe.«

»Ich kann Ihnen die Speicherkarte geben, ich habe noch eine Ersatzkarte dabei.« Dirk Jonas reichte Clarissa die Kamera. »Sie steht auf Autofokus, einfach nur auf den Auslöser drücken.«

»Danke. Tausend Dank.«

Clarissa wechselte einen Seitenblick mit Ferdi.

»Ich ruf, wenn die Wagen hier oben sind«, sagte er, »aber beeil dich um Gottes willen.«

Clarissa lief zur Kapelle und stieß die Tür auf. Sie versuchte so viele Einstellungen wie möglich einzufangen. Den Innenraum, die umgestürzte Bank, den Toten, die Deckenbalken, Details von den Balken. Sie wusste genau, das hier war ihre einzige Gelegenheit. Die Fotos die einzige Möglichkeit für sie, die Gegebenheiten am Tatort zu prüfen. Sie musste fertig werden, bevor eine ganze Polizeimannschaft durch den Raum trampelte.

In der Stille der Nacht klang das Geräusch des Auslösers erstaunlich laut in ihren Ohren. Wird man das Blitzlicht, das die Fenster des kleinen Gotteshauses stakkatoartig erleuchtet, nicht kilometerweit sehen?, fragte sie sich. Ich muss es einfach riskieren.

»Clarissa, hör jetzt besser auf«, warnte sie Ferdi.

Widerwillig wandte sich Clarissa ab. Wie gerne hätte sie in

aller Ruhe den Raum untersucht. Sie gab die Kamera zurück und ließ sich die Speicherkarte aushändigen. Danach stellte sie sich neben Ferdi, um auf das Eintreffen der Wagen zu warten, die – dem Motorengeräusch nach – jeden Moment um die letzte Kurve kommen mussten.

»Warum wolltest du Fotos machen?«, fragte Ferdi vorsichtig.

»Weil ich in der Kapelle etwas Sonderbares gespürt habe. Irgendwas war da merkwürdig.«

»Du hast selber eben erst gesagt, er habe sich erhängt, es sei Selbstmord.«

»Ich weiß, was ich gesagt habe, Ferdi, aber ich weiß auch, was ich gespürt habe. Und ich habe gelernt, auf mein Bauchgefühl zu achten. Deshalb will ich die Fotos.«

»Okay, wenn du meinst. Und wie geht es jetzt weiter?«

»Leider werden wir uns auf ein paar Fragen einstellen müssen, aber wenn wir Glück haben, können wir schon in einer Stunde wieder im Forsthaus sein. Ich vermute, dass wir erst morgen Vormittag Besuch bekommen.«

Dienstbesuch

Clarissa sollte recht behalten. Die Polizei kam am nächsten Morgen, um Fragen zu stellen. Womit sie nicht gerechnet hatte, war, dass ausgerechnet ihr Nachfolger, Kriminalhauptkommissar Volker-Friedrich Rodenhausen, in ihrem Wohnzimmer auftauchen würde.

»Clarissa, du musst doch zugeben, dass das ein … ähm … merkwürdiger Zufall ist.« Er hatte den angebotenen Stuhl abgelehnt und ging im Raum auf und ab, während er redete. »Ausgerechnet in der Kapelle, die keine fünfhundert Meter Luftlinie von deinem Haus entfernt liegt, wird ein Toter gefunden.«

»Was genau soll das jetzt heißen? Willst du damit andeuten, ich hätte etwas mit dem Tod des Diakons zu tun?«

»Nein, natürlich nicht, aber findest du es nicht merkwürdig, dass sich dieser Todesfall ausgerechnet in deiner Nähe ereignet hat?«

»Glaub mir, Volker, ich kann nichts dafür, dass das alte

Forsthaus so nah an der St.-Antonius-Kapelle liegt und man mich um Hilfe gerufen hat. Aber den Nächsten, der um Beistand bittet, werde ich zurück in die Nacht schicken, damit ich nicht selber bei meinem ehemaligen Kollegen in Verdacht gerate«, erwiderte Clarissa voller Ironie

»Clarissa, ich bitte dich, das ist doch Unfug.«

Clarissa saß auf dem Sofa und bemühte sich, ruhig zu bleiben, was ihr nicht leichtfiel. Zum einen machte ihr Ex-Kollege sie gerade mit seinem Hin- und Herlaufen ganz nervös. Zum anderen hatte Rodenhausen schon immer eine Art gehabt, die sie nach wenigen Minuten von null auf hundertachtzig bringen konnte. Das begann schon mit seinem Äußeren. Wie üblich trug er Zivilkleidung. Und trotzdem gelang es ihm, eher wie ein Bundeswehroffizier auszusehen, der sich als Zivilist verkleidet hatte. Die graue Bundfaltenhose hatte eine messerscharfe Bügelfalte, in den sorgfältig geputzten schwarzen Lederschuhen konnte man sich spiegeln. Dazu kam ein schwarzer dünner Pulli über einem weißen Hemd, das bis oben zugeknöpft war. Zugeknöpft war auch sein Träger. Rodenhausen hatte die Einladung zu einer Tasse Tee oder Kaffee strikt abgelehnt. Bei ihm klang das so, als wäre Kaffee im Dienst etwas absolut Unprofessionelles. Immerhin war er bereit gewesen, seinen Mantel an der Garderobe aufzuhängen. Clarissa entgingen nicht die abschätzigen Blicke, mit denen die rustikale Einrichtung des ehemaligen Forsthauses gemustert wurde. Mister Stringer war vom Sessel gesprungen und mauzend aus dem Zimmer gerannt, als Rodenhausen den Raum betreten hatte. Katzen haben doch ein feines Gespür für den Charakter eines Menschen, dachte Clarissa.

Mit Daumen und Zeigefinger strich sich Rodenhausen über den Schnäuzer.

Vielleicht sollte das nachdenklich aussehen, auf Clarissa wirkte die Geste eitel und wie einstudiert.

»Ich will ehrlich sein. Als ich im Bericht deinen Namen

gelesen habe, wollte ich mit dir persönlich sprechen. Dieser Dienstbesuch heute ist notwendig. Das letzte Mal, als du mit diesen Hobby-Detektiven … ähm … involviert warst – nun ja, das war nicht optimal.«

Das könnte ich jetzt einfach im Raum stehen lassen, überlegte Clarissa, will ich aber nicht. »Pass mal auf, Volker. Diese ›Hobby-Detektive‹, wie du sie abschätzig nennst, haben zwei Mörder hinter Gitter gebracht, die sonst immer noch frei herumlaufen würden, weil du zu stur gewesen bist.«

»Ich verbitte mir …«

»Ruhe. Jetzt rede ich. Ich erinnere mich noch gut an unser letztes Telefonat. Du hast damals mehr oder weniger wörtlich gesagt: Suche dir ein Hobby, aber suche nicht nach Verbrechen, wo keine sind. Damals hast du mich als eine selbsternannte Miss Marple bezeichnet. Und dann waren da plötzlich die überführten Täter, das große Lob für die klugen Ermittlungen, der Erfolg, in dem du dich sonnen konntest. Angerufen, um zuzugeben, dass du unrecht hattest, hast du aber nicht. War dir wohl nicht wichtig genug. Was lief denn nicht optimal? Die Arbeit des Krimi-Clubs? Wohl kaum. Deine eigene Arbeit? Ganz sicher, aber da ist ›nicht optimal‹ noch schöngeredet. Dein ganzes Verhalten war ein Desaster. Also, warum bist du hier?«

Rodenhausen war bei Clarissas Standpauke stehen geblieben und strich sich mit der Hand verärgert über die Halbglatze. Clarissa ahnte, was in ihm vorging, aber bevor ihr früherer Kollege zugeben würde, dass er unrecht gehabt hatte, würde eher die Mosel rückwärts fließen. Nein, Volker Rodenhausen besaß ein festes Weltbild, und in dem kamen weder ein erfolgreicher Krimi-Club noch eine pensionierte Kollegin vor, der er nicht das Wasser reichen konnte.

»Ich will zugeben, dass da der eine oder andere Satz gefallen ist, der vielleicht etwas voreilig war. Fakt ist aber, dass ich dich dringend bitten möchte, dich aus den Ermittlungen herauszuhalten. Das ist ein glasklarer Fall. Der Kerl …«

»Volker«, unterbrach Clarissa mit verdächtig leiser Stimme, »der Mann hat einen Namen. Bernhard Wohlgemuth, er war Diakon in Niedermühlenbach und ein wunderbarer junger Mann.«

»War er das? Nun ja, er war wohl noch mehr.«

Rodenhausen weiß etwas, was ich nicht weiß, und dadurch hat er Oberwasser, schoss ihr durch den Kopf.

»Und was war er noch, wenn ich fragen darf?«

»Das geht Zivilisten nichts an, ich sag nur so viel, er hat sich möglichweise aus Schuldgefühlen das Leben genommen.«

»Aus Schuldgefühlen?«

»Warum hat man wohl zwei falsche Fünfzig-Euro-Noten in seiner Hosentasche gefunden? Jetzt habe ich schon mehr gesagt, als ich eigentlich dürfte. Nimm es als Zeichen, dass ich durchaus wertschätze, was du in den letzten Jahren geleistet hast.«

»Recht herzlichen Dank, das bedeutet mir viel.« Clarissas Sarkasmus war an Rodenhausen glatt verschwendet, der nickte lediglich wohlwollend.

»Glasklarer Fall. Ein Geistlicher ist in eine Falschgeldaffäre verstrickt, sein Gewissen plagt ihn, er kann mit den Schuldgefühlen nicht mehr leben und erhängt sich an einem einsamen, unwirtlichen Ort.«

Der abschätzige Blick, mit dem Rodenhausen das Wohnzimmer und die Aussicht auf das Tal bedachte, zeigte deutlich, dass er nicht nur die Kapelle einsam und unwirtlich fand.

»Und es gab sonst keine Hinweise, keine weiteren Verletzungen?«

»Kein Kommentar, Clarissa. Und jetzt möchte ich gerne deine Aussage aufnehmen.«

Lisa

Während Clarissa mit Volker Rodenhausen im Haus war, wartete Lisa Bellenberg draußen am Auto. Rodenhausen hatte ausdrücklich darauf bestanden, alleine mit Clarissa zu sprechen. Kann mir nur recht sein, dann habe ich wenigstens ein paar Minuten Ruhe, dachte Lisa. Während der ganzen Autofahrt hatte Volker Rodenhausen darüber doziert, wie eindeutig die Sachlage sei und wie er mit Clarissa Klartext reden werde. Hoffentlich lässt sie sich nicht alles gefallen, dachte Lisa grimmig.

»Hallo, Lisa, ich wusste gar nicht, dass du auch da bist. Ich habe nur zufällig aus dem Fenster gesehen und dich am Auto entdeckt.«

Lisa drehte sich zu der Stimme um. »Alex! Was machst du denn hier?«

»Ich habe doch erzählt, dass ich nach Niedermühlenbach fahre, um mit Clarissa und dem Krimi-Club zu sprechen.«

»Stimmt, Mensch, das hatte ich bei der Aufregung für einen Moment vergessen.«

»Und? Du musst arbeiten, obwohl wir Sonntag haben?«

»Manche Toten halten sich einfach nicht an die vorgeschriebenen Wochenenden. Nein, im Ernst. Meinem Chef war es unglaublich wichtig, schon heute mit Clarissa zu sprechen, und er weiß, dass ich schon mal hier war. Also hat er mich mehr oder weniger dazu verdonnert, ihn zu chauffieren. Offiziell heißt das natürlich Tatortbegehung und Zeugenbefragung.«

»Ich habe seine Stimme drinnen im Wohnzimmer gehört. Ich konnte zwar nicht viel verstehen, aber er klang sehr unsympathisch.«

»Ja, das ist alles nicht leicht.«

Alex lehnte sich neben Lisa ans Auto und schaute sie von der Seite an. »Was ist nicht leicht?«, fragte er interessiert.

Lisa fuhr mit der Hand durchs Haar und strich sich eine Strähne hinter das Ohr. »Das ist eine alte Geschichte, hängt mit Tobi, einem Kollegen, zusammen. Vor allem, weil ich …« Lisa brach ab, sie presste die Lippen zusammen, so, als hätte sie schon zu viel gesagt.

»Ist das derselbe Tobi, mit dem du früher mal trainiert hast?«, fragte Alex.

»Ja, er ist der Grund, warum ich jetzt Rodenhausen als Chef habe. Wegen Tobi hat Clarissa das Handtuch geworfen.«

»Moment, sie hat mir vor zwei Monaten erzählt, dass sie alt genug sei, um in den Ruhestand zu wechseln.«

»Alt genug?« Lisa lachte verbittert auf. »Sicher, sie hatte genügend Dienstjahre für eine Pensionierung, aber das war nicht der Grund. Sie konnte das Getuschel hinter ihrem Rücken nicht mehr ertragen, das fehlende Vertrauen seit der Sache mit Tobi. Das hat sie zermürbt. Vielleicht auch die Sorge, dass sie wirklich Fehler gemacht hat.«

»Ich versteh nur Bahnhof.«

»Alex, wir kennen uns noch nicht so lange, und Clarissa zieht es offenbar vor, nicht darüber zu reden.«

»Ich kann schweigen wie ein Grab. Hier«, Alex hob die Hand, »ich schwöre, dass ich nichts weitererzählen werde. Großes Pfadfinder-Ehrenwort.«

Lisa schüttelte den Kopf. »Das ist kein Spaß, okay?«

»Ich meine das vollkommen ernst. Ich habe mir Sorgen um Clarissa gemacht. Sie ist schließlich mehr oder weniger die einzige Familie, die ich habe.«

»Okay, ich glaube dir. Du erinnerst dich an den Einsatz, bei dem sie verletzt wurde?«

»Natürlich erinnere ich mich. Ich habe sie sogar aus dem Krankenhaus abgeholt.«

»Mein Kollege Tobi wurde bei diesem Einsatz schwer verwundet, und Clarissa gibt sich die Schuld dafür.«

»Sieht Tobi das auch so?«

»Nein, Tobi verdankt Clarissa sein Leben, und das weiß er auch. Es sollten drei Leute verhaftet werden, einer davon begann zu schießen und hat dabei Clarissa verletzt. Tobi geriet ins Kreuzfeuer der Kerle und es hat ihn im Rücken erwischt. Danach gab es Gerüchte. Clarissa hätte den Zugriff besser planen müssen, sie wäre falsch vorgegangen, blablabla, das ganze Programm.«

Alex rieb sich nachdenklich über das Kinn. »Jetzt kapiere ich, warum sie gegangen ist.«

»Aber ich will, dass man sie als eine fähige Polizistin in Erinnerung behält, dieses Gerede hat sie nicht verdient. Du hast ja selber erlebt, wie sie arbeitet. Ihr Gespür für Dinge, die nicht zusammenpassen. Die Schlüsse, die sie zieht, die sind wirklich richtig gut. Ich möchte ihr Image wieder geraderücken, so wie sie es verdient hat. Ich weiß nur nicht, wo ich anfangen soll. Und Rodenhausen reißt mir den Kopf ab, wenn er davon etwas erfährt. Der war zwar auch bei dem Einsatz dabei, aber er kann Clarissa nicht leiden.«

Schweigend lehnten die beiden am Auto und schauten auf die Frühlingslandschaft. Lisa sah, dass Alex das überdachte, was sie gerade erzählt hatte. Womöglich ergab Clarissas Verhalten in den letzten Monaten für ihn zum ersten Mal einen Sinn. Er schien jedenfalls froh darüber zu sein, dass sie ihm die Geschichte anvertraut hatte.

»Ich bin ja Laie«, begann Alex zögernd, »aber wie kann jemand in ein Kreuzfeuer geraten, wenn nur eine Person von vorne schießt?«

Lisa stieß einen überraschten Laut aus. »Shit, darüber habe ich noch gar nicht nachgedacht. Das stand halt so im offiziellen Bericht. Na ja, vielleicht war es kein Kreuzfeuer, sondern ein Querschläger.«

»Ähm, aber das müsste man doch an einer Kugel erkennen können, oder?«

Lisa begann breit zu lächeln. Sie küsste Alex spontan kurz auf die Wange. »Alexander Freiherr von Michel, das ist der klügste Vorschlag, den ich seit Langem gehört habe.«

»Echt? Das freut mich.« Er schaute Lisa von der Seite an.

»Möchtest du …?«

»Wollen wir …?«

Die beiden lachten, weil sie gleichzeitig angefangen hatten zu reden.

»Du zuerst, bitte«, bat Alex.

»Wollen wir uns nächsten Freitag zum Training treffen?«

»Gern. Und möchtest du vielleicht danach noch etwas essen gehen?«

»Warum eigentlich nicht. Ich fürchte, wenn ich die nächsten Tage überstanden habe, brauche ich eine Riesenportion Stress-Pasta.«

»Klasse, also nicht der Stress, nur die Pasta. Dann ist das abgemacht. Sag mal, ich weiß nicht, ob du mit mir darüber sprechen darfst, aber ich habe ja den Toten gekannt. Der war hier Diakon und ich habe mich mal einen ganzen Abend lang wirklich nett mit ihm unterhalten. Er erschien mir zufrieden und ausgeglichen, jemand, der seine Arbeit mochte. Was ich nicht verstehe, ist, warum sich so ein Mensch das Leben nimmt.«

»Du hast recht, ich sollte nicht mit dir darüber reden. Aber wenn ich eines gelernt habe, dann, dass man als Außenstehender bei einem Fremden eine Depression nicht ohne Weiteres erkennt.«

»Und es ist sicher, dass es Selbstmord war?«

»Natürlich. Euer Diakon hat einen Strick genommen, ihn über einen der Balken geworfen, sich auf diese Kirchenbank gestellt, den Hinterkopf am Balken gestoßen oder vielleicht auch ganz absichtlich dagegen geschlagen. Manche tun das, habe ich mal gelesen, vielleicht, weil sie hoffen, davon benommen zu werden, bevor sie …« Lisa brach ab. »Jedenfalls haben wir Blutspuren am Balken gefunden. Der Mann tut mir so leid. Er war jung, sogar jünger als wir, und jetzt ist er tot.«

Alex nahm behutsam ihre Hand und drückte sie kurz.

»Danke für dein Vertrauen. Ich könnte noch Stunden hier stehen, aber besser, ich gehe jetzt wieder rein, bevor dein Chef noch mutmaßt, dass du mit dem Feind kooperierst. Wir sehen uns am Freitagabend, wieder um sieben am Moselufer?«

»Ja, um sieben an der Mosel.« Lisa schenkte ihm zum Abschied ein hinreißendes Lächeln. Als sich die Haustür hinter ihm schloss, schob Lisa mit der Schuhspitze ein paar Kiesel gedankenverloren hin und her. Es ist richtig gewesen, Alex alles zu erzählen, dachte sie, und sein Einfall ist wirklich gut. Ihre eigenen verdeckten Ermittlungen waren aber nur ein Punkt, der sie beschäftigte. Ein anderer Punkt war ihr spontaner Kuss. Sie bereute ihn nicht, im Gegenteil. Sie spürte ein ungewohntes Flattern im Bauch. Alexander Freiherr von Michel, ausgerechnet der Mann, den sie immer für einen eingebildeten Schnösel gehalten hatte – ausgerechnet er …

Der Krimi-Club ermittelt

»Was wirst du jetzt unternehmen?«, fragte Alex, nachdem Volker Rodenhausen abgefahren war. Clarissa saß im Wohnzimmersessel und schaute nachdenklich aus dem Fenster.

»Hallo, Alex an Erde. Kannst du mich hören?«

Sie schaute zu ihm hoch und lächelte halbherzig. »Gönn einer alten Frau doch mal einen Augenblick, um sich zu sammeln und ihre Gedanken zu sortieren. Was hat Lisa denn erzählt?«

»Lisa?«

»Natürlich, du warst doch bestimmt draußen und hast mit ihr gesprochen.«

»Aber woher weißt du …?«

»Volker Rodenhausen sieht nicht nur so aus, als wäre er noch bei der Armee, er benimmt sich auch so. Will sagen, kein höherer Offizier würde selber fahren, dafür hat man doch rangniedrigere Untergebene. Ich weiß von früher, dass er es gehasst hat, sich selber ans Steuer zu setzen. Und jetzt, wo er Leiter der Mordkommission ist, hat sich das bestimmt nicht gebessert. Lisa war schon dreimal hier, also kennt sie den Weg. Da liegt es doch nahe, dass Rodenhausen sie dazu verdonnert hat, ihn an einem Sonntag hierher zu fahren und draußen auf ihn zu warten, weil er allein mit mir reden wollte. Dass sie gar nicht aufgetaucht ist, lässt mich vermuten, dass sie anderweitig beschäftigt war. Und dass du nicht im Haus warst, habe ich am Schlagen der Haustür gehört.«

»Okay, du hast gewonnen. Ja, Lisa war draußen und hat am Auto gewartet. Und sie war nicht besonders glücklich darüber, hier zu sein. Ich gebe offiziell zu Protokoll, dass das nicht an meinem fehlenden Charme gelegen hat. Sie hat nicht viel erzählt. Bernhard Wohlgemuth tat ihr leid. Sie weiß natürlich auch nicht, warum er sich erhängt hat, da geht es ihr wie uns. Ach ja, ein Detail hat sie allerdings erwähnt. Er hat sich wohl den Hinterkopf an dem Balken gestoßen.«

»Er hat was?«

»Er hat sich offenbar den Hinterkopf gestoßen, ob nun absichtlich oder unabsichtlich, kann man nicht sagen. Da gab es wohl Blut am Balken. Ich persönlich finde das alles ganz schrecklich. Wie konntest du so etwas nur jahrelang ertragen?«

Clarissa antwortete nicht, sondern stand aus dem Sessel auf und brummte unzufrieden.

»Was ist los?«, fragte Alex.

»Ich weiß es nicht, noch nicht. Aber ich habe schon seit gestern Abend ein ganz mieses Gefühl im Bauch und das stört mich gewaltig. Irgendetwas entgeht mir, und ich kann nicht sagen, was. Alex, tu mir einen Gefallen, ruf bei Ferdi an und frag ihn, ob die Polizei auch bei ihm war. Ach ja, und er soll bitte Luise und Vera anrufen. Sag ihm, wir treffen uns um halb acht heute Abend hier bei mir.«

»Okay, mache ich, aber wieso …?«

»Weil ich das Gefühl habe, dass der Krimi-Club wieder Arbeit bekommt.«

***

Clarissa schaute sich um, prüfte, ob irgendjemand sie beobachtete. Nein, es war niemand in der Nähe. Entschlossen schob sie den Riegel zurück und öffnete das Gartentor. Der Garten lag hinter dem Pfarrhaus und war von dichten Hecken umgeben. Das Gartentor aus Holz hing ein wenig windschief zwischen zwei Steinpfeilern, die von den angrenzenden Heckenpflanzen so gut wie überwuchert waren. Wahrscheinlich eine der Aufgaben, die Bernhard noch angehen wollte, dachte sie.

Still war es hier oben, zu still für einen Sonntagmittag. Aber in der St.-Hubertus-Kirche war, wenn überhaupt unter diesen Umständen, die Messe längst gefeiert, und die Niedermühlenbacher saßen jetzt bestimmt zu Hause am Mittagstisch. Später am Tag gab es hier sicherlich zahlreiche Spaziergänger, weil direkt hinter dem Pfarrgarten die Felder und Wiesen begannen.

Bernhard hat erzählt, dass er allein hier oben wohnt, überlegte Clarissa, Pfarrer Ottokar Türmer hat sein Pfarrhaus und das Pfarrbüro in Obermühlenbach. Es dürfte also niemandem auffallen, wenn ich mich in Bernhards Garten umsehe. Noch lieber hätte ich ja das Haus von innen in Augenschein genommen. Nun, dafür wird es vielleicht später noch eine Gelegenheit geben. Als ich noch bei der Kripo war, hätte ich mir alles direkt ansehen können, dachte Clarissa.

Ihr Bedauern währte nur kurz, denn der Anblick des Gartens nahm sie gefangen. Das, was Bernhard Wohlgemuth hier angelegt hatte, zählte wohl zu den formalen Gärten, das Ganze wirkte auf Clarissa fast wie eine Klosteranlage. Gerade Kieswege durchschnitten die einzelnen Beete. In der Mitte, an der Stelle, wo sich die Wege kreuzten, stand ein großer Basaltfindling. Die akkuraten Beete sahen aus wie aus einem Bildband entnommen. Hier wuchsen üppige Polsterstauden, die jetzt schon zahlreiche Triebe hatten, Blumen und Kräuter wie Rosmarin und Salbei. Bernhard Wohlgemuth hatte nicht nur die Farben der Blüten geschickt kombiniert, er hatte in den Beeten auch Struktur durch die Höhen der einzelnen Pflanzen geschaffen. Langsam, beinahe andächtig, wandelte Clarissa durch den Garten. Ein paar Vögel sangen, der Kies knirschte unter ihren Schuhen, und an einer Seite, fast in der Hecke, stand ein Basaltbecken, in das leise Wasser plätscherte. Alles verströmte eine fast schon meditative Ruhe. Sie schaute sich um, nahm das Bild in sich auf. Darum war sie hier. In all den Jahren hatte sie gelernt, dass sie sich am besten in einen Menschen hineinversetzen konnte, wenn sie sein privates Umfeld kennenlernte. Und Bernhard Wohlgemuth hatte diesen Garten geschaffen, alles trug seine Handschrift. An der Wand des Pfarrhauses stand eine Philosophenbank. Eine Gartenbank mit einem kleinen Dach darüber, rechts und links eingerahmt von Kletterrosen. Hier konnte man sich selbst bei ein paar Regentropfen draußen aufhalten. Clarissa ging zu der Bank und setzte sich. In dem Beet direkt vor der Bank wuchsen die Tulpen, von denen der Diakon geschwärmt hatte. Clarissa legte den Kopf schräg und schaute die Blumen genauer an. Drei, vier Blüten waren aufgegangen. Ein helles Orange auf leuchtend grünen Stängeln.

»Sie blühen, Bernhard«, sagte sie laut. »Sie blühen, und sie sind wunderschön.« Neben ihr hing ein Blechschild an der hölzernen Rückwand der Gartenbank. »Growing a garden is to believe in tomorrow«, las sie vor. Ihre eigene Stimme hallte durch den Garten. Einen Garten anzulegen, heißt an das Morgen zu glauben. Clarissa schaute auf die Tulpen und dann noch einmal auf das Blechschild und schürzte die Lippen. Sie hatte genug gesehen. Entschlossen stand sie auf und ging den

Weg zurück zum Tor. Hier drehte sie sich noch einmal um und warf einen letzten Blick auf den Garten.

»Tja, Volker, ich fürchte, ich kann nicht einfach die Hände in den Schoß legen, wenn ich weiß, dass du furchtbar falsch liegst. Das hat der Junge nicht verdient.«

***

Luise kam an diesem Abend als Erste an.

»Wie geht es dir, Clarissa? Ich hab schon gehört, was gestern Abend oben in der Kapelle passiert ist – das ist den ganzen Tag schon das Gesprächsthema im Dorf. Kein Wunder – unser Diakon begeht in einer einsamen Waldkapelle Selbstmord. Ach herrje, der arme Kerl. Komm, lass dich umarmen.«

Bevor Clarissa ihre Freundin ins Haus bitten konnte, stürzte Ray an den beiden vorbei in den Flur.

»Ray, du bleibst hier! Ray, stopp«, befahl Luise, aber der Hund war schon mit einem Aufbellen im Haus verschwunden. Irgendwo drinnen erklang ein ängstliches Miauen. Luise und Clarissa liefen dem Hund nach. Aus der Küche war noch einmal ein Miauen zu hören, danach herrschte Stille. Alarmiert schauten die beiden Frauen einander an und eilten wie auf Kommando ins Haus. Doch ihre Sorge war unbegründet. Als sie die Küche betraten, bot sich ihnen ein friedliches Bild. Ray lag auf dem Boden, zwischen seinen Pfoten hatte sich der kleine Kater zusammengerollt und ließ sich von dem Hund beschnüffeln und ablecken.

»Na, das hätte ich jetzt am wenigsten erwartet«, sagte Clarissa.

»Ray ist mit der Katze meiner Nachbarin groß geworden, aber das muss ja erst einmal nichts heißen. Gut, ich glaube, die beiden können wir getrost alleine lassen.« Luise schaute sich um, sah das Tablett mit Gläsern und Getränken auf der Arbeitsplatte. »Soll ich das schon mal mit rüber nehmen?«

»Gern, ich habe auch noch ein Baguette aufgetaut und gebacken. Die Käseplatte ist noch im Kühlschrank. Alex hat in der Bibliothek die Sessel hingestellt.«

»Dann fehlt ja nur noch der Rest des Krimi-Clubs.«

Zehn Minuten später waren auch Vera und Ferdi eingetroffen. Als alle saßen und mit Getränken versorgt waren, räusperte sich Alex. »Ähm … ich weiß, ich bin kein Mitglied des Krimi-Clubs, umso mehr freue ich mich, dass ich heute Abend dabei sein darf. Warum Clarissa um das Treffen gebeten hat, wird sie euch gleich selber erzählen, aber ich möchte vorher doch kurz …« Alex stockte und wurde, wie Clarissa sehr wohl bemerkte, vor Verlegenheit ein wenig rot. »Ich will nicht lange um den heißen Brei reden: Ich schreibe einen Krimi. Er heißt *Tante Bruni ermittelt* und, nun ja, es geht darin um den Fall, den ihr aufgeklärt habt. Tante Bruni wird in dem Buch von den drei Mitgliedern ihres Lese-Clubs bei den Mordermittlungen unterstützt. Clarissa kennt seit gestern die ersten Seiten, sie ist einverstanden. Jetzt möchte ich euch drei um Erlaubnis fragen, denn ihr kommt ja auch vor und ihr seid wichtige Figuren in dem Krimi.«

Alex' Erklärung sorgte für verblüfftes Schweigen, dann lachte Vera auf und klatschte begeistert in die Hände. »Soll das heißen, der Krimi-Club Niedermühlenbach wird in einem Roman verewigt?«

»Ja, so könnte man sagen«, erklärte Alex.

»Toll, wunderbar! Ich bin auf jeden Fall einverstanden. Himmel, wenn mein Wölfchen davon erfährt, wird er ganz aus dem Häuschen sein.«

Ganz aus dem Häuschen – ausgerechnet der stille Wolfgang? Das wiederum glaube ich erst, wenn Ostern, Rosenmontag und Weihnachten auf einen Tag fallen, dachte Clarissa amüsiert. Sie sah, wie es in Luises Mundwinkeln verdächtig zuckte. Ferdi dagegen bekam einen plötzlichen Hustenanfall, der in Clarissas Ohren eher nach einem Lachen klang. Sie zwinkerte den beiden zu.

»Meine Erlaubnis hast du, Alex, aber nur, wenn mein Alter Ego nicht allzu unsympathisch rüberkommt«, erklärte Luise.

»Stimmt, ich möchte nicht wie ein Trottel dastehen, ansonsten wäre es mir eine Ehre, dabei zu sein«, ergänzte Ferdi.

»Das ist nett von euch. Ohne eure Zustimmung kann ich den Krimi ja nicht schreiben. Was jammerschade wäre, denn es wird ein richtig gutes Buch und ihr drei werdet darin großartig beschrieben, das verspreche ich«, sagte Alex.

»Da wäre natürlich noch eine Kleinigkeit, nämlich unsere Bedingungen«, sagte Luise.

Die Erleichterung in Alex' Gesicht verschwand. »Und die wären?«

»Nun, ich habe mich noch nicht mit Ferdi, Vera und Clarissa abgestimmt, aber ganz umsonst wird das Ganze natürlich nicht gehen.«

»Ja, sicher … ähm, an was hast du denn gedacht?«

Clarissa sah, dass Luise den armen Alex absichtlich etwas zappeln ließ, und sie kannte ihre Freundin mittlerweile gut genug, um zu wissen, dass diese sicher nicht an Tantiemen interessiert war.

»Jeder von uns bekommt natürlich ein signiertes Exemplar, und ich erhalte fünf Exemplare für die Gemeindebücherei«, zählte Luise an den Fingern ab. »Dann ist da eine inhaltliche Sache: Aus dem ›Lese-Club‹ im Buch wird der ›Krimi-Club‹, das passt ja nun wirklich besser. Und du wirst bei uns in Niedermühlenbach eine Lesung halten, natürlich honorarfrei, sodass wir die gesamten Einnahmen aus den Eintrittsgeldern für die Arbeit des Krimi-Clubs verwenden können. Zum Beispiel für unsere Jahresveranstaltung.« Sie verstummte, schloss konzentriert die Augen und zählte sicherheitshalber noch einmal an den Fingern nach, während sie stumm die Lippen bewegte. Schließlich sagte sie: »Das wäre dann alles.«

»Jawohl!«

»Das ist eine tolle Idee.« Vera und Ferdi waren begeistert. Und Alex? Ihm sah man geradezu an, wie ihm ein riesen Stein vom Herzen fiel.

»Die Bedingungen nehme ich gerne an, Luise. Abgemacht!«

Clarissa freute sich für ihn. Er hatte es aber auch verdient, denn nach dem, was sie bisher gelesen hatte, versprach es ein wunderbarer Krimi zu werden. Doch ihre Freude währte nur kurz, denn da war natürlich noch der eigentliche Grund für das heutige Treffen des Krimi-Clubs.

Ferdi bemerkte ihren Stimmungsumschwung. Sanft, aber bestimmt sagte er: »Hört mal. So schön die Nachricht von dem Krimi ist und so sehr ich Alex das alles gönne, wir sollten doch nicht vergessen, was Clarissa und ich gestern Abend erlebt haben. Ich denke, das ist doch der Grund, warum du uns heute hergebeten hast, nicht wahr?«

Clarissa nickte. »Du hast recht. Ich komme mir fast vor wie eine Spielverderberin, weil wir uns jetzt erst einmal mit Alex freuen sollten. Ich hatte ihm ja auch ans Herz gelegt, euch bei der ersten sich bietenden Gelegenheit ins Vertrauen zu ziehen …«

»Aber du möchtest mit uns über Bernhard sprechen«, ergänzte Vera, »das verstehe ich gut. Ihr glaubt ja gar nicht, was heute früh bei mir in der Bäckerei los war. Ich meine, normalerweise ist da in den drei Stunden schon genug Andrang, Sonntagsbrötchen einkaufen und so, aber heute …« Vera seufzte bekümmert. »Der arme, arme Junge. Wer hätte ahnen können, dass er sich so gefühlt hat?«

»Ich glaube, dass das niemand ahnen konnte, und zwar aus einem einfachen Grund: Weil Bernhard Wohlgemuth gar nicht depressiv und verzweifelt war«, sagte Clarissa.

»Er war immerhin verzweifelt genug, um sich das Leben zu nehmen«, widersprach Luise.

»Das ist der entscheidende Punkt«, sagte Clarissa und schaute die anderen ernst an. »Hat er sich wirklich das Leben genommen oder wurde er ermordet?«

»Mord?«, fragte Vera. »Aber ich dachte, die Polizei … würde denen so etwas nicht auffallen?«

»Für die Polizei, namentlich Volker Rodenhausen, meinen Nachfolger als Leiter der Mordkommission, ist es ein glasklarer Fall. Bernhard Wohlgemuth war wohl in eine Falschgeldaffäre verstrickt, sein Gewissen hat ihn geplagt und deshalb sah er in dem Suizid seinen letzten Ausweg. Aber ich habe bei der ganzen Sache so ein merkwürdiges Gefühl.«

Ferdi lächelte aufmunternd. »Nur zu, Clarissa, wir haben mittlerweile gelernt, so ein merkwürdiges Gefühl von dir nicht zu unterschätzen.«

»Danke, Ferdi, das ist sehr nett von dir, dass du das sagst.«

»Ferdi hat recht«, sagte Vera. »Du warst die Einzige von uns, die letztes Mal bei dem Todesfall auf dem Weingut überhaupt an Mord gedacht hat. Erzähl doch mal, was dir durch den Kopf geht, wir sind ja unter uns.«

»Gut.« Konzentriert zog Clarissa die Augenbrauen zusammen und begann: »Wie ihr wisst, war Bernhard Wohlgemuth ein großer Blumenliebhaber, sein Garten war sein Ein und Alles. In diesen Garten habe ich ein Schild hängen sehen, da steht sinngemäß drauf: Einen Garten anzulegen, heißt an die Zukunft zu glauben. Die Zukunft!«

»Na ja, vielleicht hatte sich etwas geändert, sodass er dieses Vertrauen verloren hat«, warf Ferdi ein.

»Durchaus möglich, es ist ja auch nur ein Blechschild. Aber Bernhard hat mir erzählt, dass er Tulpen aus Samen gezogen hat. Fünf bis sieben Jahre dauert es, bis die Pflanzen das erste Mal blühen. Sieben Jahre wartet ein junger Mann auf die Blüten. Sieben Jahre lang hegt und pflegt er seine Tulpen, egal, wo er gerade studiert und arbeitet. Und einen Tag, bevor die Tulpen blühen, bringt er sich um? Ich war oben in seinem Garten. Die ersten Tulpenblüten sind heute früh aufgebrochen. Ich weiß auch, dass das kein Beweis ist, aber für mich ist es Anlass genug, misstrauisch zu sein und nach richtigen Beweisen zu suchen.«

»Und wie willst du dabei vorgehen?«, fragte Luise.

Zum Glück kann ich diese Frage direkt beantworten, dachte Clarissa. »Ich habe mir auf dem Rückweg schon ein paar Gedanken gemacht. Wie du schon gesagt hast, Ferdi, vielleicht hatte sich etwas geändert. Wir müssten mehr über Bernhards Lebensumstände erfahren.«

»Nun, das ist leicht. Pfarrer Ottokar Türmer war mit mir zusammen im Schulkollegium, er unterrichtet katholische Religion. Wir spielen ab und zu immer noch Schach zusammen«, erklärte Ferdi.

»Dann ist das deine Aufgabe. Einen anderen Punkt hat Rodenhausen erwähnt – Bernhard hatte Falschgeld in seiner Hosentasche. Vera, kannst du mal bei den anderen Geschäften herumfragen, wer alles Falschgeld bekommen hat? Die Polizei verdächtigt Bernhard, in diese Sache verwickelt gewesen zu sein, was ich mir überhaupt nicht vorstellen kann. Sogar Jochen Bremmer hat an der Mosel Falschgeld in der Kasse gehabt. Mit ihm würde ich mich selber noch einmal unterhalten. Aber vorher würde ich gerne mehr über das Falschgeld hier im Ort erfahren.«

»Ja, das ist leicht, wir haben morgen Abend ein Treffen der örtlichen Einzelhändler für die Werbeaktion ›Hast du die Wahl, kauf lokal‹, da kann ich mich umhören.«

Jetzt war es Alex, der von einem unnatürlichen Hustenreiz geschüttelt wurde. »Sorry, Leute, geht gleich wieder«, stöhnte er. »Toller Slogan übrigens, war bestimmt nicht leicht, ihn zu finden.«

»Quatsch, der ist mir beim Teigkneten so eingefallen.«

Alex atmete tief durch. »Ich hätte es mir denken können«, murmelte er.

Clarissa warf ihrem Neffen einen mahnenden Blick zu, bevor sie sagte: »Gut, dann ist diese Aufgabe an Vera vergeben. Weiter zum nächsten Punkt: Ich würde gern mehr über Bernhards Familie erfahren.«

»Darum kann ich mich kümmern«, bot Luise an. »Wenn der Krimi-Club anfängt zu ermitteln, will ich schließlich auch einen Teil beitragen.«

»Gut, abgemacht. Sobald wir mehr wissen, treffen wir uns wieder«, sagte Clarissa.

Alle nickten zustimmend und Luise zwinkerte Alex zu: »Wenn da mal nicht gerade der Stoff für einen zweiten Band zusammenkommt.«

Alex dachte kurz nach, dann ging ein Strahlen über sein Gesicht. »Für diese bemerkenswerte Idee, Luise, würde ich der Bücherei sogar ein ganzes Krimi-Regal stiften.«

»Ich nehm dich beim Wort, Alex.« Sie prostete ihm zu. »Du hast es versprochen, unter Zeugen.«

Ein Hinweis

Nachdenklich klickte sich Clarissa an ihrem Laptop durch die Fotos, die sie in der Kapelle aufgenommen hatte. Die Speicherkarte, die Dirk Jonas ihr in die Hand gedrückt hatte, enthielt zwei Dutzend Aufnahmen. Es fiel ihr schwer, die Fotos anzusehen.

Kein Wunder, dass wir bei der Polizei darauf geachtet haben, dass man nicht persönlich in einen Fall involviert ist. Aber gut, es muss ja sein. Irgendetwas übersehe ich. Bei den Fotos hatte Clarissa wieder das gleiche bohrende Gefühl wie in der Nacht, als sie selber in der Kapelle gewesen war. Etwas störte sie. Was war es nur? Sie wusste, dass sie nichts erzwingen konnte, es hatte keinen Sinn, die ganze Zeit darüber nachzudenken.

Clarissa entfernte die Speicherkarte aus dem Gerät und schaltete den Rechner aus. Mit der Speicherkarte in der Hand stand sie unschlüssig im Wohnzimmer. Sie glaubte zwar nicht, dass jemand nach diesen Fotos suchen würde, aber sie wollte sie auch nicht offen herumliegen lassen. Am Ende legte sie die Karte in einen Umschlag und schloss diesen in dem alten Waffenschrank ein, der vorne in dem Zimmer stand, in dem Alex arbeitete.

»Alex, ich fahre gleich los und hole Mister Stringer bei der Tierärztin ab.«

»Ich könnte auch fahren – soll ich?«

»Musst du nicht, du hast den Kleinen ja gestern schon hingebracht und heute ist das Wetter so mies, dass ich ohnehin nicht viel im Garten tun kann. Ich bin froh, dass du gestern die Fahrt übernommen hast, das hat mir Gartenzeit verschafft.«

»Okay, dann würde ich heute Abend für uns kochen, wenn du keine anderen Pläne hast.«

»Nee, habe ich nicht, ich freue mich, wenn du was kochst. Morgen fahre ich übrigens runter an die Mosel, um endlich mit Jochen zu sprechen. Wir müssen mit den Ermittlungen vorankommen. Er ist immer noch im Elsass, wird aber morgen endlich zurück sein. Ich hätte mich lieber schon früher mit ihm unterhalten.«

»Ja, das glaube ich.«

»Wenn du dabei nicht so anzüglich grinsen würdest, wäre es noch besser«, sagte Clarissa und lachte. »Er hat mich nicht zum Tanz in den Mai eingeladen, den Minuspunkt muss er erst mal wieder wettmachen.«

»Der arme Kerl, er weiß wahrscheinlich gar nicht, was er sich da geleistet hat. Und was die Ermittlungen betrifft: Ich denke, dass auch die anderen ihre Aufträge nicht von heute auf morgen erfüllen können.«

»Das stimmt. Trotzdem habe ich das Gefühl, dass uns die Zeit davonrennt. Weißt du, Harry Bosch, ein Ermittler in den Michael-Connelly-Krimis, spricht immer davon, dass er seinen Schwung bei einer Mordermittlung nicht verlieren will.

Da ist was dran. Wenn du nicht aufpasst, ist der Fall kalt und du stehst ohne Ergebnis da.«

»Das empfindest du so, weil du ein anderes Tempo aus deiner Arbeit bei der Kripo gewöhnt bist. Aber dir steht eben nicht mehr die geballte Kraft des Polizeiapparats zur Verfügung.«

»Danke, dass du mich daran noch mal erinnerst«, seufzte Clarissa. »Untätigkeit macht mich ganz kribbelig.«

»Werde ich im Buch berücksichtigen.«

»Ach je, stimmt, alles was ich sage, kann ja jetzt zwischen zwei Buchdeckeln landen. Das ist schon ein merkwürdiges Gefühl, plötzlich Hauptfigur in einem Roman zu sein.«

»Mach dir keine Sorgen, bevor ich es an den Verlag gebe, kannst du alles lesen und wenn nötig ändern, das verspreche ich.«

»Gut, dann bin ich ja beruhigt.«

Und das war sie wirklich. Alex war kein Anfänger, seine bisherigen Bücher waren große Erfolge, er wusste, wie man eine gute Erzählung schrieb. Aber sie wollte doch sichergehen, dass ihre Geschichte wirklich ihre Geschichte blieb.

***

Als Clarissa die Tierarztpraxis betrat, kam Dr. Krüger gerade aus einem Behandlungszimmer. Die Tierärztin winkte Clarissa lächelnd zu sich. »Schön, dass Sie da sind, Frau von Michel. Kommen Sie, ich habe den kleinen Kerl hier vorne. Er war den Tag über in meinem Katzenzimmer und ich habe ihn gerade erst in die Transportbox gesetzt.«

»Und, wie geht es ihm?«

»Gut, sehr gut. Er ist jetzt kastriert, geimpft und putzmunter, vielleicht noch ein bisschen benommen. Sie sollten ihn in den nächsten Tagen vielleicht nicht unbedingt rauslassen. Aber ich habe auch schon Katzen behandelt, die ohne Probleme sofort draußen rumgelaufen sind. Mister Stringer, toller Name übrigens, ist ja kein Zimmerkater, sondern als Freigänger gewohnt, draußen zu sein. Wenn er lieber drinnen bleiben möchte, wird er das tun. Alex hat mir gestern erzählt, dass Sie bis jetzt gar kein Katzenklo haben und dass der Kater regelmäßig nach draußen wechselt.«

»Ja, da hat mein Neffe recht.« Clarissa bemerkte sehr wohl, dass die Tierärztin bei Alex' Erwähnung verträumt vor sich hinlächelte. Sieh mal an, dachte sie, da hat aber jemand mächtig Eindruck hinterlassen. Warum auch nicht, die beiden waren im gleichen Alter und Elvira Krüger war eine attraktive Frau.

Laut fragte sie: »Gibt es denn noch irgendetwas, das ich beachten sollte?«

»Beobachten Sie den Kleinen in den nächsten Tagen ein bisschen. Es kommt selten vor, aber ich möchte natürlich nicht, dass sich etwas entzündet. Wenn er anfängt, sich nur noch zu verkriechen oder wenn er sich nicht mehr anfassen lässt, sind das Anzeichen, dass er Schmerzen hat. Dann kommen Sie bitte noch mal in die Praxis.«

»Natürlich, ich werde darauf achten. Dann danke ich Ihnen herzlich. Soll ich die Behandlung gleich bezahlen?«

»Nein, nein. Die Rechnung schicke ich Ihnen ins Forsthaus. So einen Kater zu behandeln, macht auch viel mehr Spaß als das, was ich heute Morgen erlebt habe.«

»Wieso?«

»Ein Hof in Runkel und ein bösartiger Hofhund. Wahrscheinlich schon seit Ewigkeiten angekettet, schrecklich. Ich bin wirklich nicht zimperlich, aber diesmal war ich froh, dass die Kette so kurz war, dass mich der Kerl nicht erreichen konnte, als ich zum Stall ging, um nach den Kälbern zu sehen. Regelrecht unheimlich. Wie gesagt, die Kette war ...« Die Tierärztin brach mitten im Satz ab und schaute Clarissa erstaunt an, erstaunt und mit leichter Besorgnis. »Was haben Sie denn? Ist Ihnen nicht gut, Frau von Michel?«

Clarissa stand im Zimmer, die Transportbox in der Hand, aber in Gedanken ganz woanders. Die Frage riss sie aus ihren Überlegungen. Sie lächelte entschuldigend. »Alles in Ordnung, Sie haben nur gerade etwas gesagt, das mich an ein Zitat von Sherlock Holmes erinnert hat.«

»Holmes? Tatsächlich?«

»Nichts ist trügerischer als eine offenkundige Tatsache.« Clarissa drückte der erstaunten Tierärztin die Hand. »Danke, Frau Doktor Krüger, das war wirklich erhellend.«

***

»Nichts ist trügerischer als eine offenkundige Tatsache?« Alex kratzte sich nachdenklich am Kopf. »Was willst du damit sagen?«

Clarissa, die ihm von ihrem Gespräch mit der Tierärztin berichtet hatte, schmunzelte. »Das, lieber Alex, werden wir jetzt zusammen herausfinden. Ich muss nur noch ein paar Fotos auf dem Handy speichern. Danach machen wir einen Spaziergang, um zu sehen, ob mich die hübsche Ärztin auf die richtige Spur gebracht hat.«

»Hübsch? Wer? Elvira … ähm, ich meine Frau Doktor Krüger?«

»Wenn Lisa dich jetzt sehen und hören könnte, würde ich nicht in deiner Haut stecken wollen.« Clarissa kicherte leise. »Du glaubst gar nicht, was die heute den jungen Polizistinnen im Nahkampftraining alles beibringen.«

»Ich habe nichts getan«, verteidigte sich Alex.

»Habe ich auch gar nicht gesagt, aber du solltest vielleicht in der nächsten Zeit Abstand von Anspielungen im Zusammenhang mit einem gewissen Winzer nehmen.«

»Oje, erwischt. Ich hol besser mal meine Jacke, bevor dieses Gespräch noch richtig peinlich wird.«

Clarissa lächelte verschmitzt, als sie die Speicherkarte aus dem Safe holte.

Während sie die Fotos erneut auf ihrem Laptop aufrief, um sie auf ihrem Smartphone zu speichern, summte sie leise vor sich hin.

Ermittlungen im Hintergrund

Lisa Bellenberg hatte sich genau überlegt, wann der beste Zeitpunkt für diesen Anruf sein würde. Pünktlich um Viertel nach zwölf machte ihr Chef Mittagspause, es sei denn natürlich, er war irgendwo im Einsatz unterwegs. Aber wenn er im Büro arbeitete, konnte man die Uhr danach stellen, dass er um diese Zeit in Richtung Kantine verschwand. Exakt dreißig Minuten blieb er dort. Lisa hatte mal – nur so zum Spaß – mehrere Tage lang die Zeit gestoppt. Volker Rodenhausen hielt die halbstündige Pause mit militärischer Präzision ein. Wahrscheinlich würde er eher sein Dessert halb gegessen stehen lassen, als die Pausenzeit zu überziehen, vermutete Lisa.

Auch heute ging um Viertel nach zwölf die Bürotür auf und Volker Rodenhausen kam aus seinem Zimmer. »Mahlzeit, Frau Kollegin. Wie sieht es bei dir aus?«

»Ich habe mir was zu essen mitgebracht, muss ein bisschen auf das Gewicht achten«, sagte Lisa. Es war bezeichnend für ihn, dass er dies ohne Widerspruch hinnahm. Jeder andere hätte sicher angemerkt, dass Lisa mit ihrer sportlichen Figur und ihrem in der ganzen Abteilung bekannten Lauftraining alles tun musste, nur nicht auf das Gewicht achten. Aber alles, was über das rein Dienstliche hinausging, existierte in Volker Rodenhausens Wahrnehmung nicht.

»Ähm, ja gut. Bis dann.«

Lisa wartete, bis sich die Bürotür geschlossen hatte. Sollte sich in Mainz der falsche Ansprechpartner melden, hatte sie bereits eine harmlose Anfrage aus der vergangenen Woche in petto, das wäre unverdächtig. Deshalb auch die offizielle Büronummer, die war in diesem Fall viel unauffälliger, als wenn sie von ihrem privaten Handy anriefe.

Lisa schaute noch einmal prüfend zur Tür und lauschte nach Schritten auf dem Flur, dann griff sie zum Telefonhörer und wählte die Nummer in Mainz.

Sie hoffte darauf, Akim zu erreichen. Er war derjenige, der ihr helfen konnte. Akim Dierlich galt als Wunderkind im rechtsmedizinischen Labor. Abschlüsse in Biologie und Chemie, dazu ein Master in Informatik – und das alles noch vor seinem dreiundzwanzigsten Geburtstag. Akim war ganz ohne Zweifel hochbegabt und er schätzte Clarissa sehr. Genug Gründe, mit ihm das »Problem«, wie sie es insgeheim nannte, zu besprechen.

»Rechtsmedizinisches Labor, Dierlich am Apparat.«

Lisa stieß die Luft aus, die sie unwillkürlich angehalten hatte »Akim, ich bin's, Lisa Bellenberg.«

»Lisa. Hi, wie geht's? Hast du gute Nachrichten für mich? Ist Rodenhausen, der alte Paragrafenreiter, an seinen eigenen Vorschriften erstickt? Okay, wahrscheinlich nur Wunschdenken. Was kann ich also für dich tun?«

Ja, Akim konnte Volker Rodenhausen nicht leiden. Zu oft hatte der ihm in den letzten Monaten deutlich gemacht, dass er als Leiter der Mordkommission gegenüber Akim das Sagen hatte. Er hatte versucht, Akim bei dessen Vorgesetzten in

Misskredit zu bringen. Glücklicherweise feierte der junge Wissenschaftler aber so große Erfolge mit seiner Arbeit, dass er praktisch einen Freifahrtschein besaß. Dr. Eckhard, Akims Vorgesetzter, versuchte sich in dem Spagat, Rodenhausen nicht zu verärgern und gleichzeitig seinem Star im Labor den Rücken frei zu halten. Bislang gelang das Dr. Eckhard ausgezeichnet, was nichts daran änderte, dass Akim Dierlich Rodenhausen die Pest an den Hals wünschte.

»Akim, ich hab jetzt nicht viel Zeit, kann ich dich zur Not auch mal mobil anrufen?«

»Klar, sag mir gerade mal deine Nummer, die tippe ich ein und schicke dir dann meine.« Lisa diktierte Akim ihre Nummer. Eine Sekunde später ertönte ein leises Ping aus Lisas Handtasche, die Nachricht war angekommen. »Und jetzt erklär mal, wie ich dir helfen kann. Du machst es ja mächtig spannend.«

»Erinnerst du dich an den missglückten Einsatz vor mehr als einem Jahr? Damals ist Clarissa verwundet worden und …«

»Und Tobi wäre fast vor den großen Lord getreten, hätte Clare ihn nicht zurückgeholt. Klar erinnere ich mich an dieses Desaster. Mein Chef hat persönlich die Kugeln untersucht.«

»Okay, was ich dir jetzt sage, muss unter uns bleiben. Es geht dabei um Clarissa.«

»Hey, Lisa, relax. Du weißt, ich bin ein großer Fan von Clare. Die hat für meine Familie mehr getan als jeder andere hier. Wenn es also irgendetwas gibt, wobei ich helfen kann, dann sag es einfach.« Er nannte Clarissa immer Clare. Bei jedem anderen hätte das affig gewirkt, bei Akim war es einfach nur charmant.

»Ich will mich nicht damit abfinden, dass Clarissa hier das Handtuch geworfen hat, nur weil man hinter ihrem Rücken angefangen hat zu quatschen. Dieses Tuscheln, sie hätte damals einen Fehler gemacht, hat sie zermürbt. Ich finde, das hat sie nicht verdient.«

»Halleluja und Amen, meine Stimme hast du.«

»Ich hab mich mit Tobi unterhalten, aber das war natürlich nicht wirklich aussagekräftig, weil er sich an die entscheidenden Dinge nicht erinnert. Wie denn auch. Den offiziellen Bericht kenne ich. In diesem Bericht steht, dass Tobi in ein feindliches Kreuzfeuer geraten sei und dabei angeschossen wurde.«

»Stimmt, so was in der Art habe ich auch noch in Erinnerung.«

»Wenn aber nur einer aus der Bande, die bei dem Einsatz verhaftet werden sollte, geschossen hat, wie kann Tobi dann in ein Kreuzfeuer geraten sein?«

Am anderen Ende der Telefonleitung wurde es ruhig, nachdenklich ruhig. Dann hörte Lisa, wie Akim einen leisen Pfiff ausstieß. »Meine Fresse! Jetzt mal ernsthaft, wieso hat diese einfache Frage noch niemand gestellt?«

»Siehst du irgendeine Möglichkeit, dass wir mehr Details herausfinden?«

»Trägt der Papst lustige Kappen? Na klar, da kann ich was machen. Ich werde mal im Computer nach den Beweismitteln Ausschau halten. Gegebenenfalls kann ich die auch noch mal anfordern, so etwas wird ja archiviert. Das kann allerdings eine Weile dauern.«

»Was meinst du mit einer Weile?«

»Ich schätze mal, mindestens zwei Tage, die Jungs im Archiv brauchen immer etwas, aber ich habe was bei denen gut und kann ein bisschen Druck machen, vielleicht geht's also auch schneller.«

Lisa atmete erleichtert auf. Zum ersten Mal seit Wochen hatte sie das Gefühl, dass sich endlich etwas bewegte. »Akim, du bist mein Held.«

»Hey, dann sollten wir mal zusammen einen Smoothie trinken gehen. Läufst du immer noch?«

»Ja, aber keinen Marathon wie du. Ich höre in der Regel bei zehn Kilometern auf.«

»Was nicht ist, kann ja noch werden. Und wenn du Clare mal wieder siehst oder sprichst, bestell ihr schöne Grüße. Ich habe noch eine Einladung zum Kaffee in Niederdingenskirchen bei ihr ausstehen.«

»Ich werde es ihr ausrichten. Und du, du meldest dich bei mir auf meinem privaten Handy, wenn du was gefunden hast?«

»Geht klar, Lisa. Ciao.«

Lisa legte den Hörer auf und wippte mit ihrem Bürostuhl nach hinten. Ja, Alex' Vorschlag war Gold wert gewesen. Am besten rufe ich ihn mal an, um mich zu bedanken, dachte sie.

Nichts ist trügerischer als eine offenkundige Tatsache

Zu Beginn ihres Aufstiegs über den steilen Trampelpfad durch den Wald hatte Alex noch Fragen gestellt, dann aber eingesehen, dass er von Clarissa keine Antworten bekommen würde. Das letzte Stück waren sie schweigend bis zur Kapelle gelaufen.

»Dürfen wir überhaupt da rein, ist die Kapelle nicht eine Art Tatort? Ich meine, versiegelt und so?« Alex deutete auf die Holztür der St.-Antonius-Kapelle.

»Ich sehe kein Polizeisiegel, und ich denke, die Kollegen haben ihre Untersuchung abgeschlossen.« Clarissa schob den Riegel zurück, drückte die Klinke herunter und betrat die Kapelle.

Die Erinnerungen an das, was am Samstag hier passiert war, stürmten auf sie ein. Der gleiche Raum, der gleiche, leicht modrige Geruch von feuchtem Mauerwerk, abgebrannten

Kerzen und Weihrauch – und trotzdem war dieses Mal alles anders. Diesmal warfen die Heiligenfiguren keine unheimlichen Schatten, der Tod hatte diese Kapelle wieder verlassen. Jetzt strahlte Sonnenlicht in dünnen Bahnen durch die schmalen Fenster.

»Willst du mir nicht sagen, wonach du suchst?« Alex stellte sich neben sie in den Eingang der Kapelle und blickte sich neugierig um.

»Nichts ist trügerischer als eine offenkundige Tatsache. Hier hat sich ein unglücklicher Mann das Leben genommen. Er hat das Seil, mit dem sonst immer der Altarraum abgesperrt war, verwendet. Er hat die Kniebank unter den Balken gerückt, ist darauf geklettert, um das Seil am Balken zu befestigen. Alles zusammen ergibt eine offenkundige Tatsache, zumindest in den Augen der Polizei.«

»Ja, und davon werden sie sicher nicht abrücken, nur weil einen Tag später die Tulpen des Toten angefangen haben zu blühen. Ich fürchte, wir müssen ihnen mehr bieten.«

»Genau deswegen sind wir hier, mein Lieber. Ich glaube, die Polizei hat sich täuschen lassen, sie sind auf den trügerischen Schein hereingefallen. Frau Doktor Krüger hat mir von einem aggressiven Hofhund erzählt. Dabei sagte sie, dass zum Glück die Kette des Hundes zu kurz gewesen sei. Der Hund konnte sie nicht erreichen. Danach wusste ich, was mich die ganze Zeit gestört hat.« Clarissa zog aus ihrer Hosentasche das Handy und rief das erste Foto auf. Sie hielt es Alex hin. »Das hier ist ein Ausschnitt aus einem Foto, das Dirk Jonas am Samstag gemacht hat. Du siehst den Balken und die Position des Seils. Dort oben sind die beiden Astlöcher, daran kann man sich ganz gut orientieren.« Clarissa vergrößerte mit einer Fingerbewegung den entsprechenden Bildausschnitt.

Alex schaute auf das Foto und Clarissa bemerkte, wie er kurz zusammenzuckte. »Tatortfotos sind schrecklich, ich weiß«, sagte sie mitfühlend, »aber wir sind es Bernhard schuldig, die Wahrheit herauszufinden.«

»Ist schon okay. Ich bin nur froh, dass ich so was nicht jeden Tag ansehen muss. Also gut: Ich sehe die Astlöcher auf diesem Foto und in natura dort oben am Balken.«

»Der Abstand zwischen den Astlöchern ist wie groß? Ich würde schätzen, ungefähr sechzig Zentimeter.«

Alex schaute zum Balken hoch und nickte dann zustimmend. »Ja, das kommt wohl hin.«

»Gut. Auf diesem Foto liegen genau zwölf Millimeter dazwischen, ich hab es nachgemessen. Zwölf Millimeter auf diesem Foto entsprechen also rund sechzig Zentimetern. Das Seil am Balken ist auf dem Foto knapp elf Millimeter lang und damit kürzer als sechzig Zentimeter.«

Alex runzelte die Stirn und betrachtete noch einmal den Ausdruck in Clarissas Händen. »Moment mal, da passt doch was nicht zusammen.«

»Du sagst es, Alex. Bernhard war ein wenig kleiner als du. Unter ihm lag die umgestürzte Kniebank. Drüben steht sie, ich würde sagen, sie ist nicht einmal einen Meter hoch. Würdest du bitte einmal auf die Kniebank klettern?«

»Na, hoffentlich kommt jetzt niemand herein«, murmelte Alex, schob die Kniebank ein wenig in Richtung Wand, um sich dort abzustützen, und kletterte dann auf den oberen Teil. »Ganz schön wackelig.«

»Kannst du mit dem ausgestreckten Arm den Balken berühren?«

»Nein, natürlich nicht, der ist viel zu weit oben. Der … heilige Scheiße.« Alex sprang von der Bank und landete sicher auf dem Boden. »Bernhard hätte eine Schlinge knüpfen können, das Seil über den Balken werfen, aber das Seil ist zu viel kurz.«

»Wenn du auf der Kniebank stehst, selbst auf dem oberen wackeligen Teil, wo man nur das Gebetbuch ablegen würde, kannst du unmöglich an die Schlinge kommen. Und ganz sicher kannst du dir nicht an dem Balken den Hinterkopf anschlagen, wenn du auf dieser Bank stehst. Blutspuren hin oder her. Hier lag aber nichts anderes, was höher ist, nur diese umgestürzte Kniebank.«

»Wie, verdammt noch mal, ist Bernhard dann an die Schlinge gekommen?«

»Genau das ist die Frage, die wir beantworten müssen. Auf jeden Fall wissen wir jetzt, dass es kein Selbstmord war. Bernhard Wohlgemuth wurde ermordet. Ich vermute, er wurde niedergeschlagen und dann hat man dafür gesorgt, dass es so aussieht, als hätte er sich selbst umgebracht.«

***

Clarissa wusste, was sie zu tun hatte. Aber es zu wissen, hieß nicht, es auch zu mögen. Und den Anruf, den sie jetzt zu erledigen hatte, mochte sie ganz und gar nicht. Trotzdem wählte sie die vertraute Nummer.

»Kriminalkommissarin Bellenberg, guten Tag?«

»Hallo, Lisa, ich bin's, Clarissa. Ich habe Volker Rodenhausens Durchwahl gewählt ...«

»Schon klar, er hat mal wieder auf meinen Anschluss umgestellt. Er sieht in mir offenbar seine Büromaus, damit er bei seinen schwierigen Führungsaufgaben nicht von lästigen Anrufen unterbrochen wird.«

»Lisa, keine Respektlosigkeit.«

»Aber wenn's doch wahr ist, Chefin. Ich meine, Clarissa.«

»Kann ich ihn sprechen oder ist er in einem Meeting?«

»Nein, er müsste frei sein, ich stell dich mal durch. Ach, Clarissa?«

»Ja?«

»Bestell Alex einen schönen Gruß von mir, er soll nicht

vergessen, dass wir uns am Freitagabend um sieben zum Laufen verabredet haben.«

»Das werde ich ihm ausrichten.«

»Na, dann. Mach's gut.«

Warteschleifenmusik dudelte aus dem Handy, wie oft hatte sie diese Melodie in den letzten Jahren gehört.

»Erster Kriminalhauptkommissar Rodenhausen, hallo.«

Das ist typisch für ihn. Jede Wette, dass Lisa angekündigt hat, wer ihn sprechen will. Aber gut, es lohnt sich nicht, sich darüber aufzuregen, ermahnte sich Clarissa selber.

»Hallo, Volker, Clarissa hier. Ich würde mich gerne mit dir über etwas unterhalten.«

»Nun, ich bin noch im Dienst. Wenn es also etwas Privates ist, könnten wir uns später natürlich noch einmal austauschen.«

»Nein, es ist nichts Privates. Es geht um den merkwürdigen Tod von Bernhard Wohlgemuth.«

Clarissa hörte sehr genau die Veränderung in Rodenhausens Stimme. Der eher gelangweilte, leicht gönnerhafte Tonfall wechselte ins Dienstliche, klang fast schon genervt und aggressiv. »Ich denke, in diesem Zusammenhang haben wir alles besprochen, was man besprechen kann. Das Ganze war ein bedauerlicher Suizid. Darf ich dich daran erinnern, dass bundesweit jährlich mehr als neuntausend Menschen den Freitod wählen, rund fünfundzwanzig pro Tag und rund sechsundsiebzig Prozent davon sind Männer. Also, wenn du mich fragst, ist da überhaupt nichts merkwürdig.«

»Und wie erklärst du dir, dass Bernhard Wohlgemuth von der Kniebank aus gar nicht an die Schlinge hätte kommen können?«

»Vielleicht ist er gesprungen, oder er hat zwei Bänke aufeinander gebaut. In der Kapelle lag ja alles durcheinander, soweit ich das auf den Fotos sehen konnte. Vergiss nicht, es ist ihm gelungen, sich eine blutige Wunde am Deckenbalken zu holen. Wenn er bis dorthin gekommen ist, wird er wohl auch den Rest geschafft haben.«

»Aber Volker, das passt doch alles hinten und vorne nicht zusammen: der zu hohe Deckenbalken, das kurze Seil … Willst du diese Ungereimtheiten wirklich einfach übergehen?«

Rodenhausens Stimme gewann jetzt an Schärfe. »Clarissa, ich habe dich schon bei meinem persönlichen Besuch gewarnt. Betrachte es als Wertschätzung gegenüber dir als einer ehemaligen Kollegin, dass ich mich jetzt noch einmal wiederhole: Es gibt keine Ungereimtheiten im Zusammenhang mit dem Freitod dieses jungen Mannes. Bernhard Wohlgemuth hatte Dreck am Stecken. Dein Diakon war kein Unschuldslamm. Und damit meine ich nicht das Falschgeld in seiner Hosentasche. Ich habe mich mal ein bisschen umgehört: Bernhard Wohlgemuth hat einmal wegen Körperverletzung und Drogenbesitz vor dem Jugendrichter gestanden. Er hatte einem anderen Mann den Kiefer gebrochen. Der Richter war ausgesprochen milde. Wohlgemuth war vorher nicht aufgefallen, ein Ersttäter. Wenn du mich fragst, eine krasse Fehlentscheidung. Wenn man da nicht hart durchgreift, kommen die jungen Kerle ganz schnell auf die schiefe Bahn.«

»Aber Bernhard hat Theologie studiert, Volker.«

»Schön für ihn. Vielleicht ist er ja die berühmte Ausnahme von der Regel. Aber in meinen Augen bleibt er ein Schläger und ein mieser kleiner Drogendealer. Ich habe die Akte geschlossen, weil es keinen Fall gibt. Und das solltest du dir merken, Clarissa. Es gibt keinen Fall!«

Der große Volker Rodenhausen hat gesprochen, da brauche ich mich erst gar nicht zu bemühen, dachte Clarissa voller Bitterkeit.

»Gut, Volker, ich danke dir für deine Offenheit.«

»Gern geschehen. Du entschuldigst mich jetzt, ich habe zu tun.«

Rodenhausen legte auf. Nachdenklich schürzte Clarissa die

Lippen. Dass Volker Rodenhausen ihr diese Details verraten hatte, war ein Beleg dafür, wie sicher er sich war. Ihm ging es nicht darum, wichtige Information mit ihr zu teilen, er wollte ihr nur klarmachen, wie falsch sie lag. »Das werden wir ja sehen, Volker. Du bist nicht der Einzige, der jetzt etwas zu tun hat.«

Blüten im Moseltal

Das Telefonat mit Rodenhausen beschäftigte Clarissa am folgenden Tag immer noch, während sie mit dem Auto die steilen Kurven hinab ins Moseltal fuhr. So sehr, dass sie gar nicht richtig wahrnahm, dass sich im Tal der Frühling mit voller Macht durchgesetzt hatte.

Es wäre der ideale Tag für einen Ausflug gewesen, auf vielen Wiesen hatte Ende April der rote Weinbergpfirsich angefangen zu blühen. Etwas spät in diesem Jahr, weil erst seit Kurzem die Tage frühlingshaft warm geworden waren. Noch wetteiferten die rosa Blüten auf den grünen Wiesen mit den weißen Blüten der frühen Apfelsorten. Und die dunkel glänzenden Felsen der Weinberge boten den passenden Hintergrund dafür. Clarissa aber hatte diesmal keinen Blick für die Schönheit des Flusstals. Was ihre Gedanken zum Wirbeln brachte, war die eine Frage, mit der sie gestern Abend eingeschlafen und heute früh wach geworden war: Hatte sie sich so sehr in Bernhard Wohlgemuth getäuscht?

Sie hatte ihn nur bei wenigen Gelegenheiten getroffen, und das Gespräch in ihrem Garten war letzten Endes das längste gewesen, das sie überhaupt mit ihm geführt hatte. Bernhard war, wenn man es genau nahm, für sie ein unbeschriebenes Blatt. Aber sie hatte das Gefühl, dass er ein guter Mensch gewesen war. Einer, dem man hatte vertrauen können, jemand, der in seiner Arbeit als Diakon auch eine Berufung gesehen hatte. Wie passten da Falschgeld, Körperverletzung und Drogen ins Bild?

Vor ihr bog ein Traktor mit einem großen Anhänger auf die Straße und zwang sie zu bremsen und langsamer zu fahren. Das Schritttempo erlaubte ihr, weiter nachzudenken, ohne sich groß auf die Straße konzentrieren zu müssen. Rodenhausen hatte von einem Jugendrichter gesprochen, die Vorfälle lagen also eine Weile zurück. Gut möglich, dass sie schon so lange zurücklagen, dass die Strafen nicht mehr im Führungszeugnis offiziell auftauchten. Clarissa wusste nicht, welche Bestimmungen es für Priesteranwärter gab, sie vermutete aber, dass Verurteilungen wegen Körperverletzung und Drogenhandel nicht gern gesehen wurden. Und sie erinnerte sich gut an Bernhards Lüge, als sie ihn nach der Antonius-Kapelle gefragt hatte. Was hatte der junge Diakon zu verbergen? Warum ausgerechnet die Kapelle, der Ort, an dem er dann gestorben war?

Clarissa seufzte leise. Zu viel lag noch im Dunkeln.

***

Auf dem Hof des Weinguts waren vier Männer dabei, Biertisch-Garnituren auf die Ladefläche eines Pritschenwagens zu stapeln. Zwischen den Mauern des Weinkellers und der Abfüllhalle schaukelten noch bunte Lichterketten in der Luft. Der Anblick versetzte Clarissa einen Stich. Dass Jochen sie bei diesem Abend einfach übergangen hatte, schmerzte immer noch. Doch dann gab sie sich einen Ruck. Wie hatte Albert Einstein einmal gesagt: Es gibt viele Wege zum Glück. Einer davon ist, aufhören zu jammern.

Clarissa nahm sich vor, das mehr zu beherzigen. Sie ging zu den Männern am Pritschenwagen herüber. »Guten Tag, ich suche Jochen Bremmer.«

»Tach auch.« Einer der Männer tippte grüßend an den Schirm seiner Baseballkappe, auf der die Worte *Moselwein macht schön und lustig* eingestickt waren. Clarissa überlegte für einen Moment, wie weit in Richtung Mosel Veras Einfluss als Texterin wohl reichte, entschied dann aber, dass solche Möchtegern-Talente wahrscheinlich überall schlummerten.

»Der Chef ist drüben in der Gaststube, war er jedenfalls noch vor einer Viertelstunde. Kennen Sie den Weg?«

»Ja, in der Weinstube war ich schon mal – herzlichen Dank, da finde ich allein hin.«

Clarissa ging über den Hof und betrat das Gebäude, in dem sich sowohl der große Raum für die Weinproben und Vorträge als auch die eigentlichen Lagerkeller befanden.

Irgendwo im hinteren Teil des Gebäudes ertönte leise Musik. Clarissa folgte dem Flur. Die Musik kam aus dem großen Raum, in dem sie schon einmal eine Weinprobe miterlebt hatte. Hier lief, wie sie feststellte, ein Radio.

»Hallo?«

Hinter der Theke tauchte Jochen Bremmer auf. »Clarissa. Mensch, das ist ja eine Überraschung. Was machst du denn hier?«

»Ich hab kurz angerufen, und eine Mitarbeiterin sagte mir, dass du heute auf jeden Fall im Weingut sein würdest.«

Jochen Bremmer ging um die Theke herum und wischte sich die Hände mit einem Lappen ab. Der Seniorchef des Weinguts war um die sechzig Jahre alt, mittelgroß und muskulös. Sein weißer Vollbart hob sich deutlich vom braun gebrannten Gesicht ab. Und seine wasserblau leuchtenden Augen strahlten Clarissa erfreut an.

»Hinter unserer Theke ist ein Wasserhahn undicht, und ich versuche schon seit einer halben Stunde, einen neuen einzubauen. Aber das kann, wo du jetzt da bist, auch noch ein bisschen warten. Möchtest du etwas trinken?«

»Eine Tasse Kaffee wäre schön.«

»Na, das ist ja ganz leicht. Komm, ich hole uns zwei Tassen drüben im Restaurant. Wollen wir uns draußen hinsetzen? Es ist heute so schön sonnig.«

»Sehr gern.«

Jochen nahm von einem Tisch einen Panamahut und setzte ihn auf. »Keine Haare auf dem Kopf, da muss sich ein alter Mann vor der Frühlingssonne schützen.«

»Übertreib mal nicht, so alt sind wir doch noch gar nicht«, sagte Clarissa und dachte bei sich, wie gut ihm dieser Hut stand.

»Hah, von wegen nicht so alt. Das gilt vielleicht für euch Frauen, da hört das Zählen der Geburtstage schon bei achtundzwanzig auf, aber ich spüre noch in den Knochen, dass wir gestern Weinkisten eingelagert haben.«

Jochen bewegte sich allerdings kraftvoll und leichtfüßig zugleich und überhaupt nicht steif oder verkrampft. Muskelkater sah anders aus, so viel stand fest. Clarissa vermutete, dass Jochen lediglich mit seinen Wehwehchen kokettierte.

»Setz dich doch schon mal nach draußen, ich besorg uns rasch den Kaffee«, schlug er vor.

Clarissa nahm auf der alten Holzbank Platz, die an einer efeuberankten Mauer stand, und hielt mit geschlossenen Augen das Gesicht in die Sonne. Herrlich, dachte sie, Frühlingssonne mit einem milden Windhauch. Ganz wunderbar!

Sie musste nur ein paar Minuten auf der Bank warten, dann war Jochen wieder zurück. »Hier, bitte schön.«

»Lieben Dank.« Clarissa pustete auf den Kaffee, bevor sie

einen Schluck trank. Ihr war bewusst, dass Jochen sie neugierig von der Seite musterte. »Als wir das letzte Mal miteinander telefoniert haben, Jochen …«

»Ach, deshalb bist du hier. Ich weiß, ich weiß. Ich bin ein hirnverbrannter Idiot. Du glaubst gar nicht, wie mir Emma, meine Schwiegertochter, den Kopf gewaschen hat.«

Clarissa schaute ihn mit einer hochgezogenen Augenbraue fragend an. Das war ja interessant. Soll er ruhig mal reden, dachte sie, meine eigentliche Frage kann ich gleich immer noch stellen.

»Ich habe in dem Moment überhaupt nicht geschaltet, erst, als Emma abends gefragt hat, warum du denn nicht gekommen bist, fiel es mir wie Schuppen von den Augen. Ich habe ihr dann kleinlaut gestanden, dass wir sogar miteinander telefoniert hatten. Da hättest du mal Emma hören sollen. Kannst du mir noch mal verzeihen? Ich habe wirklich in dem Moment an alles gedacht, nur … nur leider nicht an einen gemeinsamen Abend mit dir.«

»Ach, der Tanz in den Mai, nein, darüber will ich gar nicht mit dir sprechen«, erwiderte Clarissa leichthin. »Schließlich gab es in Niedermühlenbach auch einen Tanzabend und Ferdinand hat mich eingeladen. Das halbe Dorf war da. Es war richtig nett.« Soll er ruhig wissen, dass ich mich ohne ihn amüsiert habe und dass er nicht der einzige Mann ist, den ich kenne, dachte sie.

»So …? Ja, dann muss ich mir deswegen keine Vorwürfe mehr machen?«

Clarissa zögerte einen Augenblick mit der Antwort, aber Jochen hatte schließlich genug Reue gezeigt, deshalb sagte sie lächelnd: »Nein, das musst du nicht, Jochen.«

Der kratzte sich verlegen den Bart und meinte dann mit einem schiefen Grinsen: »Ich verspreche auch hoch und heilig, dich nicht wieder zu vergessen, wenn wir das nächste Fest feiern.«

»Das solltest du wirklich, Emma ist nicht die einzige Frau, die dir die Leviten lesen könnte.«

»Ja, ja, schon gut. Ich hab's begriffen. Vielleicht darf ich dich demnächst zu einem Abendessen ausführen?«

»Da würde ich nicht Nein sagen.«

»Wunderbar«, Jochen schien sichtlich erleichtert zu sein, »aber wenn es nicht um den Tanzabend geht, dann verrate mir doch bitte, warum du mit mir sprechen willst.«

»Als wir miteinander telefoniert haben, hattest du Falschgeld erwähnt.«

»Ja, das war ein Riesenärger. Ich hätte nicht gedacht, dass bei uns auf dem Land so etwas möglich ist.«

»Es kommt noch schlimmer. In der Nähe des Forsthauses ist ein Toter aufgefunden worden. Du kennst ihn, er war Diakon in der Gemeinde ...«

»Wohlgemuth? Himmel, der junge Mann ist tot?«

»Ja, und offiziell wird sein Tod als Freitod eingestuft. Bei ihm fand man zwei falsche Fünfzig-Euro-Noten in der Hosentasche.«

»Meine Fresse! Na, das ist ein Ding. Weißt du, wir hatten hier in den letzten zwei Wochen eine Menge Kunden, die den neuen Jahrgang gekauft haben. Da waren Leute dabei ... ich sag dir, darüber könnte ich Bücher schreiben. Aber Scherz beiseite: Wohlgemuth war auch dabei. Er hat drei Kisten gekauft, eine davon für seinen Pfarrer. Und wir haben noch Späße darüber gemacht, dass ich ja auch mal einen trockenen Riesling als Messwein anbieten könnte. Außerdem hat er für ein Pfarrfest Wein vorbestellt, den ich noch liefern muss.«

»Und das war das erste Mal, das Bernhard Wohlgemuth hier bei dir Wein gekauft hat?«

»Ja, als er ankam, sagte er, ihn hätten bei der Weinprobe vor ein paar Wochen unsere Weine überzeugt.«

»Und das war dann alles? Er hat bei dir drei Kisten Wein gekauft und ist wieder gefahren?«

»Mhm, lass mal überlegen. Als Wohlgemuth mit mir herauskam, sind wir kurz stehen geblieben, haben noch über die alten Häuser und die Hochwassergefahr an der Mosel geplaudert. Ich habe ihm erzählt, dass wir reichlich Übung darin haben, die Keller leer zu räumen.« Jochen wies auf eine Stelle auf dem Hof. »Da vorne an der Mauer, da parken immer unsere Gäste. Ja, und an dem Tag standen dort drei Motorräder. So richtig schwere Maschinen. Die sahen nicht nach Wochenendbikern aus.«

Clarissa wusste, dass man manchmal mit ungeduldigem Nachfragen nichts erreichen konnte. Also schwieg sie und trank ihren Becher leer, während Jochen gedankenverloren in die Luft schaute.

»Ich könnte schwören, dass Wohlgemuth erschrocken war, als er die drei Motorräder sah«, nahm Jochen seinen Bericht wieder auf. »Richtig ängstlich. Aber dann hat er sich wieder gefangen, das waren nur Sekunden.«

»Und wie hat er den Wein bezahlt?«

Jochen überlegte kurz und schnaubte dann empört: »Jetzt, wo du es sagst. Ich habe ihm angeboten, eine Rechnung nach Niedermühlenbach zu schicken. Aber er bestand darauf, bar zu zahlen. Und obwohl ich das nicht für nötig hielt, hat er auch den vorbestellten Wein bereits bezahlt. Dann müsse er sich darüber keine Gedanken mehr machen, hat er gesagt. Mensch, jetzt, wo ich so darüber nachdenke, fällt mir ein, dass er mit Fünfzig-Euro-Noten bezahlt hat.«

»Und wann war das genau?«

»Vor fast zwei Wochen, also am letzten Samstag im April. Du glaubst doch nicht, dass Wohlgemuth uns das Falschgeld untergejubelt hat? Ein Pfarrer? Also, so gut wie ein Pfarrer. Das wäre ja ein Ding.«

»Nein, Jochen, ich kann auch nicht glauben, dass Bernhard Wohlgemuth …«

In ihrer Handtasche dudelte die Melodie von Dave Brubecks *Take five.* »Oh, Augenblick.« Clarissa fischte ihr Handy heraus. Auf dem Display wurde eine ihr unbekannte Nummer angezeigt. »Von Michel, hallo?«

»Clarissa, hier ist Ferdi. Wo bist du gerade?«

»Unten an der Mosel, ich unterhalte mich mit Jochen Bremmer.«

»Könntest du nach Niedermühlenbach kommen, und zwar möglichst schnell?«

»Natürlich, was ist denn passiert?«

»Ich bin mit Pfarrer Türmer im alten Pfarrhaus. Im Haus von Bernhard Wohlgemuth, aber das solltest du dir besser selber ansehen. Pfarrer Türmer ist schon dabei, die Polizei zu rufen.«

»Okay, Ferdi, ich fahr gleich los.«

»Gut, bis später.«

Clarissa ließ das Handy sinken. »Ich muss leider fahren, Jochen. Sag mal, du hast doch von einem Wirtschaftsweg gesprochen, der eine Abkürzung sein soll?«

»Du fährst hier die Landstraße runter und ungefähr nach einem Kilometer kommt ein braunes Hinweisschild zur Antonius-Kapelle, das ist der richtige Weg, da bist du in nicht mal zwanzig Minuten am Forsthaus.«

Clarissa drückte ihm ihren leeren Becher in die Hand. »Danke für den Kaffee. Und wenn du den Wein für das Pfarrfest lieferst, erwarte ich, dass du im Forsthaus vorbeikommst. Und dann wäre da ja noch unser Abendessen.«

Jochen Bremmer gab ihr einen Wangenkuss. »Habe ich mir alles gemerkt.«

Als Clarissa wieder im Auto saß und die Landstraße entlangfuhr, wanderten ihre Gedanken zu Ferdis Anruf zurück. Er hatte wirklich besorgt geklungen. Und was hatte Pfarrer Türmer einen solchen Schrecken eingejagt, dass er gleich die Polizei rufen wollte?

Eine satte Million

Pfarrer Türmer war mit seinen Nerven am Ende, das bemerkte Clarissa gleich, als der hochgewachsene, schlaksige Priester sie in der Haustür des alten Pfarrhauses begrüßte. Seine Augen irrten umher, sein Händedruck fühlte sich schwitzig, aber kalt an. Kein Zweifel, der Mann litt unter enormem Stress. Das machte Clarissa noch neugieriger.

»Guten Tag, Pfarrer Türmer, mein Name ist von Michel, Clarissa von Michel. Wie kann ich Ihnen helfen?«

»Türmer. Ottokar Türmer. Ferdinand hat erwähnt, dass Sie Polizistin sind.«

»War, ich war bei der Kriminalpolizei und Leiterin der Mordkommission. Jetzt aber bin ich im Ruhestand.«

»Gut, sehr gut, eine Polizistin können wir jetzt gebrauchen. Bitte kommen Sie, kommen Sie. Ferdinand ist oben.« Türmer stieg hastig eine Treppe hinauf. »Ferdinand, die Polizei ist da!«

Zuhören ist wohl nicht seine Stärke, dachte Clarissa, welchen Teil von ›ich bin im Ruhestand‹ hat er nicht verstanden? Türmer geht offenbar wie selbstverständlich davon aus, dass ich ihm folgen werde. Das kann ja interessant werden.

Schade, zu gern hätte sie sich auch im Erdgeschoss umgesehen. Clarissa verschob das auf später und ging dem Pfarrer hinterher. Sein Alter war schwer zu bestimmen, es lag wahrscheinlich irgendwo zwischen Mitte vierzig und Mitte fünfzig, in das ehemals braune Haar mischte sich jedenfalls schon einiges Grau.

»Da sind wir, hier, schauen Sie selbst.« Türmer ging in ein Zimmer und trat dann zur Seite. Wie viele hochgewachsene Männer über ein Meter fünfundneunzig hielt Türmer den Kopf leicht gebeugt, so, als hätte er ständig Sorge, irgendwo anzustoßen. Zusammen mit seinem schmalen, glatt rasierten Gesicht und einer recht großen Nase verlieh ihm das etwas Lauerndes. Unwillkürlich musste Clarissa an einen Geier denken.

Bei Türmers Eintreten drehte sich Ferdinand um, stellte ein Buch zurück, das er aus einem Regal gezogen hatte.

»Hallo, Clarissa, schön, dass du so schnell kommen konntest.«

»Grüß dich, Ferdi. Du hast ja gesagt, es sei dringend. Also, da bin ich.« Sie schaute sich im Zimmer um. Sie sah hohe Bücherregale, einen niedrigen Couchtisch mit einem abgewetzten Sofa und eine große Tischplatte auf zwei Metallböcken, die offenbar als Schreibtisch diente. Mitten auf dem Tisch stand aufgeklappt ein silberner Pilotenkoffer aus Aluminium.

Ferdinand deutete auf den Koffer. »Den haben wir oben in einer kleinen Kammer gefunden. Mir ist er nur deshalb aufgefallen, weil er unter einem Haufen Schmutzwäsche halb versteckt war. Und ich habe mich gefragt, was ein Alukoffer bei der Schmutzwäsche zu suchen hat. Er war nicht abgeschlossen, ich habe den Griff mit einem Taschentuch gefasst und die

Schlösser auch nur vorsichtig mit einem Tuch geöffnet, um mögliche Abdrücke nicht zu verwischen.«

»Himmel, Ferdinand, nun hör schon auf zu reden, lass die Polizistin reinschauen. Außerdem – das ganze Getue von wegen der Abdrücke. Wir sollten besser überlegen, wie wir diese Katastrophe aus der Welt schaffen können. Gott, wenn das unser Bischof erfährt. Unser Ruf ist ruiniert. Und das alles, wo sowieso schon die ganze Welt auf uns einprügelt. Missbrauchsvorwürfe, Kirchenaustritte, Bischöfe, die sich goldene Wasserhähne einbauen lassen – und jetzt das, schrecklich, ganz schrecklich.« Pfarrer Türmer setzte sich auf das Sofa und schüttelte resigniert den Kopf. Ferdinand schaut nach oben und seufzte. Clarissa trat neben ihn und raunte: »Gut gemacht, Ferdi, an dir ist ein Kriminalbeamter verloren gegangen.«

»Lesen gefährdet die Dummheit, das gilt auch für das Lesen von Krimis«, meinte Ferdinand und schmunzelte, »aber ich bin froh, dass du bestätigst, dass ich mit meiner Vorsicht nicht übertrieben habe.«

»Hast du nicht«, erwiderte Clarissa und legte ihrem Freund kurz die Hand auf den Arm. Eine vertrauliche Geste, die Ferdi mit einem zufriedenen Lächeln quittierte.

»Gut, dann wollen wir doch mal sehen«, murmelte Clarissa und trat zu dem offenen Aktenkoffer. Als sie sah, was darin lag, schnappte sie überrascht nach Luft. Der Koffer war fast bis zum Rand mit Geldbündeln gefüllt. Ordentliche Stapel zu Fünfzig-Euro-Scheinen. Ein großer Aktenkoffer voll. Clarissa zog sich die Ärmel ihres Pullis über die Handflächen und hob mit beiden Händen den Koffer an. Schwer genug war er. Und ihr war auch klar, warum Pfarrer Türmer so nervös war, denn oben auf den Scheinen lag eine Pistole. Mattschwarz, mit aufgeschraubtem Schalldämpfer.

»Himmel, was hat sich Bernhard denn da eingebrockt?«, stöhnte Clarissa halblaut. Aber immer noch laut genug, dass

Pfarrer Türmer mit gehetztem Blick aufschaute. »Sie sagen es. Wie soll ich meinem Bischof erklären, dass es unter seinen Schäfchen einen Falschgeldring gibt, dessen Kopf ausgerechnet ein Diakon ist?«

»Nun mal langsam, von Falschgeld ist noch keine Rede. Erst mal …«, beschwichtigte Clarissa, wurde aber von Ferdi unterbrochen.

»Doch, Clarissa, das sind Blüten. Ich habe einen Schein geprüft, mir sind ein paar fehlende Sicherheitsmerkmale aufgefallen, aber nur, weil Vera davon erzählt hatte. Und dann noch diese Pistole.«

»Eine russische Udav«, erklärte Clarissa. »Schweres Kaliber, durchschlägt sogar Schutzwesten, achtzehn Patronen im Magazin. Die trägt man jedenfalls nicht zum Spaß in der Hosentasche, und die kriegst du auch nicht an jeder Ecke. Ein Mann Gottes sollte so was gar nicht im Haus haben. Ein Bündel Fünfziger enthält in der Regel hundert Scheine, macht fünftausend Euro pro Bündel. Von früher weiß ich, dass eine Million Euro in Fünfzigern knapp neunzehn Kilogramm wiegen, das würde vom Gewicht her schon hinkommen.«

»Eine satte Million, meine Güte.« Ferdi stieß einen leisen Pfiff aus.

Türmer dagegen kommentierte Clarissas Feststellungen mit einem weiteren Stöhnen. Ihr Mitleid löste sich bei seinem egoistischen Gejammer auf wie Frühnebel in der Sommersonne.

»Hören Sie, Pastor Türmer, ich verstehe Ihr Entsetzen. Aber sollten Sie nicht von Berufs wegen an das Gute im Menschen glauben? Bernhard war Ihr Diakon, und nur weil Sie in seinem Haus einen Koffer mit Falschgeld gefunden haben, muss das nicht heißen, dass ihm dieses Geld auch gehört hat. Das gilt übrigens auch für die Waffe.«

»Ach, hören Sie doch auf. Bernhard war vorbestraft, das habe ich von einem der Kripobeamten erfahren, die hier waren. Körperverletzung, Drogenhandel und jetzt das da, diese Waffe und das ganze Geld, das liegt hier doch nicht zufällig herum. Was soll ich nur meinem Bischof sagen?«

»Wie wäre es damit, dass Sie einen jungen Mann kannten, der sein Leben geändert hat? So wie in der Bibel: Saulus, der zum Paulus wurde, und wie wäre es mit mehr Vertrauen in Ihre Mitmenschen?« Clarissas Tonfall wurde schärfer. Türmer dachte nur an eines: seinen guten Ruf. Das ging ihr langsam gegen den Strich. »Rufen Sie ruhig die Polizei, die sollen das hier sicherstellen. Aber beschädigen Sie nicht das Ansehen von Bernhard Wohlgemuth, das hat er nicht verdient.«

»Ein Selbstmörder? Nicht verdient?«

»Ein verzweifelter junger Mann, der vielleicht keinen Ausweg mehr wusste.« Clarissa hatte nicht vor, Türmer ihren Verdacht zu erklären. »Vielleicht, weil er ahnte, wie wichtig seinem Chef das Ansehen vor dem Bischof ist. Guten Tag, Herr Türmer.«

Draußen vor der Haustür blieb Clarissa stehen und holte erst einmal tief Luft. Dieses egoistische Weichei. Hinter ihr ging die Haustür auf und Ferdi trat neben sie. »So habe ich Ottokar noch nie erlebt. Beim Schachspielen ist er ein ganz netter Gesprächspartner. Aber das da oben war … widerlich. Was sollen wir jetzt tun?«

»Ruf die Polizei an, sag, dass du Türmer helfen wolltest, den Nachlass von Bernhard zu regeln. Die sollen den Koffer und die Waffe sicherstellen. Verzeih, dass ich da nicht mehr raufgehen kann. Ich finde diesen Türmer unerträglich.«

»Du warst großartig. Was hast du jetzt vor?«

»Ich werde Hannes anrufen.«

Clarissa sah, dass Ferdis Lächeln bei der Erwähnung eines Männernamens einfror.

»Nein, das ist kein Verehrer von mir, Ferdi. Hannes war ein alter Freund meines verstorbenen Mannes Maximilian.«

»Du warst mal verheiratet?«

»Ja, zwei Jahre lang. Maximilian war Architekt. Er starb bei einem Verkehrsunfall. Eine Woche vor meinem einunddreißigsten Geburtstag. Danach … na ja, das ist jetzt schon eine Ewigkeit her. Ich habe mich dann auf meine Arbeit konzentriert.«

»Und Hannes?«

»Hannes war Maximilians bester Freund und unser Trauzeuge. Er ist Pförtner.«

»Wie kann dir ein Pförtner helfen?«

»Hannes, lieber Ferdi, ist Pförtner beim Bundeskriminalamt in Wiesbaden. Wenn einer weiß, wen man ansprechen muss, dann er.«

Hannes

Der richtige Zeitpunkt für das Telefonat war der Vormittag nach dem zweiten Becher Kaffee. Im BKA war der morgendliche Andrang vorüber und der Trubel in der Mittagspause stand noch aus. Clarissa wählte die Mobilnummer, die sie in ihrer Kontaktliste gespeichert hatte.

Mit Hannes Pretzgau zu telefonieren, war für Clarissa immer eine Reise in die Vergangenheit. Hannes strahlte noch die gleiche Vitalität und Begeisterung aus wie vor mehr als dreißig Jahren, als sie ihn in einer Kölner Altstadtkneipe kennengelernt hatte. Ihr war der große, massige Mann mit seinem Bart und den wirren Locken sofort aufgefallen. Praktisch ein zweiter Chiem van Houweninge, besser bekannt als Hänschen in den Schimanski-Krimis.

Sie traf ihn und seinen schüchternen Freund Maximilian, der am Anfang kaum ein Wort sagte, aber diese wunderbar sanften Augen hatte. An jenem denkwürdigen Abend sorgte Hannes für ihre Unterhaltung, sein Freund aber für ein nervöses Flattern in ihrem Bauch. Clarissa verliebte sich in den stillen Maximilian und bekam Hannes sozusagen als Zugabe obendrauf.

Aber er war eben nicht nur der Spaßmacher vom Dienst, er wurde auch zu einem verlässlichen Freund, als Clarissas Welt zusammenbrach, als sie sich fragte, wie sie ein Leben ohne Maximilian überstehen sollte, wozu irgendwas noch sinnvoll sein könnte. In dieser schweren Zeit war Hannes ihr Rettungsanker geworden. Und weil er selber inzwischen glücklich verheiratet war, stellte sich zwischen ihnen auch nie die Frage, ob da vielleicht mehr sein könnte als nur eine tiefe, von bedingungslosem Vertrauen geprägte Freundschaft.

Für Clarissa war es bemerkenswert, dass sie manchmal wochenlang nicht mit Hannes sprach, und trotzdem war die vertraute Nähe sofort wieder da.

»Mein lieber Herr Gesangsverein, noch eine Woche, und ich hätte angefangen, einen Suchtrupp zusammenzustellen. Wo hast du dich denn verkrochen?«

»Willst du nicht erst mal höflich Hallo sagen, du alter Stoffel?«

»Ich sag dir was, Clarissa: Hier auf meinem Display wird dein Name und deine Nummer angezeigt. Außerdem hab ich dir sogar einen eigenen Rufton zugeordnet, welchen – den Soundtrack von *Hawaii Five-0*, bevor du fragst. Also entschuldige bitte, dass ich mich herzlich freue, dein Stimmchen zu hören, Süße.«

»Du weißt schon, dass du der einzige Mann bist, dem ich es erlaube, mich Süße zu nennen?«

»Dieser Ehre bin ich mir bewusst. Sack und Asche, bin ich froh, dass du gesund und munter bist. Ich habe vor ein paar Tagen diesen Akten-Klaus am Telefon gehabt, Rodenhausen heißt der. Der klang bei der Erwähnung deines Namens, als hättest du dich auf seinen Lieblingshamster gesetzt. Ist das echt wahr, du hast die Brocken hingeworfen und den Bürokratenhengsten den Stinkefinger gezeigt?«

»Hat er das gesagt?«

»Nee, klang nur zwischen den Zeilen so durch. Warte mal.« Hannes legte kurz das Telefon aus der Hand. Clarissa hörte ein halblautes: »Martin, übernimmst du für zehn Minuten das Telefon? Danke.« Dann war Hannes zurück und sagte: »So, jetzt bin ich ganz Ohr, erzähl mal.«

In den nächsten Minuten brachte Clarissa ihren alten Freund auf den neuesten Stand. Ihren Umzug nach Niedermühlenbach, den Krimi-Club und ihren aktuellen Fall.

»Da muss ich mich nicht wundern, dass Rodenhausen angefressen ist. Schon blöd, wenn man sich für die Krone der Schöpfung hält, aber dann erkennen muss, dass die Ex-Kollegin einen locker überholt. Das muss ich Alma erzählen, die wird Augen machen.«

»Liebste Grüße an die Gattin, ihr beide solltet mal hier vorbeikommen. Alma wird der Garten gefallen, ich werde sogar an einem Wettbewerb zum schönsten Bauerngarten teilnehmen.«

Auch davon musste Clarissa noch erzählen und vergaß beim Plaudern für kurze Zeit den wahren Zweck ihres Anrufs. Bis zu dem Moment, als Hannes fragte: »Wie kann ich dir eigentlich weiterhelfen, Clarissa?«

»Ich suche nach einem Ansprechpartner, der mir etwas über Falschgeld erzählen kann und dem es egal ist, dass ich nicht mehr im aktiven Dienst bin. Idealerweise sollte das kein Duzfreund von Volker Rodenhausen sein.«

»Schon klar, lass mal überlegen, da kommt nur Anne Lichtel-Gauss infrage. Ja, Kriminalhauptkommissarin Lichtel-Gauss dürfte deine Frau sein. Ist eine ganz Nette, hat mir sogar schon mal einen Kaffee an die Pforte gebracht, das gibt dicke Pluspunkte in der internen Hannes-Beliebtheitsskala.«

»Dann hast du sicher auch ihre Durchwahl?«

»Klar, hast du was zum Schreiben?«

Clarissa notierte sich die Nummer, die ihr Freund herunterratterte.

»Jetzt haben wir halb elf, da läuft laut Computer noch ein Meeting«, erklärte Hannes, »aber kurz vor zwölf sollte sie wieder am Platz sein.«

»Gut, ich habe ja die Nummer, ich versuche es dann um zwölf, und dich will ich mit Alma demnächst hier zu Kaffee und Kuchen begrüßen. Es gibt auch einen Grill und ein großes Gästezimmer.«

»Das klingt verlockend, Süße. Also, wir melden uns bei dir. Mach's gut und zeig dem Rodendödel, wo der Hammer hängt.«

***

Es war, wie Hannes vorausgesagt hatte: Kriminalhauptkommissarin Anne Lichtel-Gauss entpuppte sich am Telefon als freundlich und hilfsbereit.

»Hören Sie, Frau von Michel, ich muss morgen Nachmittag zu einem Treffen mit Vertretern aus dem Gemeinsamen Zentrum der Polizei- und Zollzusammenarbeit. Die Kollegen aus dem GZ Luxemburg machen sich Sorgen um grenzüberschreitende Aktivitäten sowohl in Belgien, Frankreich, Luxemburg als auch bei uns. Ich hatte vor, am Vormittag loszufahren. Am Kreuz Wittlich wechsle ich immer auf die Autobahn Richtung Luxemburg. Ich habe aber auch schon ein paar Mal einen Abstecher in die Stadt gemacht. Da gibt es ein Café am Markt, dort könnten wir uns mittags treffen.«

»Wenn es Ihnen wirklich nichts ausmacht, wäre das großartig. Es würde mir sehr weiterhelfen.«

»Es macht mir gar nichts aus. Hannes hat mir schon eine interne Mitteilung geschickt und Ihren Anruf angekündigt. Wenn Hannes sagt, dass es wichtig ist, dass wir beide miteinander reden, dann glaube ich ihm. Hannes Pretzgau hat dafür ein besseres Gespür als manch einer meiner Kollegen. Also, sagen wir um zwölf im Café. Ich werde einen grauen Hosenanzug tragen, habe kurze braune Haare und eine Sonnenbrille auf der Nase. Bis morgen, Frau von Michel.«

Clarissa ging in die Küche, goss sich ein Glas Wasser ein und trat auf die Terrasse. Nachdenklich schaute sie zum Hügel hoch, wo die Kapelle hinter den Bäumen verborgen lag. Sie griff in ihre Hosentasche und holte eine falsche Fünfzig-Euro-Note heraus, die sie unbemerkt von Ferdi und dem Pastor eingesteckt hatte. Ihre Gewissensbisse wegen der Entwendung der Blüte hielten sich in Grenzen. Ein einziger Fünfziger, einer von rund zwanzigtausend Scheinen – das war zu verschmerzen. Ich will ihn ja gar nicht behalten und ich werde ihn bei Zeiten zurückgeben, dachte sie. Aber hier geht es um Mord. Mittlerweile war sie sich sicher. Die Widersprüche im Zusammenhang mit Bernhards angeblichem Freitod ließen in ihren Augen keinen anderen Schluss zu. Und der Koffer voller Falschgeld? Clarissa seufzte. Bernhard, der Kopf eines Fälscherrings? Nein, dachte sie, so sehr kann ich mich nicht in einem Menschen täuschen.

Clarissa trank ihr Glas leer und faltete den Geldschein sorgfältig zusammen. Weitere Informationen würde sie erst morgen bekommen. Sie vermisste die Möglichkeiten, die sie früher gehabt hatte. Aber es half ja nichts. Für die offiziellen Stellen war Bernhard ein bedauerlicher Todesfall. Einer von vielen.

Sie gab sich einen Ruck. Alex wollte sich heute ums Essen kümmern, da blieb ihr genug Zeit. Ich könnte die Zaunpfähle streichen, vielleicht bringt mich das auf andere Gedanken.

Kein Höflichkeitsbesuch

Volker Rodenhausen stürmte durch das Gartentor, als würde er ein Sondereinsatzkommando anführen.

»Clarissa, es reicht!«

Hinter ihm fiel das Gartentor mit einem Knall ins Schloss. Rodenhausen zuckte erschrocken zusammen und schnaubte ärgerlich, als ihm klar wurde, dass auch Clarissa dieses Zusammenzucken wahrgenommen hatte. Die bemühte sich um einen möglichst neutralen Gesichtsausdruck, während sie den Pinsel mit Holzfarbe auf dem Balken ausstrich und vorsichtig auf dem Farbeimer ablegte.

»Hallo, Volker, das ist eine Überraschung, was kann ich für dich tun?«

»Um es direkt zu sagen: Das ist kein Höflichkeitsbesuch. Ich habe heute früh einen Bericht auf den Tisch bekommen, weil ich darum gebeten habe, dass man mir alle besonderen Vorkommnisse aus diesem Kaff hier vorlegt.«

»Das ist kein Kaff, Volker, aber ich begrüße es sehr, dass

du den Freitod von Bernhard Wohlgemuth noch nicht zu den Akten gelegt hast.«

»Quatsch. Der Pfaffe hat sich aufgehängt, Ende Gelände. Mir geht es um das Falschgeld, das Landeskriminalamt hat bei unserem Polizeipräsidenten offiziell angefragt.«

Ach, daher weht der Wind, dachte Clarissa, dem Herrn Kollegen geht es eigentlich gar nicht so sehr um das Falschgeld, sondern vielmehr darum, sich ein paar Fleißpunkte zu verdienen.

»Und wie kann ich dir dabei helfen?«, fragte sie betont liebenswürdig.

»Gar nicht! Ich möchte, dass du mir gar nicht hilfst. Kümmere dich um deinen Garten, streich Zäune, aber halte dich raus.«

»Ich wüsste nicht, dass ich mich eingemischt hätte. Der Tote wurde von zwei Spaziergängern gefunden, und das erste Haus, bei dem sie Hilfe holen konnten, war zufällig meins. Dass ich den Toten kannte, kannst du mir nicht vorwerfen. Und dass ich Zweifel an deiner Selbstmordtheorie habe, ist ja wohl mein gutes Recht. Du kannst mir schließlich nicht verbieten, dass ich mir meine eigenen Gedanken mache.«

»Und warum lese ich dann in einem Bericht, dass ein Ferdinand Teichmann und eine Clarissa von Michel mehr als eine Million Euro Falschgeld und eine nicht registrierte Schusswaffe gefunden haben? War wohl auch nur Zufall. Hältst du mich für blöd?«

Darauf erwartest du hoffentlich keine ehrliche Antwort, dachte Clarissa und schwieg.

»Ferdinand Teichmann ist Mitglied im Krimi-Club«, regte sich Rodenkirchen weiter auf, »also erzähl du mir nicht, du würdest nicht ermitteln.«

»Stand in dem Bericht auch, dass Pfarrer Ottokar Türmer derjenige war, der seinen ehemaligen Lehrerkollegen und Schachfreund Teichmann gebeten hat, ein paar Unterlagen in der Wohnung zusammenzusuchen? Es ist ja wohl verständlich, dass Ferdinand, nachdem er einen Aktenkoffer voller Blüten findet, mich anruft. Schließlich weiß er, dass ich mal bei der Kripo war. Und in deinem Bericht stand bestimmt auch, dass ich den beiden empfohlen habe, unverzüglich die Polizei zu informieren.«

»Nein, das stand da nicht. Und wenn es darin gestanden hätte, wäre es auch egal gewesen. Das sind doch nur Ablenkungsmanöver. Aber ich warne dich, diese Geschichte kann für dich böse enden, wenn du dich weiter einmischst. Ich habe nämlich auch eine Meldung von einer Holzhandlung in Obermühlenbach auf den Tisch bekommen. Was war ich erstaunt, als ich lesen musste, dass du dort zweihundert Euro in bar als Kaution hinterlegt hast, um einen Erdbohrer zu mieten. Und stell dir mal vor, bei den zweihundert Euro war auch ein falscher Fünfziger dabei. Das ist sicher nur ein dummer Zufall …«

Mist, dachte Clarissa, hätte ich doch besser mein Bargeld überprüft, wo doch in halb Niedermühlenbach Blüten aufgetaucht sind. Jetzt hat Volker etwas gegen mich in der Hand.

»Willst du wirklich damit andeuten, ich hätte Falschgeld in Umlauf gebracht?« Clarissa bemühte sich, unbekümmert zu klingen, obwohl ihr nicht danach zumute war.

»So könnte es aussehen, nicht wahr?« Rodenhausen grinste schief. »Die Verbreitung von Falschgeld ist strafbar. Und von einer ehemaligen Kripobeamtin erwarte ich eigentlich, dass sie eine Blüte erkennt. Wenn sie dann trotzdem damit bezahlt …« Rodenhausen ließ den Rest des Satzes offen. Clarissa presste wütend die Lippen zusammen. Jetzt nur nichts Falsches sagen.

»Ich möchte deinen Namen in keinem Bericht lesen, ich will nichts von irgendwelchen Telefonaten mit Kollegen oder dem rechtsmedizinischen Labor in Mainz hören. Sollte dein spezieller Freund Akim hier anrufen und über etwas anderes plaudern wollen als das Wetter, legst du auf. Ansonsten muss ich meiner Pflicht nachkommen und dich anzeigen. Sag nicht, ich hätte es nicht im Guten probiert.«

***

»Und Rodenhausen kann dich wirklich anzeigen?«, fragte Alex beim Abendessen, nachdem Clarissa ihm alles erzählt hatte.

»Es wäre für ihn wahrscheinlich ein Freudenfest. Und für mich wäre es auf jeden Fall mehr als unangenehm. Du hättest sein Gesicht sehen sollen. Da gab es so viel selbstzufriedene Genugtuung, die hättest du in Dosen abfüllen können.«

»Und was willst du jetzt tun?«

»Ich möchte dich bitten, morgen mit Mister Stringer noch einmal zur Tierärztin zu fahren. Sie wollte sich ihn noch mal abschließend ansehen. Ginge das?«

»Klar, nur abends um sieben bin ich mit Lisa verabredet.«

»Bis dahin bin ich dreimal zurück.«

»Wo musst du denn hinfahren?«

»Ich fahre nach Wittlich, treffe mich mit einer Kollegin vom BKA und lasse mich dabei nicht erwischen.«

Nachhilfe in Sachen Falschgeld

Die Einrichtung des Cafés gefiel Clarissa auf Anhieb. Der Boden war mit schwarz-weißen Fliesen im Schachbrettmuster ausgelegt. Das hätte kalt wirken können, tat es aber nicht, weil die Wände sonnengelb gestrichen waren. An den Kiefernholztischen standen braune Lederstühle. Die erinnerten in ihrer Form an Schalensessel aus den Siebzigerjahren. Zusammen mit der restlichen Einrichtung wirkte das modern, gleichzeitig ein bisschen retro. Hätte nie gedacht, dass so etwas möglich sein könnte, dachte Clarissa. Was ihr aber noch besser als die Einrichtung gefiel, war der Duft von gemahlenem Kaffee und frisch gebackenen Waffeln.

Clarissa wählte einen Zweiertisch, der etwas abseits stand, von dem sie aber die Eingangstür gut im Blick behalten konnte. Sie war eine Viertelstunde zu früh dran und beschloss, schon mal einen Milchkaffee zu bestellen.

Noch bevor der Kaffee serviert wurde, betrat Kriminalhauptkommissarin Lichtel-Gauss das Café. Kein Zweifel, das muss sie sein, dachte Clarissa, die Personenbeschreibung, die sie mir am Telefon gegeben hat, passt perfekt. Alter: Mitte vierzig. Mittelgroß, nicht auffallend schlank, aber der Hosenanzug saß perfekt. Die kurzen Haare hatten ein stumpfes Allerweltsbraun. Als die BKA-Beamtin ihre Sonnenbrille nach oben schob und sich umsah, hob Clarissa kurz die Hand.

Das äußere Erscheinungsbild von Anne Lichtel-Gauss war eher unauffällig, aber während sie durch das Café schritt, strahlte ihre ganze Person Selbstvertrauen und Autorität aus. Auch das war zu erwarten, dachte Clarissa, bestimmt weiß sie, wie man sich gegenüber Kollegen durchsetzt.

»Frau von Michel?«

Als Clarissa lächelnd nickte, setzte sich die BKA-Beamtin auf den freien Stuhl, rückte ihn aber so zur Seite, dass sie ebenfalls die Eingangstür im Blick behalten konnte. Berufskrankheit, dachte Clarissa amüsiert.

»Schön, dass das geklappt hat, Frau Lichtel-Gauss. Darf ich Ihnen etwas zu essen und zu trinken bestellen?«

»Ein Espresso und eine Waffel mit Kirschen wären toll.«

Clarissa winkte die Bedienung zu sich an den Tisch und bestellte das Gewünschte und für sich selbst ebenfalls eine Waffel mit Kirschen.

Als die Bedienung wieder gegangen war, nahm Lichtel-Gauss die Sonnenbrille aus dem Haar, legte sie auf den Tisch neben ihr Smartphone und schaute Clarissa erwartungsvoll an.

»Ich finde, wir können uns ruhig duzen. Sagen Sie doch Anne, und ich verzichte auf die Freifrau.«

»Oho, sehr gerne, du hast aber deine Hausaufgaben gemacht.«

Anne lächelte geschmeichelt. »Reine Neugierde, ich wollte wissen, mit wem ich mich hier treffe. Du hast am Telefon nicht erwähnt, dass du als Erste Kriminalhauptkommissarin K 11, Kapitaldelikte, geleitet hast. Übrigens sehr erfolgreich, wie mir einige Kollegen versichert haben. Die überschlugen sich geradezu vor Lob über deine Arbeit.«

Clarissa winkte ab. »Das ist jetzt Geschichte, und ich bin im Ruhestand.«

»Ja, wer's glaubt.« Anne lachte leise »Es ist ja auch ganz üblich, dass man sich als ehemalige Kripobeamtin nach Gesprächspartnern im Bundeskriminalamt erkundigt. Ich gehe mal davon aus, dass niemand aus deiner alten Dienststelle von diesem Gespräch erfahren soll.«

»Mein Nachfolger hat mir geraten, mich nicht einzumischen.«

Anne wartete mit einer Antwort, weil die Kellnerin den Espresso und die bestellten Waffeln an den Tisch brachte. Als sie wieder alleine waren, schnaubte sie empört. »Volker-Friedrich Rodenhausen. Ja, auch von dem haben ein paar Kollegen schon etwas gehört. Er soll stets korrekt, aber nicht gerade ein Sympathieträger sein.«

»Und er hat mir vorgeworfen, ich würde Miss Marple spielen.«

»Ach, das würde ich mal als Kompliment ansehen, schließlich hatte die Gute stets die Nase vorn, und im Vergleich zu ihrem Scharfsinn sah die Polizei immer ziemlich alt aus.«

Clarissa prustete los. »Aus dem Blickwinkel habe ich das noch gar nicht betrachtet. Herrlich!«

»Dann hat sich unser Treffen ja schon gelohnt«, meinte Anne und grinste. »Aber mal im Ernst: Wie kann ich dir helfen, Clarissa?«

»Hannes Pretzgau sagte mir, dass du die richtige Ansprechpartnerin bist, wenn es um das Thema Falschgeld geht.«

»Unsere Aufgabenbeschreibung ist da eindeutig: Ermittlungen zum internationalen Handel mit Betäubungsmitteln, Waffen, Munition und Sprengstoffen sowie der Herstellung von Falschgeld. In der Abteilung ›SO Schwere und organisierte Kriminalität‹ gibt es unter anderem das Referat 52 ›Auswertung deliktübergreifende organisierte Kriminalität und Falschgeld‹. In diesem Referat arbeite ich seit drei Jahren. Also, so ganz unrecht hat Hannes nicht. Und warum suchst du jemanden, der sich mit Blüten auskennt?« Anne zerteilte mit der Gabel die Waffel, aß ein Stück und schaute Clarissa erwartungsvoll an. Die griff in ihre Handtasche, zog den falschen Fünfziger heraus und schob ihn über den Tisch zu Anne herüber. Die legte die Gabel zur Seite, nahm den Schein, befühlte das Papier, hielt ihn gegen das Licht und stieß einen leisen Pfiff aus. Als sie Clarissa den Schein zurückgeben wollte, hob die abwehrend die Hand. »Mir wäre es lieber, ich könnte sagen, dass das BKA offiziell diese Blüte in Verwahrung genommen hat.«

Anne grinste breit. »Weil du diesen Schein nicht zufällig in deinem Portemonnaie gefunden hast – nicht wahr?«

»In meinem Portemonnaie? Nein! Mir wurde in der Wohnung eines Toten ein Pilotenkoffer gezeigt, der randvoll mit diesen Blüten war. Eine Million Euro, zwanzigtausend Scheine insgesamt. Ich dachte mir, es könnte ganz hilfreich sein, einen davon für kurze Zeit … ähm zu behalten. Man weiß ja nie, ob man nicht einmal mit einer Expertin unverbindlich über Falschgeld plaudern kann. In dem besagten Pilotenkoffer gab es übrigens außerdem noch eine russische Udav samt Schalldämpfer.«

»Junge, Junge, wie heißt noch mal der Ort, wo du zurzeit wohnst?«

»Niedermühlenbach, das liegt oberhalb des Moseltals.«

»Klingt nicht nach einer Metropole, in der russische Pistolen an jeder Ecke gehandelt werden. Wie viele Einwohner hat denn der Ort?«

Clarissa dachte kurz nach. »Mhmm, ich kenne keine offiziellen Zahlen, würde aber ungefähr zweitausend schätzen.«

»Glaubt man der Bundesbank, dann kommen rund sieben falsche Scheine auf zehntausend Einwohner. Bei dir im Dorf dürften rein rechnerisch nicht einmal anderthalb Blüten auftauchen, von zwanzigtausend ganz zu schweigen.«

»Der Tote war ein katholischer Diakon, ein sehr netter junger Mann. Ich weiß nicht, wie er an das Falschgeld gekommen ist. Aber ich glaube weder, dass er Selbstmord begangen hat, noch, dass er der Chef eines Falschgeldrings war.«

»Also, das hier ist jedenfalls keine schlechte Fälschung. Nicht die brillanteste, die mir bisher in die Hände geraten ist, aber besser als der Durchschnitt. Seit der Einführung der neuen Euro-Noten haben es Fälscher noch schwerer. Wobei es zum Teil haarsträubende Einzelfälle gibt. Auf Weihnachtsmärkten beispielsweise werden ganz unglaubliche Blüten verteilt. Klar, es ist dunkel, viele haben Handschuhe an, aber im letzten Jahr hatte ich tatsächlich einen Fall, wo jemand nur die Vorderseite eines Zwanzig-Euro-Scheins auf einem Farbkopierer vervielfältigt hat. Wohlgemerkt, die Rückseite blieb blanko.«

»Nicht möglich!«

»Leider doch. Das sind Einzelidioten, und manchmal kommen sie für kurze Zeit damit durch.« Anne tippte auf den Geldschein, der vor ihr auf der Tischplatte lag. »Das hier ist mindestens Bundesliga. Für die Champions League reicht es noch nicht, das Papier ist zu hart und ein paar Sicherheitsmerkmale fehlen auch. Aber wer achtet schon auf die Sicherheitsmerkmale?«

»Wem sagst du das? Da muss ich mich auch an meine eigene Nase fassen, ich habe mich nie darum gekümmert. Kannst du mir etwas zur Herkunft des Scheins sagen?«

»Fälscherwerkstätten findest du in Italien genauso wie in Litauen. Was mir Gedanken macht, ist, dass du gerade zwanzigtausend Scheine erwähnt hast. Im letzten Jahr hat sich nach Angaben der Bundesbank die Zahl der Falschnoten bundesweit auf etwas mehr als fünfundfünfzigtausend Stück verringert. Deine zwanzigtausend Scheine wären also fast die Hälfte des gesamten Falschgeldaufkommens des letzten Jahres. Das ist ein richtig dicker Fisch.«

»Ich habe so das Gefühl, dass es mehr als nur diesen einen Aktenkoffer gibt.«

»Mhmm, lass mich mal nachdenken.« Anne platzierte eine Kirsche auf einem Stück Waffel und schob sie sich in den Mund. »Falsche Fünfzig-Euro-Scheine machen mehr als die Hälfte aller Fälschungen aus. Vor zwei Wochen habe ich eine Meldung des nordrhein-westfälischen Landeskriminalamtes auf den Schreibtisch bekommen. Dabei ging es um Blüten, die im Rheinland in Umlauf gebracht wurden. Das und …« Anne versank in ein kurzes, nachdenkliches Schweigen, ihr Blick schweifte ab. Clarissa konnte förmlich sehen, wie die BKA-Beamtin ihre innere Aktenablage durchforstete. Und ganz offensichtlich wurde sie auch fündig. »Du hast doch gerade die russische Udav erwähnt«, sagte Anne. »Ein Kollege hat mir letzte Woche erzählt, dass in Köln ein ganzer Kofferraum voller Waffen gefunden worden ist. Der Großteil davon waren Udav-Pistolen. Die Polizei hat im Zusammenhang mit den Waffen eine örtliche Rockergruppe in Verdacht, aber man konnte denen nichts nachweisen.«

Annes Information brachte bei Clarissa eine innere Saite zum Schwingen. Was war das nur? Clarissa verschob diesen Gedanken auf später. Grübeln konnte sie auch noch auf der Rückfahrt. »Du meinst, es gibt einen Zusammenhang zwischen dem Falschgeld und dem Waffenfund in Köln?«, fragte sie stattdessen.

»Denkbar wäre es. Wir haben generell in den letzten zwei Jahren immer stärkere dezentrale Strukturen ausgemacht. Kleine Gruppen, die mehr oder weniger autark arbeiten und kein festes Netz bilden. Das macht es uns bei den Ermittlungen schwerer, weil wir nicht nach dem einen großen Kopf suchen können, um eine Organisation zu zerschlagen. Aber was ein katholischer Diakon mit einer Kölner Rockergruppe zu tun haben könnte, das weiß ich auch nicht.«

»Nein, du hast recht, das klingt absurd.«

Anne trank ihren Espresso aus und schaute auf ihre Armbanduhr. »Ich möchte nicht unhöflich sein, aber ich befürchte, dass ich gleich losfahren muss, um rechtzeitig in Luxemburg anzukommen. Du hast ja schon meine Büronummer, wenn du möchtest, kannst du dir noch meine Mobilnummer einspeichern. Ich würde mich freuen, wenn wir weiter in Kontakt bleiben.«

Clarissa legte in ihrem Handy einen neuen Kontakt an und ließ sich von Anne die Mobilnummer diktieren. »Ich danke dir für die Informationen und für die Zeit, die du dir genommen hast, Anne. Fahr du nur, ich habe dich ja eingeladen, und grüß mir Hannes, wenn du ihn siehst.«

Anne stand auf, nahm ihre Sonnenbrille und das Handy.

»Ich bin froh, dass wir uns kennengelernt haben«, sagte sie und zwinkerte Clarissa zu. »Ich bin gespannt, was Miss Marple erreichen wird.«

Ein Date mit der Tierärztin

Zur gleichen Zeit in Niedermühlenbach

»Würdest du den Kleinen bitte noch einmal kurz festhalten, Alex? Ja, so ist es richtig.«

Dr. Elvira Krüger schob mit zwei Fingern geschickt die Nackenhaare des Katers auseinander, um aus einer kleinen Pipette eine Flüssigkeit auf die Haut zu tropfen.

»So, das waren die Wurmtropfen, davon gebe ich dir gleich auch noch eine Packung für deine Tante mit.«

»Ich soll Clarissa regelmäßig gegen Würmer behandeln?«, fragte Alex grinsend. »Ich weiß aber nicht, ob sie stillhält, wenn ich ihre Nackenhaare auseinanderschiebe.«

Die Tierärztin setzte Mister Stringer in den Weidenkorb und schüttelte dabei lachend den Kopf.

»O Mann, Alex! Du sollst deiner Tante lediglich ausrichten, dass sie alle sechs Wochen die Wurmtropfen verabreichen kann. Vor allem, wenn dieser Kater viel draußen ist und

Mäuse fängt. Außerdem gebe ich dir noch Tropfen gegen Zecken und Flöhe mit. Nein, bevor du wieder fragst, auch die sind für Mister Stringer.«

»Klare Ansage, Frau Doktor.«

»Bleibst du eigentlich noch länger in Niedermühlenbach?«

»Zumindest noch eine Woche. Ende des Monats habe ich verschiedene Lesungen, und ich muss auch an meinem neuen Buch arbeiten. Ich bin also im Moment ziemlich eingespannt. Ich bin hauptsächlich zum Schreiben hergekommen. Mein Nachbar in Koblenz probt nämlich regelmäßig für seine Bandauftritte, im alten Forsthaus dagegen habe ich unglaublich viel Ruhe.«

Außerdem war da natürlich der neue Fall, den der Krimi-Club verfolgte – aber das wollte Alex doch lieber für sich behalten. Für einen Moment fragte er sich, wohin dieses Gespräch wohl führen würde. Wenn er eines gelernt hatte, dann, dass man mit klaren Fragen oft auch klare Antworten bekam. »Warum fragst du, Elvira?«

»Na ja, vielleicht hast du ja mal Lust auf ein gemeinsames Bier.«

»Warum nicht? Und wo würde man hier in Niedermühlenbach hingehen, wenn man zu zweit ein Bier trinken möchte?«

»Oh, da haben wir eine Riesenauswahl: Es gibt da zum Beispiel den Gasthof zum Roten Ochsen oder …«

»Ja?«

»Oder das Wohnzimmer hinter der Tierarztpraxis.«

»Ach, das klingt doch interessant. Wie wäre es mit Sonntagabend?«

»Übermorgen Abend gegen acht wäre perfekt.«

Als Alex mit dem Weidenkorb in der Hand zurück zu seinem Auto ging, nagte an ihm das Gefühl, dass er drauf und dran war, sich in eine unangenehme Lage zu bringen. »Ach, was soll's«, sagte er in Richtung Katzenkorb, aus dem es leise mauzte. »Ich habe ja niemandem einen Heiratsantrag gemacht. Es geht nur um ein unverbindliches Bier mit einer sympathischen Tierärztin, nicht wahr, Mister Stringer?«

Okay, es geht um ein unverbindliches Bier mit der netten Tierärztin und um ein paar Laufrunden mit der netten Polizistin, schoss es ihm durch den Kopf, und schon war dieses mulmige Gefühl wieder da.

Hauptverdächtiger oder Sündenbock?

Jetzt, am Abend, war es draußen empfindlich kühl geworden. Davon war allerdings in der Bibliothek nichts zu spüren, denn Clarissa hatte vorsorglich den Kaminofen angeheizt.

»So ein Kaminfeuer ist schon toll«, bemerkte Ferdi anerkennend und lehnte sich zufrieden in seinem Sessel zurück.

»Vor allem in der Übergangszeit. Morgen beginnen ja die Eisheiligen«, ergänzte Vera. »Du hast doch hoffentlich noch nichts gepflanzt, was frostempfindlich ist?«

»Nein, natürlich nicht«, erwiderte Clarissa. »Da halte ich mich an die alte Bauernregel ›Vor Nachtfrost du nicht sicher bist, bis Sophie vorüber ist‹. Und die kalte Sophie ist am 15. Mai, vorher muss ich erst gar nicht anfangen, die Pflanzen auszusetzen. Mir rennt ja sowieso schon die Zeit für die Wettbewerbsvorbereitungen davon. Wenn ich dann noch erfrorene Pflanzen hätte, könnte ich gleich einpacken.«

»Ich finde es toll, dass du bei dem Wettbewerb mitmachst«, sagte Luise. »Bernhard hat auch die ganze Zeit davon gesprochen, wenn wir uns mal am Pfarrhaus getroffen haben. Den Wettbewerb hat er sehr ernst genommen. Schrecklich, ich kann immer noch nicht glauben, dass er tot ist.«

»Womit wir beim Thema wären«, sagte Clarissa. »Ich habe mich mit einer BKA-Beamtin getroffen, das war ganz interessant. Ich erzähle euch gleich davon. Aber erst möchte ich wissen, was ihr herausbekommen habt, dann kann ich meine Infos besser einordnen.« Clarissa schaute die drei anderen Mitglieder des Krimi-Clubs erwartungsvoll an.

Die wechselten untereinander einen raschen Seitenblick. »Ladys first«, sagte Ferdi galant.

»Ich habe mich umgehört«, ergriff Vera das Wort, »einmal bei unserem Treffen im Dorf, und danach habe ich mit Sabine telefoniert. Sabine, das ist eine Kusine von Wölfchen, kennt den Vorsitzenden der Werbegemeinschaft ORN. Und der hat da einen Schwager …«

»Vera, bitte sei mir nicht böse, dass ich dich jetzt schon unterbreche, aber was zum Teufel ist ORN?«, fragte Clarissa dazwischen. Ferdi und Luise nickten zustimmend.

Nein, Vera wurde nicht böse, wenn man sie unterbrach, das war sie vielleicht auch gewohnt. Vielmehr riss sie erstaunt die Augen auf: »Das wisst ihr nicht? Okay, sorry, das konnte ich ja nicht ahnen. Das ist die Werbegemeinschaft der Einzelhändler in Obermühlenbach, Runkel und Niedermühlenbach. Da werden gemeinsame Aktionen geplant, die eben nicht nur Niedermühlenbach allein betreffen, wie zum Beispiel die große Ich-kauf-lokal-Rabattkarte.«

»Aha, und deine Kusine kennt also den Vorsitzenden dieses Vereins gut«, stellte Ferdi fest.

»Sie ist Wolfgangs Kusine, mit mir ist Sabine gar nicht richtig verwandt. Das merkt man auch, die Gute schweift beim Reden immer ein wenig ab und man muss aufpassen, bei ihr nicht den Faden zu verlieren.«

Luise, die eben noch von ihrem Wein getrunken hatte, verschluckte sich bei dem Versuch, nicht laut loszulachen. Ferdi reichte ihr wortlos eine Serviette. Clarissa sah, dass es ihm schwerfiel, nicht zu grinsen.

»Wir haben ja heute noch eine Menge zu besprechen, Vera«, sagte Clarissa diplomatisch. »Wie sehen denn die Ergebnisse deiner Gespräche aus? Kannst du die für uns zusammenfassen?«

»Verstehe, du willst erst mal nur die Fakten. Die habe ich auch. Wartet mal, ich habe mir das Wichtigste mitgeschrieben.« Vera zog aus ihrer Handtasche ein Blatt Papier und faltete es auseinander.

»Wenn ich unsere Bäckerei mitzähle, haben insgesamt sechs Geschäfte Falschgeld in den Kassen gehabt. Der Gartenmarkt und die Holzhandlung in Obermühlenbach, die Metzgerei und das Blumengeschäft in Runkel. Dazu noch der Supermarkt bei uns im Dorf, und wie gesagt unsere Bäckerei. Mit den fünf Händlern habe ich telefoniert. Bis auf die Holzhandlung haben alle die Blüten schon vor Bernhards Tod gefunden und – bevor ihr fragt – jeder Händler kann sich daran erinnern, dass Bernhard dort Kunde gewesen ist.«

»Das liegt ja auch nahe, denn fast jeder bei uns im Dorf kauft in diesen Geschäften ein«, warf Luise ein.

»Das stimmt, aber fragen wollte ich trotzdem«, verteidigte sich Vera.

»Ich muss Vera recht geben. Genau diese Frage hätten wir uns doch gestellt. In Bernhards Wohnung hat Ferdinand einen Aktenkoffer voller Falschgeld und eine russische Pistole gefunden. Anne Lichtel-Gauss, das ist die BKA-Beamtin, mit der ich mich unterhalten habe, hält die Blüten für ziemlich gelungen. Nicht brillant, aber wirklich gut. In letzter Zeit ist besonders im Rheinland verstärkt Falschgeld aufgetaucht.

Und in Köln hat die Polizei vor Kurzem russische Pistolen sichergestellt. In Bernhards Wohnung waren rund zwanzigtausend Fünfzig-Euro-Scheine deponiert, die zusammengerechnet einen Wert von einer Million Euro hatten«, sagte Clarissa.

»Jesus, Maria und Josef«, rief Vera. »Eine Million? Und dabei hat Bernhard seine Brötchen immer nur mit Münzen bezahlt. Ich frage mich, was hat er mit dem vielen Falschgeld gewollt?«

»Vera, denk bitte nach. Glaubst du wirklich, dass ein Diakon munter Falschgeld in Umlauf bringt? Wir reden hier von Bernhard!«, sagte Luise.

»Nee, klar, du hast ja recht«, räumte Vera ein, »aber wie kommt er denn an so viele Blüten?«

»Das ist die wirklich wichtige Frage, Vera«, sagte Clarissa. »Er war zwar in jedem der Geschäfte, in dem Blüten aufgetaucht sind, sogar unten an der Mosel bei Jochen Bremmer wurde Falschgeld gefunden, und auch dort war Bernhard und hat bar bezahlt. Aber – und jetzt kommt das ganz große Aber: Dasselbe gilt im Grunde für fast alle Bürger von Niedermühlenbach. Jeder von uns geht in den Supermarkt oder war schon einmal im Gartenmarkt in Obermühlenbach. Ich selber soll eine Kaution in der Holzhandlung mit einer Blüte bezahlt haben. Zumindest wirft mir das Volker Rodenhausen vor. Wir müssen unbedingt die Quelle der falschen Scheine finden. Bernhard hat die Scheine schließlich nicht selber im Pfarrhaus gedruckt.«

»Ich könnte es ihm aber nicht verdenken«, erklärte Ferdi. »Ich habe mich ja mit Pfarrer Türmer um die Wohnung und den Nachlass gekümmert. Ich habe mir die Unterlagen angesehen, die mit Bernhards Vermögen zu tun haben. Besser gesagt, mit seinem fehlenden Vermögen. Der Junge war bis über beide Ohren verschuldet. In einer Schublade stapelten sich etliche Mahnungen, und was ich in den Ordnern gefunden habe, sah auch nicht berauschend aus. Er hat jeden Monat eine hohe Summe an die Caritas in Frankfurt überwiesen, und seine Kontoauszüge zeigen ein tiefrotes Soll.«

»Interessant, dass du gerade Frankfurt erwähnst«, sagte Luise nachdenklich. »Ich habe mich ja um Informationen über die Familie gekümmert. Und dabei hatte ich Glück: Es gibt eine Leserin von Liebesromanen, Elke Dernbach, die regelmäßig zu mir in die Bücherei kommt. Weil ich weiß, dass sie aus Runkel stammt, habe ich sie mal gefragt und siehe da, Frau Dernbach war die Nachbarin der Familie Wohlgemuth. Sie hat mich auch noch auf einen alten Jugendfreund von Bernhard aufmerksam gemacht. Mit Nils, dem Freund, habe ich mich dann auch unterhalten.«

»Und was hat das alles mit Frankfurt zu tun?«, hakte Clarissa nach.

»Ich glaube, dass Frankfurt sozusagen der Wendepunkt in Bernhards Leben war.« Luise griff in ihre Handtasche und holte ein kleines rotes Notizbuch heraus. »Ich habe mir die wichtigsten Punkte notiert. Augenblick«, sie blätterte ein paar Seiten um, »ah, hier. Also, zunächst mal: Niemand hat Bernhard früher so genannt. Von klein auf nannten ihn alle nur Bernie. Er wuchs mit seinen Eltern und der zwei Jahre älteren Schwester Frauke auf. Im Grunde lief alles gut. Zumindest für Bernie. Frauke dagegen beschloss mit fünfzehn, dass sie jetzt alt genug war, um die Schule furchtbar, junge Männer und Partys dagegen toll zu finden. Auch nichts Außergewöhnliches, nur dass die Freunde nicht gerade die Sorte waren, die man in Runkel und Niedermühlenbach im Karnevalsverein oder bei der freiwilligen Feuerwehr findet. Elke Dernbach beschrieb die Situation so: Die Wohlgemuths machten sich große Sorgen um ihre Tochter, und das wohl zu Recht. Frauke entwickelte sich zum – ich zitiere — Dorfflittchen. Frauke schmiss die Schule, jobbte hier und da, wurde achtzehn und zwei Tage nach ihrem Geburtstag verschwand sie nach einem Streit mit den Eltern. Ein paar Wochen später meldete sie sich aus Frankfurt, aber wohl nur, weil sie Geld brauchte – das ist zumindest das, was Frau Dernbach so mitbekommen hat.«

Vera runzelte die Stirn und rieb sich dabei das Kinn. Wäre sie ein Mann, würde sie sich jetzt den Bart kraulen, dachte Clarissa.

»Also die Elke Dernbach kenne ich auch«, begann Vera, »die denkt sich so was nicht aus. Aber wo kommt Bernhard ins Spiel?«

»Nils wusste noch ein paar Einzelheiten«, erwiderte Luise. »Frauke war offenbar bei einem Typen gelandet, der nicht nur mit Drogen gedealt, sondern Frauke auch am Bahnhof auf den Strich geschickt hat. Frauke soll Bernie mal angerufen haben, weil sie mit jemandem reden wollte. Nils erinnert sich, wie Bernie ihm davon erzählt hat und dass Bernie danach drei Tage nicht in der Schule war.«

»Er kam seiner Schwester zu Hilfe?«, fragte Ferdi.

»Nils ist davon heute noch überzeugt. Als er Bernie das nächste Mal traf, hatte der Prellungen und aufgeschürfte Handknöchel. Bernie hat nie darüber gesprochen, was passiert ist und ob er wirklich in Frankfurt war. Nur einen Monat später haben die Wohlgemuths ihr Haus in Runkel verkauft und sind nach Essen gezogen. Und vor anderthalb Jahren traf Nils seinen alten Schulfreund wieder, der jetzt nicht mehr Bernie, sondern Bernhard hieß und katholischer Priester werden wollte.«

»Hast du erfahren können, was aus Frauke geworden ist?«, fragte Clarissa nachdenklich, weil sich gerade in ihrem Kopf ein paar Puzzleteilchen zu einem Bild zusammensetzten.

»Nils hat sie tatsächlich einmal in Köln auf dem Weihnachtsmarkt getroffen. Das ist jetzt schon drei Jahre her, mehr wusste er nicht«, antwortete Luise.

»Schade.« Clarissa ging in Gedanken schon durch, welche Möglichkeiten sie jetzt noch hatte, als sie ihre Freundin lächeln sah. »Das war noch nicht alles?«

»Nee, ich habe einfach im Online-Telefonbuch nachgesehen. Eine Frauke Wohlgemuth wohnt in Köln, ganz in der Nähe des Chlodwigplatzes.« Luise hielt ihr Notizbuch hoch. »Ich habe hier ihre Anschrift.«

»Zufriedenstellend, wie Nero Wolfe in den Krimis von Rex Stout immer als höchstes Lob sagt. Ich würde sogar meinen, sehr zufriedenstellend.« Clarissa schaute in die Runde und zählte die einzelnen Punkte an den Fingern ab. »Im Rheinland taucht Falschgeld auf, in Köln findet man russische Udav-Pistolen. Bei uns in Niedermühlenbach wird ebenfalls beides gefunden. Und ausgerechnet die Person, bei der alle Fäden zusammenlaufen, hat eine Schwester in Köln. Wir sollten Frauke Wohlgemuth einmal besuchen.«

»Die Schulden, die Vorstrafen, das viele Falschgeld und die Tatsache, dass Bernhard leider in allen Läden war, wo Blüten aufgetaucht sind, machen ihn schon sehr verdächtig«, sagte Vera und sah dabei recht unglücklich aus.

Clarissa wiegte zweifelnd den Kopf. »Das alles macht Bernhard sehr verdächtig, oder aber zum idealen Sündenbock.«

Training und drei Rätsel

Er bekam nur noch schwer Luft, Durchatmen wurde zur Qual, jeder weitere Schritt eine Herausforderung.

»Ich … ich … glaub … ich kann … nicht mehr.« Alex blieb stehen, beugte sich vor und stützte die Hände auf die Oberschenkel. Nach mehreren tiefen Atemzügen verschwanden zumindest die hellen Flecken vor den Augen.

»Wie weit sind wir jetzt gelaufen?«

Lisa, die ein ganzes Stück vor ihm hergerannt war, trabte leichtfüßig zurück. »Im Ernst, Alex? Das ist ja schlimmer, als ich gedacht habe.«

»Komm, das ist mein erster Langstreckenlauf, hab ein bisschen Erbarmen mit mir.«

»Langstreckenlauf? Alex!« Lisa schaute auf ihre Sportuhr und schüttelte ungläubig den Kopf. »Wir laufen in einem Tempo von mehr als zehn Minuten pro Kilometer. Deine Tante könnte in dem Tempo spazieren gehen und würde dich dabei sogar noch überholen.«

»Aber dafür haben wir richtig Strecke gemacht«, japste Alex mit hochrotem Kopf.

»Nö, bisher waren es drei Kilometer.«

»Nur drei? Echt? Mir kam es viel weiter vor.«

»Drei und ein bisschen.«

»Na bitte. Drei und ein bisschen. Das ist doch kein schlechter Anfang, die letzten zwei Mal haben wir nur Dehnübungen gemacht und sind ein paar Mal am Rheinufer auf und ab getrabt.«

»Ja, weil du ständig Seitenstechen hattest und nicht weiterlaufen wolltest. Nun los, setz dich in Bewegung, ein bisschen geht bestimmt noch. Du musst tief und gleichmäßig atmen und auf deinen Köper hören.«

»Tue ich die ganze Zeit. Mein Körper jammert und schreit gerade unaufhörlich das Wort ›Pause‹.«

»Sehr witzig. Auf geht's. Du willst fitter werden, dann musst du auch was dafür tun. Am Sonntagabend können wir dann ja zusammen ein Bier trinken gehen.«

»Äh, nee, da sehe ich Elvi…, ich meine, da kann ich leider nicht.«

»Oh, okay, dann mal weiter.«

Alex entging nicht, dass Lisas Blick deutlich kühler wurde und sie ihre Lippen zusammenpresste.

Mist, warum kann ich nicht einfach mal die Klappe halten, dachte er. Lisa hatte sich wortlos umgedreht und war losgetrabt. Die Idee, noch einen schönen Abend mit ihr zu verbringen, kann ich in die Tonne treten. Vielleicht ist die Verabredung mit Elvira auch eine blöde Idee. Warum will ich mich überhaupt mit ihr treffen? Um Lisa aus der Reserve zu locken? Na, das hab ich gut hingekriegt …

Mit einem Stöhnen setzte er sich wieder in Bewegung und versuchte in einen Rhythmus zu kommen, der nicht aus einer Aneinanderreihung von Stolperschritten bestand.

Akim

Lisa schaute den Rücklichtern des SUVs hinterher. Alex war wirklich am Ende gewesen. Sie hatten noch einen weiteren Kilometer geschafft, bevor er darauf bestanden hatte, zurück zum Parkplatz zu wanken. Zum Glück hatte sie einen Rundkurs gewählt, sodass die Rückkehr zu seinem Auto für ihn kein Problem gewesen war. Ein Problem für sie war allerdings sein Date. Natürlich hatte er ein Date mit einer anderen Frau, sie war ja nicht auf den Kopf gefallen. »Elvi…« Alex wollte sich sicher nicht mit Elvis treffen. Lisa ärgerte sich darüber, dass ihr das überhaupt etwas ausmachte. Eine ruhige innere Stimme sagte ihr: Was regst du dich auf? Hast du ihm denn schon dein Interesse signalisiert? Und wer weiß, vielleicht hat er ja auch einfach nur einen geschäftlichen Termin. Doch die andere – deutlich gehässigere Stimme – war lauter. Geschäftlicher Termin? An einem Sonntagabend, Blödsinn! Nein, er hat ein Date. Es war ihm peinlich, dass ihm das rausgerutscht ist, das konnte man doch deutlich sehen, trotz des überhitzten Gesichtes.

Tja, und was tue ich jetzt?, fragte sich Lisa. Erst mal weiterlaufen, dann über die Antwort nachdenken.

Nach wenigen Hundert Metern hatte sie die Antwort für sich gefunden: Ich muss mir selber darüber klar werden, was ich eigentlich will, und dann entsprechend handeln. Sonst brauche ich gar nicht zu jammern, dass es nicht so läuft, wie ich es mir wünsche. Lisa brachte beide Stimmen in ihrem Kopf zum Schweigen und konzentrierte sich darauf, das Lauftempo anzuziehen und weiterhin gleichmäßig und ruhig zu atmen. Mit federnden Schritten rannte sie weiter. Und mit jedem Schritt begann sie sich mehr zu entspannen.

Als sie nach einer Stunde in ihr Auto stieg, sah sie auf ihrem Handy, das in der Mittelkonsole lag, den Hinweis auf einen verpassten Anruf. Akim Dierlich hatte versucht sie zu erreichen. Lisa überlegte kurz. Es war Freitagabend, mittlerweile fast halb zehn. Egal, Akim hatte schließlich auch lange nach Feierabend angerufen. Sie wählte seine Mobilnummer.

»Yoh, Lisa, dachte ich mir doch, dass du noch anrufst.«

Lisa hörte im Hintergrund laute Klaviermusik.

»Sekunde, ich dreh mal die Musik leiser.«

Lisa schüttelte lächelnd den Kopf. Akim überraschte sie immer wieder. Sie hätte bei Akim lauten Rap, vielleicht auch dröhnenden Metal-Rock vermutet, aber das? »Was läuft denn da bei dir?«, fragte sie, nachdem Akim die Musik leiser gestellt hatte.

»Das ist das Debütalbum von Glenn Gould. 1955, die CBS-Aufnahme. Bachs Goldberg-Variationen, ideal, wenn man mal in Ruhe nachdenken will.«

»Und warum musst du in Ruhe nachdenken?«

»Daran sind du und deine Anfrage schuld.« Akim kicherte. »Hat mich ein paar Überstunden gekostet, weil ich nicht auffallen wollte.«

»Dann hast du was gefunden? Komm, mach's nicht so spannend, erzähl.« Lisa griff nach hinten und hob ihre Tasche auf den Beifahrersitz. Mit einer Hand kramte sie ihr Notizbuch und einen Stift hervor. »Ich hab was zu schreiben, leg los.«

»Ich muss vorher erklären, was ich nachgesehen habe. Im Archiv liegen unter anderem die Geschosse und Patronenhülsen, die die Spurensicherung an dem Abend am Tatort sichergestellt hat, und glaub mir, die Spusi-Kollegen sind echt gründlich. Und dann sind da noch die beiden Kugeln, die man aus Tobi herausgeholt hat, auch die wurden genau untersucht und archiviert.«

»Schon klar, das ist ja die übliche Vorgehensweise.«

»Wollte ich ja nur mal gesagt haben. Okay, ich habe mir zunächst die beiden Geschosse angeschaut, die sich Tobi eingefangen hat. Rätsel Nummer eins: Beide war ganz sicher keine Querschläger. Deformationsspuren null, niente, zero.«

»Aber das hieße ja, dass er von hinten direkt angeschossen worden ist.« Lisa malte hinter das Stichwort ›Deformation‹ ein großes Fragezeichen.

»Und da kommt nun das zweite Rätsel ins Spiel. Durch den Zug im Lauf einer Waffe entstehen auf einem Geschoss individuelle Kratzspuren, die Feldeindruckspuren. Wir im Labor bezeichnen die Feldeindruckspuren zusammen mit ein paar anderen Merkmalen auch als Signatures. Die Signatures, die ich gefunden habe, sind absolut identisch mit denen auf den Geschossen, die dem Angreifer zugeordnet werden konnten. Wir haben auch seine Pistole, und ich habe extra noch mal einen Schusstest durchgeführt. Hundertprozentige Übereinstimmung.«

»Wie kann jemand von vorne, ohne Querschläger, Tobi in den Rücken treffen?«

»Gar nicht, weil es lenkbare Pistolenmunition noch nicht gibt. Hab mal einen Krimi gelesen, in dem ein Scharfschütze lenkbare Gewehrmunition besaß, aber das ist ein anderes Thema. Also haben wir es entweder mit einem physikalischen Wunder zu tun oder …«

»Oder die Geschosse wurden verwechselt«, ergänzte Lisa.

»Verwechselt wäre nicht schön, aber noch okay.«

Lisa schaute durch die Windschutzscheibe auf die träge dahinfließende Mosel. Es gab noch eine andere, eine ganz ungeheuerliche Erklärung. »Du meine Güte.« Ihre Stimme sank zu einem Flüstern herab. »Du meinst, jemand hat die Geschosse absichtlich ausgetauscht? Die Geschosse, die Tobi in den Rücken getroffen haben, wurden aus dem Verkehr gezogen und durch andere Geschosse ersetzt? Muss da nicht ein Zettel oder ein Aufkleber mit Name und Datum bei den Beweismitteln liegen?«

»Bingo. Jetzt kommt Rätsel Nummer drei. Mein Chef hat das abgezeichnet. Ich kann aber im Computer seine Dienstzeiten der letzten fünf Jahre abrufen. Okay, nicht offiziell, aber die Personalabteilung hat ihr System nur sehr unzureichend gesichert. Der Passwortschutz war ein Witz. An dem Tag, an dem Eckhard die Beweismittel gegengezeichnet hat, war er nicht mal in Mainz.«

»Kannst du mir die Daten mailen?«

»Klar, mach ich gleich. Und ich werde mich auch noch weiter umhören, vielleicht stoße ich noch auf irgendetwas.«

»Akim, ich danke dir. Du hast was bei mir gut.«

»Hab ich gern gemacht, Lisa. Bis bald.« Noch bevor Akim Dierlich das Gespräch beendet hatte, schwoll die Lautstärke von Glenn Goulds Klavierspiel wieder an.

Entschlossen startete Lisa ihr Auto. Sie brauchte jetzt eine Dusche, ein Glas Weißwein und Zeit zum Nachdenken – genau in der Reihenfolge.

Zwei Telefonate

Beim Frühstück wirkte Alex bedrückt und nachdenklich.

»Wie lief denn das Training mit Lisa gestern Abend?«, fragte Clarissa und schaute Alex neugierig über den Rand ihres Kaffeebechers an.

»Bitte erinnere mich nicht daran. Es war demütigend. Ich kam mir vor wie achtzig, sehr unsportliche achtzig. Und außerdem …«

»Was?«

»Ach, mir ist rausgerutscht, dass ich morgen Abend Elvira treffen werde. Wir haben uns nur auf ein Bier verabredet, nichts Besonderes also. Einfach nur ein Bier und ein bisschen plaudern. Aber ich fürchte, Lisa hat das in den falschen Hals bekommen.« Alex hob resigniert beide Hände und seufzte. »Ich kann froh sein, dass sie überhaupt noch mit mir trainiert hat. Wobei ich nach einem weiteren Kilometer das Handtuch geworfen habe.«

Clarissa schüttelte amüsiert den Kopf. »Alex, das musst du

mit dir selber ausmachen. Elvira Krüger ist in meinen Augen eine charmante, attraktive Frau, und das Gleiche gilt für Lisa. Ihr alle seid alt genug und ungebunden, also ist doch alles offen.«

Alex blies die Wangen auf und stieß die Luft aus. »Du weißt schon, dass das ziemlich krass ist? Ich sitze gerade mit meiner Tante am Frühstückstisch und rede über meine Verabredungen mit Frauen. Uff, ich komme mir vor wie ein Teenager.«

»Na, so jung bist du nun auch wieder nicht. In deinem Alter war ich fast schon verheiratet. Eigentlich wollte ich ja auch nur wissen, wie das Training lief. Den Rest hast du freiwillig erzählt. Aber wenn es dich beruhigt, dieses Gesprächsthema ist für mich jetzt beendet. Ich geh rüber ins Wohnzimmer und erledige zwei Telefonate, und dann sehen wir weiter.«

»Wobei sehen wir weiter? Geht es um etwas, das den aktuellen Fall betrifft?«

»Wir wollen uns mit Bernhards Schwester treffen, wenn sie denn da ist und Zeit hat.«

Clarissa schaute Alex an und lachte. »Du solltest jetzt mal dein Gesicht sehen. Ja, um deine unausgesprochene Frage zu beantworten, natürlich kannst du mitkommen. Ich berichte dir später auch gerne, was wir gestern Abend besprochen haben. Aber erst mal muss ich organisieren, dass wir Frauke Wohlgemuth treffen können.«

Vergnügt biss Alex in sein Marmeladenbrot. »Klasse«, murmelte er mit vollem Mund. »Endlich mal richtige Ermittlungen vor Ort, und ich bin dabei.«

***

»Wenn es Ihnen nichts ausmacht, würden wir gerne direkt heute Nachmittag bei Ihnen vorbeikommen, Frau Wohlgemuth.«

»Aber warum?«

»Nun, es geht um den Nachlass Ihres verstorbenen Bruders, und wir, der Vorstand des … ähm … Dorfvereins, möchten gerne mit Ihnen über die Grabgestaltung sprechen.«

»Ich weiß nicht, so richtig passt mir das nicht.«

»Ich verspreche Ihnen, wir werden Sie nicht lange aufhalten. Wissen Sie, wir haben heute ein Regionaltreffen in Köln, und da würden wir uns Ihre Unterschriften sozusagen nebenbei abholen. Ein Weg, Sie verstehen?«

»Also gut. Aber ich habe nicht viel Zeit.«

»Um drei sind wir bei Ihnen. Herzlichen Dank, Frau Wohlgemuth. Bis heute Nachmittag.«

Puh, das ist noch mal gut gegangen, dachte Clarissa. Die Ausrede mit dem Dorfverein ist mir gerade noch rechtzeitig eingefallen. Wir können ja nicht unangemeldet zu fünft vor Fraukes Tür auftauchen. Ist mir gar nicht so bewusst gewesen, wie leicht es war, mit einem Dienstausweis in der Hand um ein Gespräch zu bitten.

Der zweite Anruf war weniger heikel. Clarissa hatte schon vor dem Frühstück die Telefonnummer des Caritas-Projektes im Internet herausgesucht. Und im Grunde hatte sie auf deren Webseite auch schon das Wichtigste gelesen, trotzdem wollte sie noch mal die Bestätigung haben.

Zwei Minuten später beendete sie das zweite Telefonat. Keine Frage, Bernhard Wohlgemuth war ein bemerkenswerter Mensch gewesen, so viel stand für sie jetzt fest.

Frauke

Draußen ertönte ein lautes Hupen, und Clarissa, die bereits im Hausflur stand, rief ins Haus: »Alex, die anderen sind da, es geht los!«

Als Alex vor die Haustür trat und sah, was da auf den Hof gerollt war, fragte er ungläubig: »Das ist nicht euer Ernst? Wir fahren in dem Kastenbrot in die Domstadt?«

Vera, die Alex' Frage gehört hatte, kicherte und gab ihm einen Klaps auf den Arm. »Du bist mir einer. Komm, stell dich nicht so an. Wölfchen hat extra die beiden Sitzbänke eingebaut, damit wir alle reinpassen.«

»Auf jeden Fall haben wir in dem Transporter genug Platz«, erklärte Clarissa. »Luises Cabrio oder Ferdis Mini Cooper kommen nicht infrage, mein Kombi macht diese merkwürdigen Geräusche, der muss in die Werkstatt. Also, ich fahre lieber in Veras Wagen mit, als mich anderthalb Stunden lang auf die enge Rückbank in deinem SUV zu quetschen.«

Alex seufzte ergeben und ging zum Transporter, in dem

schon Luise und Ferdi saßen. Vera öffnete mit Schwung die Seitentür, um ihn einsteigen zu lassen. »Immer herein in die gute Stube.« Sie grinste von einem Ohr zum anderen. Es machte ihr sichtlich Spaß, ihn in ihren untermotorisierten Transporter zu bitten.

Während er in den Transporter kletterte, murmelte er: »Und weiter geht die wilde Fahrt im Brotmobil.«

***

»Da vorne, die nächste Straße musst du links reinfahren.« Ferdi, der auf dem Beifahrersitz saß, dirigierte Vera durch den Kölner Süden. Je näher sie dem Innenstadtbereich kamen, umso unübersichtlicher wurden die Seitenstraßen. Clarissa bewunderte, mit welcher Gelassenheit Vera den großen Transporter durch den Stadtverkehr lenkte.

»Vera, wenn du gleich irgendeine Parkmöglichkeit siehst, dann nutze sie«, sagte Luise. »Jetzt am Nachmittag geht es gerade noch, aber freie Parkplätze sind hier wirklich rar, und wir sind fast da.«

»Luise hat recht, es sind nur noch ein paar Hundert Meter. Wir …« Ferdi wurde von einer Vollbremsung unterbrochen.

»Sorry, Leute, das hätte ich ankündigen sollen«, entschuldigte sich Vera fröhlich, »aber diese freie Parkbucht ist einfach zu verführerisch. Da muss ich zugreifen.« Entschlossen lenkte Vera den Transporter mit quietschenden Reifen nach links auf einen Parkstreifen. Schräg angeordnete Parkplätze, ein Fußweg und ein Grünstreifen mit ein paar alten Bäumen unterteilten die breite Straße in zwei Fahrbahnen.

»So ein Glück muss man erst mal haben, mitten in Köln einen freien Parkplatz für einen Transporter zu finden«, sagte Alex anerkennend.

Als sie dann vor dem Parkautomaten standen, schnappte Vera hörbar nach Luft. »Ein Euro für fünfzehn Minuten, das ist ja Straßenraub«, beschwerte sie sich. »Was glaubt ihr, wie lange wir bei Frauke Wohlgemuth brauchen?«

Clarissa hatte bereits die passenden Münzen zur Hand. »Ich denke, höchstens eine Dreiviertelstunde.«

»Für drei Euro muss ich ganz schön viele Brötchen backen«, grummelte Vera. »Danke, dass du das übernimmst. Ich hab überhaupt nicht an Kleingeld gedacht.«

Als sie dann zu fünft an den Altbauten vorbeigingen, fragte sich Clarissa für einen kurzen Moment, was Frauke wohl davon halten würde, wenn der Vorstand eines ihr unbekannten Dorfvereins in der Stärke einer halben Fußballmannschaft zum Gespräch auftauchte, aber daran ließ sich nun einmal nichts ändern.

Die Adresse, die Luise herausgesucht hatte, befand sich in einem heruntergekommenen Hinterhaus. Einige Häuser, die sie passiert hatten, hatten die Besitzer mit viel Liebe zum Detail saniert. Hier dagegen war seit Jahrzehnten nichts mehr gemacht worden. Der Krimi-Club umrundete einige überquellende Mülltonnen. Clarissa versuchte, ganz flach zu atmen, der Gestank von verdorbenen Essensresten und alten Fleischverpackungen war schier unerträglich. Die Haustür hing schief in den Angeln und schloss nicht richtig, Ferdi stieß sie einfach mit dem Fuß auf. Drinnen war es nicht viel besser. In dem dämmrigen Hausflur kämpfte der Geruch von scharfem Chlorreiniger gegen den Muff aus Frittenfett, Schimmel und nassem Hund an. Der Chlorreiniger stand bei seinem Kampf auf verlorenem Posten.

»Jesus, Maria und Josef, hier könnte aber auch mal jemand gründlich lüften.« Vera rümpfte die Nase. Sie standen unschlüssig in dem verdreckten Hausflur, Clarissa studierte die zum Teil abgerissenen Namensschilder an den Briefkästen. »Da steht es: F. Wohlgemuth, dritter Stock.«

»Dann mal los, verlassen wir diesen heimeligen Ort«, sagte Luise und stieg entschlossen die knarrenden Holzstufen hoch.

»Am besten gehen wir hintereinander, wer weiß, ob diese altersschwachen Stufen uns fünf gleichzeitig aushalten«, unkte Alex.

»Sehr witzig, mein Lieber«, erwiderte Clarissa, aber auch sie achtete darauf, wo sie hintrat.

Vor der Etagentür im dritten Stock drehte sich Clarissa zu den anderen um. »Okay, ich werde versuchen, sie aus der Reserve zu locken. Dass wir gleich mit fünf Personen auftauchen, ist natürlich schon einschüchternd, das wird es nicht einfacher machen. – Wenn ich auf meine Uhr sehe, möchte ich gehen. Okay?«

»Alles klar, Boss. Mach ihr ein Angebot, das sie nicht ablehnen kann«, wisperte Alex mit gespielt heiserer Stimme.

Ferdi lachte leise. »Deine Marlon-Brandon-Imitation als der Pate ist nicht schlecht, die solltest du ausbauen.«

Clarissa, Luise und Vera wechselten angesichts von Ferdis und Alex' Herumalbern einen kurzen Blick und Vera raunte: »Männer! Kannste alle in einen Sack stecken und draufhauen, triffst du immer den Richtigen.«

Da es an der Etagentür keine Klingel gab, klopfte Clarissa zweimal laut gegen das Holz.

Sie wollte gerade noch einmal klopfen, als drin ein Schlüssel umgedreht wurde und die Tür aufschwang.

»Oh, Fuck, Sie haben nix davon gesagt, dass der ganze Dorfverein mitkommt.«

»Hallo, Frau Wohlgemuth, dürfen wir trotzdem reinkommen?«

»Klar, von mir aus. Jetzt, wo Sie schon da sind.«

Frauke Wohlgemuth führte die Gruppe durch einen dämmrigen Flur in ein geräumiges Wohnzimmer. In einer Ecke boten ein großes Sofa und drei Sessel Platz zum Sitzen. Auf einem niedrigen Tisch lagen ein paar Zeitschriften. Der Rest der Zimmereinrichtung bestand aus einem teuren, sehr großen Flachbildfernseher und Umzugskisten, die noch nicht ausgeräumt waren oder aber gerade eingeräumt wurden.

»Ende des Monats ziehe ich aus, das Haus soll kernsaniert werden.« Frauke Wohlgemuth wies auf die Kisten. Dann ließ sie sich in einen Sessel fallen und schaute den Krimi-Club erwartungsvoll an. Obwohl Clarissa wusste, dass die Frau nur zwei Jahre älter als Bernhard war, konnte sie das schwer glauben. Frauke hatte ein altes Gesicht, eines, das zu schnell zu viel erlebt hatte. Rechts und links von den Mundwinkeln hatten sich tiefe Falten eingegraben. Unter den müden Augen lagen dunkle Schatten. Frauke trug ein viel zu weites, schmuddeliges T-Shirt, das vor langer Zeit einmal weiß gewesen sein mochte, und auf dem ein großer gelber Emoji zwinkernd die Zunge rausstreckte. Dazu eine hellgraue, schlabberige Jogginghose aus einem billigen Synthetikmaterial, Sneakersocken und Badeschlappen. Mit einer Hand wischte sich Frauke die dunkelbraunen schulterlangen Haare aus der Stirn.

»Okay, machen wir's kurz. Was soll ich unterschreiben? Sie haben was von einem Nachlass erwähnt.«

Clarissa setzte sich in den Sessel gegenüber von Frauke und nahm aus den Augenwinkeln war, dass sich auch die anderen setzten. Sie konzentrierte ihre ganze Aufmerksamkeit auf die junge Frau.

»Frau Wohlgemuth, ich war nicht ganz ehrlich zu Ihnen. Es geht nicht um einen Nachlass. Wir sind hier, weil wir mehr über den Tod Ihres Bruders erfahren wollen.«

»Warum? Bernie hat sich aufgehängt, die Polizei hat doch mit mir gesprochen.«

»Wann haben Sie Ihren Bruder das letzte Mal gesehen?«

Die junge Frau starrte sie mit aufgerissenen Augen an, suchte nach Worten.

»Ich weiß, dass Sie nicht verpflichtet sind, mir zu antworten. Trotzdem würde ich es schätzen, wenn Sie mit mir reden. Also: Wann haben Sie Bernhard das letzte Mal gesehen?«

»Bernhard!« Aus Fraukes Mund klang der Name so, als würde sie verächtlich ausspucken. »Mein ach so heiliger Bruder. Keine Ahnung, ist bestimmt schon drei Jahre her. Wir hatten es nicht so mit dem Kontakt. Ich habe seinen plötzlichen Hang zur Kirche und dem ganzen Quatsch nicht kapiert. Bernie – ein Pfaffe. Shit, das ist echt strange. Wissen Sie eigentlich, welchen Ärger ich jetzt am Hals habe? Meinem Vater geht es nicht gut, um den kümmert sich meine Mutter, also bleibt alles an mir hängen. Die Einäscherung und die Beerdigung, dann der ganze Papierkram. Mich hat so ein anderer Pfaffe genervt, der will Bernies Haus ausräumen – soll er, ich will von dem ganzen Plunder nichts haben. Hab selbst genug Probleme.« Frauke griff nach einer Packung Zigaretten, die auf dem Tisch lag, fischte sich eine heraus und zündete sie mit dem Feuerzeug an, das ebenfalls in der Packung verstaut war. Sie inhalierte tief und stieß den Zigarettenrauch aus. Ihr nervöser Blick wurde ruhiger. »War's das dann?«

»Nein. In der Wohnung Ihres Bruders haben wir einen Aktenkoffer mit Falschgeld gefunden, jede Menge Falschgeld, und eine russische Pistole. Können Sie sich vorstellen, wie Bernhard darangekommen ist?«

Frauke grinste schief. »Blüten und eine Knarre? Im Leben nicht.«

»Illegaler Waffenbesitz. Nach Paragraf 51 des Waffengesetzes heißt das, bis zu fünf Jahren Gefängnis oder eine hohe Geldstrafe. Eine russische Udav-Pistole mit Schalldämpfer ist keine Allerweltswaffe. Genau so eine Pistole wurde aber bei Bernhard gefunden. Und das Landeskriminalamt hat zuletzt eine größere Menge dieser Waffen hier in Köln sichergestellt.«

»Ach, und weil ich in Köln wohne, denken Sie, ich müsste wissen, woher Bernhard die Pistole hatte?«

»Wissen Sie's?«

»Nein, weiß ich nicht. Und jetzt ist es Zeit, dass Sie gehen.«

»Gleich. Nur noch eine Sache. Vergessen Sie nicht, was Bernhard für Sie getan hat.«

Frauke schwieg und starrte Clarissa mit halb geöffnetem Mund an. Mit einer wütenden Bewegung drückte sie die Zigarette in einem Aschenbecher aus. »Was geht Sie das an? Sie haben ja keine Ahnung.«

»Das stimmt. Aber ich kenne die Geschichte einer jungen, verzweifelten Frau, die in Frankfurt keinen Ausweg mehr sah und ihren kleinen Bruder um Hilfe gebeten hat. Und der kam dann und zertrümmerte dem Zuhälter der Frau den Kiefer. Als die Polizei eingriff, gab er zu Protokoll, dass die Drogen, die die Frau bei sich hatte, ihm gehören würden. Er nahm die Schuld auf sich, weil er wusste, dass er vor einem Jugendrichter landen würde. Er hat dafür gesorgt, dass die junge Frau eine zweite Chance bekam. Und jetzt ist er ermordet worden.«

Aus Fraukes Gesicht wich jede Farbe. Es dauerte ein paar Sekunden, bis sie ihre Fassung wiederfand. »Bullshit! Es war Selbstmord.«

»Nein, ganz sicher nicht, Frau Wohlgemuth. Wissen Sie, vor wenigen Wochen war ich noch bei der Kriminalpolizei. Ich weiß, wovon ich rede.« Clarissa schaute demonstrativ auf ihre Armbanduhr. Erleichtert nahm sie wahr, dass die anderen das Zeichen richtig deuteten und sofort Anstalten machten aufzustehen.

»Wir müssen jetzt wieder los. Wenn Ihnen noch etwas zu dem Falschgeld oder der Waffe einfällt, dann rufen Sie mich doch bitte an.« Clarissa holte aus ihrer Handtasche einen Zettel heraus, den sie vorbereitet hatte. »Hier habe ich Ihnen meine Mobilnummer aufgeschrieben.« Sie legte den Zettel neben den Aschenbecher auf den Tisch. »Vielleicht denken Sie noch mal nach. Bernie hat es verdient«, sagte sie sanft. »Wir finden alleine raus. Bemühen Sie sich nicht.«

Die anderen gingen schweigend aus dem Wohnzimmer, und Clarissa sah, als sie kurz über die Schulter blickte, wie

Frauke Wohlgemuth gedankenverloren den kleinen Notizzettel in den Händen hielt. Vielleicht fragte sie sich gerade, warum sie ihren kleinen Bruder im Stich gelassen hatte.

***

»Meine Güte, ich habe gefühlt die ganze Zeit die Luft angehalten«, stieß Vera hervor, als sie wieder alle auf der Straße standen. »Das war ja wie im Krimi.«

»Es tut mir leid, dass ich alleine geredet habe, aber es war wichtig, Frauke Wohlgemuth mit den richtigen Worten zu erreichen«, entschuldigte sich Clarissa.

»Ach was, ich habe mich nicht mal getraut, mich zu bewegen«, erwiderte Ferdi. »Stimmt das, was du da erzählt hast, also dass Bernhard für seine Schwester die Schuld auf sich genommen hat?«

»Ich denke, es spricht alles dafür. Erinnert ihr euch: der Vorwurf der Körperverletzung, der Drogenbesitz, die Prellungen und die aufgeschürften Handknöchel. Ich habe heute früh mit der Caritas in Frankfurt telefoniert. Die betreiben dort unter anderem ein Streetworker-Projekt, das sich um Junkies und ehemalige Prostituierte kümmert. Und ratet mal, wer das Projekt mitgegründet hat.«

»Bernhard?«, fragte Luise. »Natürlich, das erklärt die monatlichen Zahlungen, die Ferdi auf den Kontoauszügen gefunden hat.«

»Ganz genau«, bestätigte Clarissa.

»Und was machen wir jetzt?«, fragte Alex.

»Jetzt warten wir, ob ich die richtigen Worte gefunden habe. Und ob sie zu dem gewünschten Effekt führen. Denn eines ist klar.« Clarissa schaute die anderen Mitglieder des Krimi-Clubs zufrieden an. »Frauke Wohlgemuth hat gelogen, ich kann es nur noch nicht beweisen.«

Verfolgungsjagd durch die Domstadt

Sie saßen alle zusammen in dem Transporter und warteten.

»Du hast zwar noch Geld nachgeworfen, aber unsere Parkzeit ist gleich um«, gab Luise zu bedenken. Clarissa biss sich auf die Unterlippe. Vielleicht blieb Frauke Wohlgemuth einfach in ihrer Wohnung sitzen, telefonierte, verschickte Mails, schrieb WhatsApp-Nachrichten. Ja, wahrscheinlich vergeudeten sie hier ihre Zeit. Aber es gab auch diese eine Chance, auf die sie baute.

»Fünf Minuten. Wir warten noch fünf Minuten, dann fahren wir zurück«, schlug sie vor. Die anderen nickten zustimmend. Von ihrem Platz aus konnte Clarissa die Digitalanzeige der Uhr im Armaturenbrett sehen. Drei Minuten vergingen ohne weitere Ereignisse.

»Da vorne, sie ist eben aus der Einfahrt gekommen!« Aufgeregt zeigte Ferdi die Straße hinunter. Gut, dass er aufgepasst hatte. Frauke sah völlig verändert aus, sie trug jetzt Jeans, hohe Wildlederstiefel und eine hellbraune Lederjacke. Eine schwarze Baseballkappe verdeckte die schulterlangen Haare. Wie gebannt verfolgte Clarissa mit den anderen, wie Frauke die Straße hinunterging und bei einem Auto stehen blieb. Ein roter Golf!

»Vera, starte den Motor. Ich glaube, sie fährt gleich los«, sagte Clarissa.

Tatsächlich umrundete Frauke Wohlgemuth den Golf, öffnete die Fahrertür, stieg ein und fuhr los.

»Vera, versuch bitte dran zu bleiben, aber halt um Gottes willen so viel Abstand, dass sie uns nicht bemerkt.«

»Mensch, eine richtige Verfolgungsjagd. Clarissa, du weißt ja gar nicht, wie lange ich mir das schon gewünscht habe.«

»Wenn sie in den Rückspiegel schaut und bemerkt, dass ihr ein großes Kastenbrot auf den Fersen ist, sind wir aufgeschmissen. Der Wagen hier ist so auffällig wie ein rosa lackierter Pudel«, stöhnte Alex.

»Quatsch. Von vorne sieht der Transporter mit dem dunkelbraunen Dach doch fast wie ein Kurierfahrzeug aus. Und davon gibt es hier in Köln bestimmt Tausende«, sagte Ferdi.

Vera tätschelte Ferdi das Knie. »Das hast du aber nett gesagt.«

»Hände ans Steuer, Augen geradeaus«, kommandierte Luise. »Und pass auf, dass sie dich nicht an einer Ampel abhängt.«

Clarissa presste die Lippen zusammen. Jemandem in Köln mit nur einem Auto unbemerkt zu folgen, und dann auch noch mit einem Fahrzeug, das von der Seite gesehen so dermaßen auffällig war, konnte eigentlich nur schiefgehen. Aber Vera meisterte die Aufgabe mit Bravour. Ganze zwanzig Minuten lang folgte sie dem roten Golf erfolgreich. Nur einmal musste sie mehr Gas geben, um noch bei Gelb über eine Ampel zu kommen.

»Das war Rot!«, rief Ferdi und klammerte sich am Haltegriff fest, weil Vera mit viel zu hohem Tempo in die Kurve fuhr.

»Ich bevorzuge die Bezeichnung dunkelgelb, mein Lieber. Und du kannst gerne bei der nächsten Verfolgungsjagd selber mal ans Steuer.«

»Schon gut, schon gut. Du machst das großartig, Vera«, räumte Ferdi ein.

»Schaut mal, sie bremst.« Luise hatte zwischen den Vordersitzen hindurch den Golf im Blick behalten. Der rote Golf blinkte und bog in eine Einfahrt ein.

»Fahr bitte ein Stück weiter und versuch dann anzuhalten, zur Not auch in zweiter Reihe mit Warnblinklicht«, bat Clarissa.

Vera bremste und schaltete den Warnblinker an. »Lange kann ich aber so nicht stehen bleiben.«

»Musst du auch nicht. Fahr eine Runde um den Block und hol mich hier wieder ab.«

»Was hast du vor?«, fragte Alex.

»Ich muss wissen, mit wem sich Frauke trifft, sonst war alles umsonst.« Clarissa öffnete die Seitentür und sprang aus dem parkenden Transporter. Mit schnellen Schritten lief sie zu der Einfahrt, in die der rote Golf eingebogen war. Das Grundstück war eingezäunt und von Unkraut überwuchert. Im Hintergrund stand ein Gebäude, das wie eine ehemalige Tankstelle aussah und aus dem laute Bässe wummerten. Von Frauke Wohlgemuth war nichts zu sehen, sie war also höchstwahrscheinlich schon in dem Gebäude. Was Clarissa richtig neugierig machte, waren zwei Dutzend Motorräder, die vor der heruntergekommenen Ex-Tankstelle parkten. Schwere Maschinen, mattschwarz lackiert, und auf jedem Tank prangte dasselbe Bild von einem Totenschädel, aus dem Flammen schlugen.

Clarissa schaute rechts und links die Straße hinunter. Auf der einen Seite, gut zweihundert Meter weiter rechts, wartete eine junge Frau an einer Bushaltestelle, aber die war offenbar mehr an ihrem Handy als an ihrer Umgebung interessiert. Als Clarissa zur anderen Seite blickte, sah sie gerade noch die Rücklichter des Transporters, der um die Ecke bog. Sie wusste nicht, wie lange Vera benötigen würde, um einmal um den Block zu fahren. Viel Zeit blieb ihr wahrscheinlich nicht. Sie gab sich einen Ruck.

Ohne Hast ging sie durch die Einfahrt auf das Grundstück. Sie huschte nicht gebückt voran, wie man es in Fernsehkrimis sah. Sie schlich nicht vorwärts, sorgsam darauf bedacht, nicht gesehen zu werden. Im Gegenteil, ihre ganze Körperhaltung rief laut und selbstbewusst: »Ich darf hier entlanggehen, gar kein Problem!«

So lief sie auf die ehemalige Tankstelle zu. Glücklicherweise waren die großen Schaufenster des ehemaligen Verkaufsraums mit Holzplatten vernagelt worden. Dabei hatte man das obere Drittel freigelassen, sodass etwas Tageslicht ins Gebäude fallen konnte.

An der Seite gab es zwei hohe schmale Fenster, die offen geblieben waren. Clarissa achtete darauf, sich seitlich von diesen Fenstern zu halten. Als sie neben dem ersten Fenster an der Hauswand stand, lehnte sie sich leicht zur Seite und warf einen Blick in den Raum. Im hinteren Teil, dort, wo früher die Kasse der Tankstelle gewesen war, hatte man eine Art Bar aufgebaut. Der Rest der Einrichtung war offensichtlich vom Sperrmüll rekrutiert worden. Drei, vier alte Sofas und unzählige ramponierte, abgenutzte Sessel waren ohne Rücksicht auf Farbe, Form und Alter im Raum verteilt worden. Zwei Dutzend Männer und eine Handvoll Frauen saßen oder standen herum, die meisten von ihnen mit einem Glas oder einer Flasche Bier in der Hand. Bisschen früh für eine Party, aber das schien niemanden im Raum zu stören.

Frauke stand etwas abseits und unterhielt sich lebhaft mit drei Männern. Sie wirkte aufgebracht, gestikulierte mit beiden

Händen. Einer der Männer war ein gut zwei Meter großer Hüne, neben dem Frauke zwergenhaft klein und die beiden anderen breitschultrigen Kerle geradezu schmächtig wirkten. Der Hüne sagte etwas, und während die beiden Männer laut darüber lachten, schlug Frauke ihm mit der flachen Hand gegen die mächtige Brust. Vielleicht ist das kein ernsthafter Streit, aber es ist auch kein Plausch unter Freunden, dachte Clarissa. Sie musterte noch einmal den gesamten Raum. Was sie sah, wirkte nicht wie das konspirative Treffen einer Geldfälscherbande, es sah mehr nach einem feuchtfröhlichen Clubtreffen aus. Trotzdem zog Clarissa ihr Handy aus der Jackentasche, aktivierte die Kamera und schob dann langsam die Hand vor die Fensteröffnung. Mit dem Daumen drückte sie mehrmals auf den Auslöser.

Sie wollte ihr Glück nicht überstrapazieren und trat deshalb den Rückzug an. Als sie einen Schritt zurück machte, zerbrach knackend ein Stück Holz unter ihrem Schuh. Erschrocken blieb Clarissa mit klopfendem Herzen stehen, bewegungslos, nur um sich dann selber zu ermahnen, dass niemand da drinnen etwas gehört haben konnte, dafür war die Musik viel zu laut.

Worauf war sie eben getreten? Vorsichtig zog sie den Fuß beiseite. Es waren die Reste einer Holzkiste. Was ihre Aufmerksamkeit fesselte, waren die kyrillischen Schriftzeichen auf dem Holzstück. Sie hätte es nicht beschwören können, aber diese Art von Aufdruck war ihr schon einmal begegnet. Sie bückte sich, wischte mit der flachen Hand ein bisschen Erde vom Holz und schoss auch davon ein paar Fotos.

Dann hat sich der heutige Besuch in der Domstadt ja doppelt gelohnt, dachte sie zufrieden. Ebenso unbemerkt, wie sie gekommen war, zog sie sich wieder zurück. Der Gedanke, dass jeden Moment jemand von der Rockergang nach draußen vor die Tür treten konnte und sie dann sehen würde, sorgte für ein unangenehmes Kribbeln im Nacken. Trotzdem zwang sie sich, ohne Hast zurück zur Straße zu gehen. Als sie wieder auf dem Bürgersteig stand, atmete sie einmal tief durch. Es war eben doch ein Unterschied, ob man so etwas im Staatsauftrag tat oder ganz privat. Sie schaute die Straße hinunter und fragte sich gerade, wann Vera mit dem Transporter wohl wieder auftauchen würde, als es hinter ihr kurz hupte. Auf der anderen Straßenseite bremste der Bäckereitransporter. Schnell überquerte Clarissa die Fahrbahn und stieg ein.

»Und?«, fragte Alex, während sie losfuhren, »hast du was entdeckt?«

»Leider keine Stapel Falschgeld, aber immerhin mehr unangenehme Typen, als man an einem Abend beim Besuch in Köln sehen möchte.« Clarissa öffnete die Fotogalerie auf ihrem Handy und suchte ein Foto heraus, auf dem Frauke und die drei Männer zu sehen waren. Sie zeigte es Luise, die neben ihr saß, aber die zuckte nur mit den Achseln. »Nee, habe ich noch nie gesehen.« Clarissa reichte das Handy nach vorne zu Ferdi weiter.

»Wie sieht es bei dir aus, Ferdi?«

Der zögerte, vergrößerte einen Ausschnitt des Fotos mit Daumen und Zeigefinger und stieß dann einen leisen Pfiff aus. »Ich werd verrückt. Ist das möglich? Na klar.« Ferdi drehte sich zu Clarissa um. »Hier, der Riese, mit dem sich Frauke unterhält, das ist Dingo, Dingo Waldborn. Eigentlich Detlef-Ingo Waldborn. Der überragte schon in der zehnten Klasse auf unserer Nachbarschule jeden Erwachsenen. Ich habe ihn mal kennengelernt, als er wegen Vandalismus Probleme mit der Polizei bekommen hatte. Eine Kollegin von mir hat sich sehr für Problemschüler an unseren beiden Schulen eingesetzt. Und Dingo war ein Problemschüler par excellence. Bei Dingo waren Hopfen und Malz verloren, zumindest war das damals mein Eindruck. Der Junge war nicht dumm, er wusste genau, wann er Reue und Einsicht zeigen musste, um einer Strafe zu entgehen. Aber ich hatte immer den Eindruck, das war alles nur gespielt. Dingo hat auf einem Hof in der Nähe von Obermühlenbach gewohnt. Das Letzte, was ich gehört habe, war, dass er eine Jugendstrafe aufgebrummt bekommen hat.«

»Obermühlenbach sagst du? Kann es sein, dass Frauke und Bernhard ihn von früher kannten?«, hakte Clarissa nach.

»Gut möglich. Altersmäßig kommt das schon hin. Wenn du bedenkst, was Luise herausgefunden hat, dann kann es schon sein, dass zumindest Frauke Kontakt zu Dingo und seiner Clique gehabt hat.«

»Oder sie haben sich erst später in Köln kennengelernt und festgestellt, dass sie in der gleichen Gegend groß geworden sind«, sagte Luise. »Rein optisch ist er jedenfalls kein Sympathieträger.«

»Nein, das kann man wirklich nicht sagen«, stimmte Clarissa dazu und verzog das Gesicht.

»Sag mal kurz, müssen wir hier in Köln noch irgendwo hin?«, fragte Vera. »Sonst halte ich mich jetzt in Richtung Autobahn.«

»Nee, du kannst nach Hause fahren, Vera.«

»Also, was wissen wir jetzt?«, fragte Luise. »Frauke hat gute Kontakte zu einer Gruppe schwerer Jungs. Ist das alles?«

»Nein«, antwortete Clarissa zufrieden. »An dem Nachmittag, an dem ich bei dir in der Bücherei war, ist vom Pfarrhaus her ein roter Golf die Straße runtergerast. Ich habe mich damals noch so geärgert, dass der Wagen ohne Rücksicht die engen Kurven heruntergedonnert ist, schon wegen des Kindergartens. Der Golf hatte ein Kölner Kennzeichen und eine fette Delle in der Kofferraumklappe. Es war Fraukes Auto, das ich gesehen habe. Und damit ist klar, dass sie gelogen hat, als sie uns erzählt hat, sie hätte Bernhard seit drei Jahren nicht mehr gesehen. Über den Rest muss ich ein wenig nachdenken, aber ich habe das Gefühl, dass wir einen großen Schritt weitergekommen sind.«

Jochen erinnert sich

»Das hättest du erleben sollen, Hubertus. Eine Verfolgungsjagd durch halb Köln im Bäckereitransporter und eine fiese Rockergang.« Alex streckte die Hand aus und klopfte dem ausgestopften Hirschkopf auf den Hals. Clarissa, die nach ihm das Haus betreten hatte, meinte lachend: »Ich bin gespannt, wie du diese Episode in deinen nächsten Tante-Bruni-Krimi einbauen wirst.«

»Erst einmal muss ich den aktuellen Krimi schreiben, und dann muss sich das Buch auch noch so gut verkaufen, dass der Verlag einen zweiten Teil haben möchte.«

»Ach, daran habe ich gar keinen Zweifel.«

»Und das sagst du jetzt nicht, weil ich heute Abendbrot machen soll?«, grinste Alex.

»Doch, natürlich. Du weißt doch, in solchen Dingen bin ich durch und durch berechnend. Ich nehm dich beim Wort.« Clarissa lachte. »Aber im Ernst, wir haben ja noch Zeit mit dem Essen, ich muss jetzt erst mal meine Gedanken ordnen.«

»Gut, dann sehen wir uns später in der Küche.« Alex verschwand im ehemaligen Waffenzimmer.

Als Clarissa auf die Terrasse trat und mit der Zunge schnalzte, sprang mit einem leisen Miauen Mister Stringer von einem Stuhl und rannte zu ihr herüber. Sie bückte sich, hob den kleinen Kater hoch und setzte sich auf die Holzbank. Mister Stringer rollte sich auf ihrem Schoß zusammen und quittierte das Kraulen mit einem dankbaren Schnurren.

Zwei Punkte dürften klar sein, dachte Clarissa. Frauke hat gelogen, aber sie hat nichts mit dem Tod ihres Bruders zu tun. Ihr Erschrecken, als ich den Mord erwähnte, war nicht gespielt, und es wirkte nicht so, als hätte sie Angst, dass eine Tat von ihr nun aufgedeckt würde. Solche Reaktionen habe ich oft genug gesehen. Und dann ist da noch dieser Motorradclub. Der ist offenbar so wichtig, dass sich Frauke unmittelbar nach unserem Besuch umgezogen hat, um ihn aufzusuchen. Anne hat von einer Kölner Rockergang gesprochen – ob das diese Kerle waren? Die Motorräder sahen jedenfalls mehr nach Rockergang als nach Wochenendbikern aus.

Das hatte doch kürzlich schon mal jemand gesagt? Dieser letzte Gedanke war wie ein Stein, den man ins Wasser warf. Der Stein erzeugte Wellen, die ineinander übergingen, eine jede Welle der Auslöser für die nächste. Clarissa sprang so schnell von der Bank auf, dass Mister Stringer mit einem empörten Fauchen das Weite suchte. Sie lief ins Haus und holte ihr Handy aus der Handtasche.

»Hallo, hier ist Clarissa von Michel. Ich hätte gerne Jochen Bremmer gesprochen. – Ja, es ist wichtig. – Sie müssen ihn aus dem Weinkeller holen? Gut, tun Sie das bitte. Ich melde mich in fünf Minuten noch mal.« Nervös lief Clarissa in der Küche auf und ab. Ihr kam eine weitere Idee. Das könnte funktionieren, dachte sie. Sie wählte Ferdis Nummer.

»Hallo, Ferdi.«

»Clarissa! Alles in Ordnung? Vera hat mich gerade zu Hause abgesetzt.«

»Ja, ja, alles ist in Ordnung. Ich habe nur eine kurze Frage: Der Alukoffer, in dem das ganze Falschgeld war, sah in meinen Augen wie ein recht billiges Modell aus. Ich meine, das war doch nicht so ein teurer Markenkoffer, oder?«

»Stimmt. Ich habe sogar einen ganz ähnlichen Koffer im Arbeitszimmer. Nur der Griff hat bei meinem eine andere Farbe. Ich habe den damals günstig gekauft, um in der Schule meinen Laptop und meine Bücher unterzubringen. Aber warum fragst du?«

»Weil mir gerade der Anfang eines Plans eingefallen ist. Wenn wir den durchziehen wollen, brauchen wir deinen Koffer, und ich muss Montagfrüh zur Sparkasse nach Obermühlenbach fahren. Außerdem werden wir Hilfe benötigen, aber das erzähle ich dir später.«

»Gut, ganz wie du meinst, Clarissa. Sag Bescheid, wenn ich vorbeikommen soll.«

»Auf jeden Fall, Ferdi. Auf jeden Fall.«

Clarissa beendete hastig das Telefonat und wählte noch einmal die Nummer des Hotels Moselkrug. Diesmal meldete sich Jochen selber.

»Was gibt es, Clarissa? Kann ich dir helfen?«

»Hallo, Jochen, es ist nett, dass du fragst.« Es war wirklich nett. Clarissa stellte überrascht fest, wie sehr sie sich über diese kurze Frage freute. Alles zu seiner Zeit, ermahnte sie sich und konzentrierte sich wieder auf den eigentlichen Grund ihres Anrufs.

»Jochen, als du mir von dem Tag erzählt hast, an dem Bernhard Wohlgemuth bei dir Wein gekauft hat, hast du drei Motorräder erwähnt, die nicht nach Wochenendbikern aussahen. So hast du sie mir beschrieben.«

»Genau. Ich habe, nachdem du gefahren bist, noch mal mit Emma gesprochen. Zu den Motorrädern gehörten drei

Männer, offenbar harte Jungs. Keine Familienväter, die an der Mosel eine Wochenendtour machten, solche gibt es ja auch oft. Emma sagte, dass die nach Ärger gerochen haben, aber dann haben sie nur ganz brav ein Wiener Schnitzel gegessen.«

»Worum ich dich jetzt bitte, Jochen, ist etwas sehr Wichtiges. Du musst dich jetzt ganz genau erinnern.«

Mit einem halben Lachen stimmte Jochen zu. »Das klingt ja geheimnisvoll. Wie soll ich das denn anstellen?«

»Pass auf, mach einfach genau, was ich sage. Setz dich hin. Ich möchte, dass du dich entspannst, die Augen schließt und dann gehst du zusammen mit Bernhard Wohlgemuth wieder aus deinem Weinkeller heraus. Du hast die Sackkarre mit den drei Kisten Wein. Bernhard läuft neben dir, ihr unterhaltet euch über das Hochwasser. Alles klar soweit?«

»Mhmm«, brummte Jochen statt einer langen Antwort.

»Du stehst also im Hof, es ist Samstagmittag. Spürst du die Frühlingssonne im Gesicht? Gut! Schau jetzt geradeaus, da stehen die drei Motorräder. Warum sehen diese Motorräder nicht nach Wochenendbikern aus?«

Jochen ließ sich Zeit, die Frage zu beantworten. Clarissa konnte sich genau vorstellen, wie er da saß, den Moment noch einmal durchlebte.

»Warum sehen die nicht nach Wochenendbikern aus? Es sind mattschwarze Harley-Davidson-Motorräder, mit Satteltaschen aus schwarzem Leder und blanken Nieten.«

»Gut, Jochen, sehr gut. Was fällt dir noch auf? Woher kommen die Motorräder?«

»Aus Köln. Alle drei haben Kölner Kennzeichen, habe ich das nicht erwähnt?«

Nein, hast du nicht, dachte Clarissa, aber sie hütete sich davor, Jochen jetzt darauf hinzuweisen. Sie wollte ihn auf keinen Fall aus seinen Gedanken reißen. Stattdessen fragte sie: »Gibt es sonst noch was?«

»Ja klar. Dieser Totenschädel auf dem Tank. Ich bin sogar

noch stehen geblieben und hab mir das Ganze angeschaut. Auf jedem Motorrad prangte so ein brennender Totenschädel.«

»Ja!« Clarissa stieß einen kleinen Freudenschrei aus.

»Wieso freut dich das jetzt so?«

»Ich freue mich, weil du ein ganz ausgezeichnetes Gedächtnis hast, mein Lieber. Du hast mir gerade sehr weitergeholfen. Darauf müssen wir demnächst anstoßen.«

»Das war schon alles?« Seine Stimme klang amüsiert. »Gut, ich habe verstanden, dass unser Gespräch jetzt beendet ist. Dann geh ich mal wieder zurück zu meinen Fässern. Und was das gemeinsame Anstoßen betrifft, da nehme ich dich beim Wort. Mach's gut, Clarissa.«

Clarissa legte das Handy auf die Arbeitsplatte und schaltete ihre Espressomaschine ein. Sie brauchte jetzt einen doppelten Espresso, der würde ihr helfen, einen Plan zu schmieden.

Auf handfeste Beweise kann ich diesmal nicht bauen, dachte sie. Was ich brauche, ist ein lupenreines Geständnis.

Funkenmariechen

»Jetzt erzähl du mal. Was hast du als Teenager getrieben? Wolltest du schon immer Schriftsteller werden?« Elvira schaute Alex fragend an.

»Schriftsteller? Nee, das hat sich zufällig ergeben. Ich habe an der Uni erst mal mit Germanistik angefangen. Aber dann fand sich gleich für meine erste Buchidee ein Verlag, der Roman landete auf der Bestsellerliste, und am Ende habe ich das Studium nach dem Bachelor beendet.«

»In meinem Freundeskreis gibt es ein paar Germanisten, die das Studium nicht beendet haben, weil der Brotberuf dazwischen kam. Aber du bist der erste Bestsellerautor, den ich persönlich kennenlerne. Komm, verrat mir was: Welche Hobbys hat so ein Erfolgsautor?«

Alex zuckte mit den Schultern. »Im Moment konzentriere ich mich wirklich aufs Schreiben.«

»Und früher? Was hast du früher gemacht? Gab es da keine außergewöhnlichen Hobbys?«

Alex lehnte sich in seinem Sessel zurück. Der Abend mit Elvira war nett, das Plaudern mit ihr machte ihm Spaß. Trotzdem, irgendetwas störte ihn. Eher ausweichend sagte er: »Rock ›n‹ Roll. Ich habe mal getanzt. Und du?«

Elvira lächelte. »Getanzt so, so. Na, da kann ich mitreden. Ich war sogar Funkenmariechen.«

Das hätte er ihr nun doch nicht zugetraut, die Tierärztin mit ihrer zupackenden, direkten Art, ein ehemaliges Funkenmariechen?

»Im Ernst jetzt?«

»Ja, bis ich noch mal ein bisschen gewachsen bin und mein Tanzpartner bei den Hebefiguren Probleme bekam. Außerdem musste ich mich aufs Abi konzentrieren, ich wollte schließlich Medizin studieren. Warte mal, ich kann dir was Lustiges zeigen.«

Elvira stand auf und nahm von einem Sideboard einen Tablet-Computer. »Hier, das findest du sogar auf YouTube.«

Sie setzte sich neben Alex auf die Sessellehne und hielt ihm das Tablet hin, während sie das Video startete. Alex hätte bei jeder anderen Gelegenheit ihre plötzliche Nähe registriert, jetzt aber starrte er nur sprachlos auf das Video.

»Spiel das bitte noch mal ab«, bat er. »Ab da, ja, genau die Stelle. Heilige Scheiße, das ist es.«

»Was ist was?«

Alex sprang aus dem Sessel. »Elvira, ich muss los. Das war ein netter Abend bei dir, aber jetzt muss ich ganz dringend zurück ins Forsthaus.«

»Okay.« Elvira sah enttäuscht aus, offenbar hatte sie sich den Verlauf des Abends anders vorgestellt.

»Tut mir wirklich leid, Elvira.«

»Nein, schon gut. Aber darf ich dir noch eine Frage stellen?«

»Äh, ja sicher.«

»Hast du aktuell eine feste Freundin, Alex?«

»Äh … nein, nein.«

»Und da ist auch niemand, der dafür infrage kommen könnte?«

Alex wollte schon antworten, schwieg dann aber.

Elvira lächelte resigniert. »Hab ich irgendwie gespürt.« Sie küsste ihn sanft zum Abschied auf die Wange. »Sollte diese andere so dumm sein und es sich anders überlegen, weißt du ja, wo man ein Bier bekommt.«

Als Alex über den Gartenweg zurück zu seinem Auto lief, verspürte er mit einem Mal eine Leichtigkeit, die er während des ganzen Abends vermisst hatte.

Eine hübsche, attraktive Frau, die einen Mann ziehen lässt, weil sie spürt, dass es da eine andere gibt. So was sollte ich mal in einer meiner Geschichten schreiben, das glaubt mir kein Schwein, dachte er und grinste.

Der letzte Hinweis

Wenn Clarissa in den letzten Jahren eines gelernt hatte, dann, dass man die Dinge akzeptieren musste, die sich nicht ändern ließen. Natürlich hätte sie ihren Plan gerne sofort in die Tat umgesetzt, aber sie musste den Montagvormittag abwarten. Deshalb erledigte sie am Sonntag alle notwendigen Anrufe und nahm sich am Nachmittag Zeit — trotz des nasskalten Wetters – für einen ausgiebigen Spaziergang.

Am Abend hatte sie sich in die Bibliothek gesetzt. Die Uhr im Wohnzimmer hatte gerade elfmal geschlagen, als Clarissa hörte, wie die Haustür ins Schloss fiel. Augenblicke später betrat Alex den Raum.

»Du bist noch wach, Clarissa, das ist gut. Ich muss dir unbedingt etwas zeigen.«

Clarissa klappte das Buch zu, in dem sie gerade gelesen hatte, und legte es auf den kleinen Beistelltisch. »Was ist denn los? Das gemeinsame Bier mit unserer Tierärztin muss ja spannend gewesen sein.«

»Was?« Alex war schon wieder auf dem Weg nach draußen. »Ja, klar, war ein netter Abend. Warte, ich hole nur schnell meinen Laptop.«

Das wird ja immer seltsamer, dachte Clarissa.

Alex kam zurück, klappte den Rechner auf und fuhr ihn hoch. »Also, Elvira und ich haben uns gut unterhalten. Ein Thema war, was wir früher gemacht haben. Hobbys und so. Ich habe ihr erzählt, dass ich mal Rock ›n‹ Roll getanzt habe.«

»Ja, daran kann ich mich auch noch erinnern. Warst du nicht sogar in einer Formation, die bei den Kreismeisterschaften getanzt hat?«

»Damals war ich noch richtig fit, aber das ist ein anderes Thema. Wichtig ist nur, dass Elvira Krüger viele Jahre im rheinischen Karneval aktiv war. In dem Dorf, wo sie groß geworden ist, gab es eine Karnevalstanzgruppe, und sie hat ein paar Jahre als Funkenmariechen getanzt.«

»Das ist alles sehr schön, aber es erklärt nicht, warum du so aufgeregt bist.«

»Ich bin aufgeregt, weil sie mir auf YouTube ein Video von einem ihrer früheren Auftritte gezeigt hat. Warte mal.« Alex tippte etwas in den Computer ein und drehte den Laptop dann so, dass Clarissa den Bildschirm sehen konnte. »Hier ist es. Die schlanke Braunhaarige, das ist Elvira.«

»Ja, gut …« Clarissa verstand immer noch nicht Alex' Begeisterung. Der aber lächelte zufrieden und hielt kurz das Video an. »Als wir zusammen in der Kapelle waren, ging es darum, dass Bernhard auf keinen Fall an die Schlinge kommen konnte. Trotzdem klebte sein Blut an dem noch deutlich höheren Deckenbalken, und wir wussten nicht, wie es da hinkommen konnte.«

»Das weiß ich selber.«

»Und hier kommt die Lösung – Taadaa.« Alex ließ das Video weiterlaufen. Eine sehr junge Elvira Krüger tanzte auf einen hochgewachsenen, breitschultrigen Mann zu, der sie mit beiden Händen an den Hüften umfasste und mit einer fließenden Bewegung in die Luft hob. Dabei kam ihr Dreispitz so dicht an die Decke des Saales, dass einer der Luftballons, die dort zur Dekoration hingen, zerplatzte. Es sprach für Elviras Professionalität, dass sie nur kurz zusammenzuckte und dann mit einem fröhlichen Lächeln die Tanznummer beendete.

»Was sagst du nun?«

»Das, lieber Alex, beantwortet den letzten offenen Punkt auf meiner Liste.« Clarissa gab ihrem Neffen einen schallenden Kuss auf die Wange. »Gut gemacht. Vielleicht sollte Bernhard gar nicht ermordet werden.«

»Was soll das denn jetzt heißen?«

»Das wirst du morgen erfahren.«

Mit Speck fängt man Mäuse

»Das ist ein merkwürdiger Wunsch, wenn ich das mal so sagen darf.« Der Filialleiter der Sparkasse in Obermühlenbach musterte Clarissa neugierig.

»Gut, ich dachte mir schon, dass Sie das sagen würden. Ich möchte, dass Sie diese Nummer anrufen und sich mit Kriminalkommissarin Lisa Bellenberg verbinden lassen. Und dann fragen Sie bitte, ob sie mich kennt und was sie Ihnen über mich erzählen kann.« Clarissa legte dem Filialleiter einen Zettel mit einer Nummer hin. Der griff nach kurzem Nachdenken zum Telefonhörer.

»Sparkasse Obermühlenbach. Braun hier, ich hätte gerne Frau Bellenberg gesprochen. – Danke, ich warte. – Ja, guten Tag, Frau Bellenberg. Ich habe hier Frau von Michel bei mir sitzen und ich soll Sie anrufen. Sie möchte, dass ich Sie frage …« Er schaute zu Clarissa, die ihm aufmunternd zunickte. Er fuhr fort: »Was können Sie mir über Frau von Michel sagen?«

Der Filialleiter hörte zu, und während Lisa redete, wurden seine Augen immer größer.

»Ja, gut ich … ähm … danke Ihnen.« Er legte auf.

»Nun, Frau Kriminalhauptkommissarin, das lässt Ihren Wunsch natürlich in einem ganz anderen Licht erscheinen.«

»Kriminalhauptkommissarin a. D., bitte, ich bin ja im Ruhestand. Aber nachdem Sie sich davon überzeugt haben, könnten Sie vielleicht …«

»Natürlich, natürlich. Wir kommen Ihrem Wunsch gerne nach. Ich rufe nur rasch bei dem Kollegen im Kassenbereich an, dann hilft man Ihnen dort weiter.«

***

»Das sind dann achthundertfünfzig, neunhundert, neunhundertfünfzig, eintausend.« Der Kassierer schob den Geldstapel zu Clarissa hinüber. »Darf ich sonst noch etwas für Sie tun?«

»Ja, ich hätte gerne einen Umschlag für das Geld, ach ja, und die Banderolen.«

»Selbstverständlich. Augenblick.« Der Kassierer ging zu einem Schrank und holte das Gewünschte heraus. »Darf ich fragen, was Sie mit zwanzig nagelneuen Fünfzig-Euro-Scheinen wollen, warum gingen denn nicht die alten Noten?«

»Das ist eine lange Geschichte. Das hier ist mein Speck. Und mit Speck fängt man bekanntlich Mäuse.«

Treffen in der Kapelle

Still war es in der Kapelle. So still, dass Clarissa draußen sogar ein paar Nachtvögel hören konnte, die sich mit heiseren Schreien auf die Jagd begaben. Wie passend, dachte sie. Mal sehen, wer erfolgreicher sein wird, ihr oder ich.

Sie saß seit einer halben Stunde im Halbdunkel in dem kleinen Raum. Ein paar Kerzen brannten auf dem Altar. Aber ihr Lichtschein sorgte nur dafür, dass der Rest des Raumes in noch tieferem Schatten lag.

Von draußen war ein neues Geräusch zu hören, eines, das nicht in den nächtlichen Wald passte. Ein Auto quälte sich den steilen Waldweg hoch.

»Also gut, es kann losgehen«, murmelte Clarissa. Für einen Moment bedauerte sie, dass sie Ferdis und Alex' Drängen nicht nachgegeben hatte. Beide hatten gefordert, mit ihr zusammen in die Kapelle zu gehen, und allen beiden hatte sie klarmachen müssen, dass eben genau dadurch ihr Plan scheitern würde. Nein, sie konnte dieses Gespräch nur alleine führen, so viel stand für sie fest.

Sie hatte sich gegenüber den anderen betont zuversichtlich gegeben, doch sie wusste aus jahrzehntelanger Erfahrung, dass so ein Treffen fürchterlich schiefgehen konnte. Einsätze waren schon mit deutlich besseren Vorbereitungen gescheitert. Scheitern, das bedeutete Blut, Verwundete oder Tote. Clarissa kannte die Risiken, aber sie verdrängte alle Zweifel. Wenn schon, dann wollte sie nur für sich selber die Verantwortung übernehmen, und nicht auch noch für Unbeteiligte wie Ferdi oder Alex.

Das Auto bremste draußen, der Motor wurde abgestellt, eine Autotür schlug zu. Clarissa lauschte auf die Schritte, doch um die Kapelle herum war der Waldboden weich und voller Laub. Keine Chance, etwas zu hören. Lass dich überraschen, sagte sie sich im Stillen. Dauert ja nicht mehr lange, bis ich Gewissheit habe. Die alte Holztür schwang mit einem Quietschen auf, der Strahl einer Taschenlampe zuckte durch den Raum. Clarissa kniff geblendet die Augen zu. Das Spiel begann.

***

»Das ist doch der komplette Wahnsinn. Shit, wir hätten das niemals zulassen dürfen.« Fluchend ging Alex im Wohnzimmer auf und ab. Die anderen Mitglieder des Krimi-Clubs nickten zustimmend. Ihren besorgten Mienen war die Anspannung deutlich anzusehen.

Trotzdem sagte Ferdi betont gelassen: »Komm, Alex, setz dich bitte. Ich werde von deinem Herumlaufen noch ganz verrückt. Clarissa hat uns beiden doch deutlich gemacht, dass sie uns in der Kapelle nicht dabei haben möchte.«

»Ja, schon. Aber wir hätten nicht auf sie hören sollen.«

Luise lachte leise auf. »Entschuldige bitte, aber hast du damit in den ganzen Jahren bei deiner Tante jemals Erfolg gehabt?«

»Luise hat recht«, stimmte Vera zu. »Es wird schon gut gehen. Clarissa ist doch ein Profi, und ich vertraue darauf, dass sie genau weiß, was sie tut.«

Alex ließ sich in einen leeren Sessel fallen und hob resigniert beide Hände. »Ich bete darum, dass du recht hast, Vera. Aber vergiss nicht, da oben in der Kapelle ist ein Mensch ermordet worden. Und wenn der Plan schiefgeht, wird Clarissa das zweite Mordopfer sein.«

***

»Sie sind also gekommen, das ist gut. Wenn Sie nichts dagegen haben, dann sag ich einfach Frauke. Wissen Sie, Ihr Bruder war ein feiner Mensch. Ich habe ihn gar nicht oft getroffen, aber ich glaube, er wäre wirklich ein guter Priester geworden. Einer von der Sorte, die weiß, dass Kirche nicht von Vorschriften, sondern von Menschen zusammengehalten wird.«

»Hören Sie, ich bin nicht den ganzen Weg von Köln hierhergefahren, um mir Ihre Lobesrede auf meinen Bruder anzuhören.«

»Nein, Frauke, das sind Sie nicht. Sie haben den Weg auf sich genommen, weil Sie diesen Koffer zurückhaben wollen. Oder besser gesagt, die eine Million Euro Falschgeld.« Clarissa öffnete den Aktenkoffer, der vor ihr auf dem Boden stand, und schob ihn mit dem Fuß ein Stück nach vorne. Der Lichtstrahl schwenkte nach unten. Das Licht ließ die Bündel mit den Fünfzig-Euro-Scheinen fast golden aufleuchten.

»Sie sind verrückt. Warum tun Sie das? Warum ist das Geld nicht bei der Polizei?«, stieß Frauke heiser hervor.

»Weil ich weiß, dass Bernhard ermordet worden ist. Eben auch wegen dieses Koffers. Mit Speck fängt man Mäuse. Ich habe diesen Koffer gegenüber der Polizei nicht erwähnt, weil er mein Speck ist.«

»Pech nur für dich, Oma, dass wir keine Mäuse sind«, sagte eine tiefe Stimme. Ein riesiger Schatten füllte die Tür der Kapelle aus. Dem Schatten folgten zwei weitere Gestalten. Eine davon drehte sich um, zog die Holztür zu und schob den Innenriegel vor.

»Überraschung!«, sagte die Bassstimme, die wie fernes Gewittergrollen klang. »Jetzt sind wir ganz unter uns, Oma.«

***

»Er müsste längst hier sein.« Ferdi schaute auf seine Armbanduhr.

»Er wird pünktlich kommen. Kurt ist sehr zuverlässig, er kennt die Abmachung. Clarissa hat uns doch einen genauen Zeitplan genannt.« Vera war augenscheinlich die Einzige in der ganzen Runde, die voll und ganz darauf vertraute, dass Clarissas Plan aufgehen würde.

»Hoffentlich hält sich auch das Leben an diesen Zeitplan«, murmelte Ferdi. Vor dem Forsthaus hupte ein Auto. Ferdi und Alex wechselten einen Seitenblick. »Gott sei Dank, das muss Kurt sein. Dann mal los.«

Die Mitglieder des Krimi-Clubs liefen nach draußen, Alex zog die Haustür zu und schloss sicherheitshalber ab.

»Jetzt aber flott, die alte Möhre hier ist kein Porsche«, rief Kurt und half Vera und Luise beim Einsteigen.

Hoffentlich kommen wir nicht zu spät, dachte Alex.

***

»Schalten Sie bitte die Taschenlampe aus, Frauke. Das grelle Licht blendet fürchterlich. Da vorne auf dem kleinen Tisch stehen noch Kerzen, Streichhölzer liegen daneben.« Clarissa klang unbekümmert. Dass sich drei Männer drohend vor ihr aufgebaut hatten, schien sie ungerührt zu lassen. Sie bemerkte Fraukes fragenden Blick zu einem von den dreien, der nickte zustimmend. Aha, das ist also der Anführer, dachte sie. Und da war noch ein weiteres Detail. Die drei Kerle schauten sich kurz irritiert an. Sie hatten bei ihr mit Erschrecken und Angst gerechnet, aber nicht mit Gelassenheit.

Frauke zündete die Kerzen an. Es war schon erstaunlich, für wie viel zusätzliches Licht diese weiteren Flammen sorgten, wenn sich die Augen einmal an das Halbdunkel gewöhnt hatten. Clarissa musterte die drei Männer. Alle waren zwischen dreißig und fünfunddreißig Jahre alt und trugen die gleiche Kleidung: schwere Stiefel, enge schwarze Lederhosen und Motorradjacken aus schwarzem Leder. Darüber abgeschnittene Jeanswesten. Clarissa vermutete, dass man auf dem Rücken der Jeanswesten einen Totenschädel sehen konnte, aus dem Flammen schlugen.

Der Hüne in der Mitte schien der Jüngste des Trios. Der Mann rechts von ihm hatte einen rötlichbraunen Vollbart. Der Linke, bei dem sich Frauke die Erlaubnis geholt hatte, hatte raspelkurze Haare und einen aschblonden Sichelbart.

»Aufstehen, Arme ausstrecken«, befahl der Sichelbart.

Clarissa kam dem Befehl nach. Der Hüne trat vor und tastete sie nach Waffen ab. Das macht er nicht zum ersten Mal, dachte Clarissa.

»Sauber«, grummelte der Hüne.

»Was hatten Sie erwartet, dass ich hier schwer bewaffnet auf Frauke warte?«

»Schnauze halten.« Sichelbart verzog das Gesicht zu einem schiefen Grinsen. »Erst will ich sichergehen.«

Der mit dem Vollbart griff in seine Jacke und holte ein schmales Gerät heraus, das die Größe einer Fernbedienung hatte. Mit dem Daumen schaltete er es ein und bewegte es um

Clarissa herum. Danach drehte er sich mit ausgestrecktem Arm einmal im Kreis. »Kein Handy, keine Wanze.«

»Sicher?«

»Hundert Pro.«

Sichelbart deutete auf das Gerät, bei dem jetzt eine LED-Leuchte grün blinkte. »Ein Geschenk von einem Geschäftspartner. Sehr nützlich. Klug von Ihnen, dass Sie unser kleines Gespräch nicht aufzeichnen. Klug, aber ein bisschen leichtsinnig.«

»Ich hatte gehofft, dass Frauke nicht alleine kommt«, erwiderte Clarissa. »Haben Sie sich alle in den roten Golf gequetscht?«

Sichelbart lachte heiser. »Da wären wir aber schön blöd. Nein, wir sind schon seit zwei Stunden hier im Wald und haben die Kapelle beobachtet, deswegen wissen wir auch, dass Sie allein sind, Oma.«

»Es gibt ein paar Dinge, die ich nicht leiden kann. Dass mich jemand Oma nennt, gehört dazu. Sie dürfen Clarissa sagen.« Sie deutete mit einer Kopfbewegung auf den Hünen. »Dass Ihr großer Freund Dingo heißt, weiß ich bereits. Wollen Sie sich nicht auch vorstellen?«

Jetzt war das Trio eindeutig überrascht.

Sichelbart fing sich als Erster. Mit einem Grinsen sagte er: »Nicht schlecht. Ich bin Clemens, das da vorne ist Pit.«

»Sag mal, wollt ihr jetzt auch noch Tee zusammen trinken oder was?«, fauchte Frauke. »Wir haben den Koffer, lasst uns abhauen.«

»Der Koffer allein reicht Ihren Freunden nicht, Frauke. Vielleicht haben Sie es noch nicht begriffen, aber Clemens, Dingo und Pit sind hierhergekommen, weil Sie ihnen von meiner Vermutung, Bernhard sei ermordet worden, erzählt haben. Und deswegen machen sie sich Sorgen, deswegen sind sie hier. Ihre Freunde, Frauke, sind begierig zu erfahren, wie viel ich weiß, und ob ich vielleicht eine Gefahr für sie sein werde.«

»Und, Clarissa, wie viel weißt du?«, fragte Clemens. Das klang so beiläufig. Doch die unausgesprochene Drohung entging Clarissa nicht.

»Oh, ich denke, eine Menge. Ich lese gerade ein Buch von Anthony Horowitz. Der Ermittler in diesem Buch, Atticus Pünd, sagt: *Ich musste nur die richtigen Verbindungslinien ziehen, dann wurde alles glasklar. Manchmal sind es nicht die physischen Beweismittel, die zur Lösung eines Falls führen.* Und mir ging es genauso.«

»Pah, Bücher«, schnaubte Dingo verächtlich.

Clarissa fuhr ungerührt fort. »Hier sind die Verbindungslinien: Sie haben von einem Lieferanten in Sankt Petersburg russische Udav-Pistolen bekommen, um sie illegal zu verkaufen. Sie sollten die Transportkisten aus Holz besser entsorgen. Vor allem, wenn der Hersteller der Udav-Pistolen seinen Namen und das Logo auf die Kisten druckt. Ich bin neben Ihrem Clubhaus, der heruntergekommenen Tankstelle, sogar auf eines dieser Bretter getreten. Aber das nur am Rande.«

Clemens grinste, aber seine Selbstsicherheit bekam schon deutliche Risse. Pit und Dingo dagegen waren weniger abgebrüht, sie sahen regelrecht besorgt aus.

»Wo war ich? Ach ja, die Waffenlieferung. Leider ist ein Teil der Lieferung vom Landeskriminalamt beschlagnahmt worden. Möglicherweise haben Sie von der gleichen Quelle die Blüten bekommen. Jedenfalls fingen Sie in den letzten Wochen damit an, das Falschgeld in Umlauf zu bringen, sowohl im Rheinland als auch unten im Moseltal. Ein Freund von mir hat sich an Ihre Motorräder erinnert. Aber das war alles letztlich nur Spaß für Sie. Dingo kennt Frauke noch aus seiner Jugendzeit. Wieder eine Verbindungslinie. Sie hat hier in der Gegend mit Falschgeld bezahlt. Auch das war Teil Ihres Plans. Sie wollten Bernhard dazu zwingen, einen Großteil des

Falschgelds zu waschen. Wer würde schon einen Diakon verdächtigen, wenn er zum Beispiel Kollekten bei der Bank einzahlt und später wieder Geld vom Konto abhebt?«

Auf Clemens' Gesicht erstarb das Grinsen. Für Clarissa war das der Beleg dafür, dass sie bisher alles richtig vermutet hatte.

»Sie dachten, Sie hätten Bernhard in der Hand, weil Sie von seinen Vorstrafen wussten. Sie haben sich hier oben in der Kapelle mit ihm mehrmals getroffen und ihn unter Druck gesetzt. Ich habe mich mal mit Bernhard unterhalten und diesen Ort erwähnt. Er hat damals gelogen, als er sagte, er wäre seit Ewigkeiten nicht in dieser Kapelle gewesen. Außerdem habe ich nachts einmal Motorräder gehört, das waren Sie. Frauke hat ihrem Bruder schließlich diesen Koffer voller Blüten und eine illegale Pistole, ein weiteres Druckmittel, gebracht, schließlich ist allein unerlaubter Waffenbesitz schon eine Straftat. Aber dann passierte etwas, womit Sie nicht gerechnet haben. Bernhard hat sich widersetzt. Vielleicht wollte er sogar zur Polizei, um die Blüten und die Waffe abzugeben. Sie haben ihn jedenfalls hier oben in der Kapelle getroffen, es kam zum Streit. Haben Sie ihn gestoßen, oder haben Sie ihn niedergeschlagen?«

»Sie wissen verdammt viel«, knurrte Clemens. »Dann wissen Sie sicher auch, dass wir Sie nicht einfach gehen lassen können.«

»Erst will ich die Wahrheit hören. Also: Wer von Ihnen hat zugeschlagen?«

»Niemand.« Zum ersten Mal ergriff Pitt das Wort. »Er wollte rausrennen, er ist gestolpert und dann mit dem Kopf gegen die Kirchenbank da vorne geknallt. Es war ein Unfall. Keiner von uns wollte den Pfaffen töten.«

Frauke schluchzte auf. Clarissa aber konzentrierte sich weiter auf die drei Männer vor ihr. »Sie sind in Panik geraten. Sie brauchten einen Plan. Sie haben das Blut von der Kirchenbank weggewischt und anschließend Bernhard zu zweit hochgehoben. Dingo hat sich auf die Kirchenbank gestellt, ein bisschen Blut aus der offenen Wunde auf den Balken geschmiert und dann haben Sie Bernhard aufgehängt. Nur war er nicht tot. Auf diese Weise wurde aus einem bedauerlichen Sturz mit einer Platzwunde am Kopf ein Mord. War es so?«

»Ja, verdammt noch mal. Bernie ist einfach durchgedreht, er ist hingefallen und hat sich dann nicht mehr gerührt, er lag einfach da.« Clemens wischte sich mit der flachen Hand übers Gesicht.

»Woran Sie nicht gedacht haben, war, dass zwar Dingo oben an den Balken kam, aber Bernhard mit seinen einen Meter fünfundsiebzig niemals. Er wäre von der Kniebank nicht mal an die Schlinge gekommen. Andererseits, die Polizei hat es geglaubt. Sie haben ihm noch zwei Blüten in die Hosentasche gestopft, um die Illusion vom gewissengeplagten Diakon perfekt zu machen. Frauke wusste von alldem nichts, sie hat ebenfalls an den Selbstmord ihres Bruders geglaubt. Klare Verbindungslinien, aber keine wirklichen handfesten Beweise. Eine Linie von Bernhard zu seiner Schwester. Eine Linie von Frauke zu Ihnen, der Kölner Rockergruppe – eigentlich keine große Herausforderung. Die Polizei hätte das sicher auch erkannt, aber dort fiel man auf den angeblichen Selbstmord herein. Nur ich hatte Zweifel, weil ich Bernhards Liebe zu seinen Tulpen kannte, aber das ist jetzt nebensächlich.«

»Sie weiß alles. Was machen wir mit ihr?«, fragte Dingo. »Bringen wir sie zum Schweigen?«

»Seid ihr wahnsinnig!«, schrie Frauke dazwischen. »Ihr habt Bernie umgebracht und jetzt wollt ihr einen zweiten Mord begehen?«

»Hast du eine bessere Idee?«, zischte Clemens. »Ich gehe doch nicht freiwillig in den Knast.«

»Doch, ich glaube, darauf läuft es hinaus«, sagte Clarissa seelenruhig. Draußen ertönte ein lautes Motorengeräusch und dann hallte ein Martinshorn durch den Wald. Blaulicht zuckte durch die Kirchenfenster herein.

»Achtung, Sie sind umstellt. Kommen Sie mit erhobenen Händen aus der Kapelle.« Ein Suchscheinwerfer irrte durch den dunklen Raum. Clarissa konnte jetzt deutlich das Entsetzen auf den Gesichtern des Trios sehen.

»Sie haben gerade ein Geständnis abgelegt, wiederholen Sie das Geständnis vor Gericht und nennen Sie Ihre Quelle in Sankt Petersburg. Möglichweise mindert das Ihr Strafmaß. Aber einsitzen werden Sie auf jeden Fall.«

»Verfluchte Scheiße, ich gehe nicht in den Knast. Wir hauen ab, schließlich haben wir dich als Geisel, Oma.« Clemens griff in seine Jacke und zog einen langläufigen, silber glänzenden Revolver. Bevor er die Waffe heben konnte, trat aus der großen Nische des heiligen Antonius ein Schatten heraus.

»Wage nicht, die Waffe auch nur einen Zentimeter anzuheben. Ich ziele genau auf deinen Kopf und glaub mir, aus der Entfernung habe ich schon seit Jahren nicht mehr danebengeschossen, Arschloch. Kriminalkommissarin Lisa Bellenberg, ich verhafte Sie alle wegen Mordes an Bernhard Wohlgemuth. Und jetzt lassen Sie die Waffe fallen, danach möchte ich Ihre verschränkten Hände auf dem Hinterkopf sehen.«

Clemens zögerte einen Augenblick.

»Na los, wird's bald«, kommandierte Lisa.

Clemens öffnete seine Hand und der Revolver polterte auf den Steinboden. Clarissa bückte sich und hob ihn auf. Mit einer routinierten Handbewegung entriegelte sie die Trommel, drückte von hinten auf die Trommelachse und ließ die Patronen in ihre Hand fallen. »Okay, gesichert, Lisa.«

Frauke und das Trio hoben die Hände hinter den Kopf.

»Sie haben uns reingelegt«, brummte Dingo, und es klang nicht einmal vorwurfsvoll, sondern eher erstaunt.

»Überraschung, mein Junge, die Oma war nicht alleine.«

Lisa dirigierte die vier mit vorgehaltener Waffe nach draußen. Und da wartete eine weitere Überraschung. Vor der Kapelle stand kein Streifenwagen, sondern der Leiterwagen der Freiwilligen Feuerwehr Niedermühlenbach.

Alex, der das Megafon noch in der Hand hielt, grinste breit. Und Vera, die den Suchscheinwerfer des Feuerwehrwagens betätigt hatte, klatschte erfreut in die Hände.

»Ich hab doch gesagt, dass wir das rechtzeitig schaffen«, tönte Kurt.

»Darf ich vorstellen. Der Krimi-Club Niedermühlenbach«, sagte Clarissa zu den vier Verhafteten, die das Feuerwehrauto und die Menschen davor fassungslos anstarrten.

***

Die drei Männer und Frauke saßen auf dem Boden, die Hände mit Handschellen auf dem Rücken gefesselt. Ein Streifenwagen und ein Polizeibus standen jetzt neben dem Feuerwehrauto.

»Die Kollegen von der Schutzpolizei nehmen die vier gleich mit. Ich werde wohl noch eine ganze Menge Fragen beantworten müssen«, sagte Lisa zu Clarissa. »Seit heute Nachmittag bin ich hier oben. Zum Schluss hatte ich schon vom Stillstehen in der Nische einen Krampf im Bein, aber es hat sich gelohnt.«

»Du musst bei einer Verhaftung noch ein bisschen an deiner Wortwahl arbeiten«, sagte Clarissa lächelnd. »Von ›Ich ziele genau auf deinen Kopf, Arschloch‹ steht nichts im Lehrbuch.«

»Ich wollte sichergehen, dass er mich gleich beim ersten Mal versteht.«

»Das ist dir gelungen.«

»Und warum haben wir nicht sofort die Polizei gerufen, warum die Scharade mit dem Feuerwehrauto?«

»Glaubst du wirklich, dass die Polizei bereitwillig bei diesem Spiel mitgemacht hätte? Wir brauchten ein Geständnis, und das haben wir bekommen. Jetzt ist der Fall auch ohne handfeste Beweise wasserdicht.«

»Ich bin auf Rodenhausens Gesicht gespannt.« Lisa lachte leise. »Allein dafür hat sich alles gelohnt.«

»Gut, du kannst mir ja davon später mal erzählen. Hast du schon mit Alex gesprochen?«

Das Lächeln auf Lisas Gesicht verschwand. »Warum sollte ich?«

»Weil ich mir nicht vorstellen kann, dass dir gleichgültig ist, was er so tut. Ich werde mich nicht einmischen, aber ich schaue auch nicht tatenlos zu, wie ihr die Karre an die Wand fahrt. Also, schluck deinen Stolz runter und rede mit ihm. Das Gleiche habe ich ihm übrigens auch schon ans Herz gelegt.«

Lisa fand ihr Lächeln wieder. »Du bist schrecklich, Chefin. So indiskret.«

»Ich weiß, Lisa, ich weiß. So, und jetzt gehe ich schnell in die Kapelle und hole meinen Koffer, bevor der noch irrtümlich beschlagnahmt wird.«

Als Clarissa mit dem Koffer in der Hand nach draußen kam, drehte Clemens den Kopf und meinte: »Die schönen Blüten, jetzt kriegt die Polizei sie doch.«

Clarissa hob den Koffer an und lächelte. »Hier drin sind keine Blüten, nur eintausend Euro von meinem privaten Konto als oberste Schicht, darunter jede Menge Altpapier. Das Falschgeld ist längst beim BKA. Ich hab beim Speck geschummelt, aber es hat gereicht.«

Clemens lachte schrill, und er lachte immer noch, als ihn die Polizisten abführten.

Termin beim Polizeipräsidenten

Volker Rodenhausen betrat das geräumige Büro des Polizeipräsidenten mit einem selbstsicheren Lächeln im Gesicht. Er hatte eine Million Euro Falschgeld sichergestellt, ein Riesenfang. Für sein Gespräch mit dem Polizeipräsidenten hatte er extra vorher noch einmal die Falschgeldstatistik der Bundesbank studiert: Fast die Hälfte des gesamten Falschgeldaufkommens des letzten Jahres hatte er ganz alleine aus dem Verkehr gezogen. Keine Frage: Er befand sich auf der Erfolgsspur, der Polizeipräsident hatte ihn schließlich nicht umsonst um diesen Termin gebeten.

»Kriminalhauptkommissar Rodenhausen, schön, Sie zu sehen. Bitte, Herr Kollege, nehmen Sie doch Platz«, Polizeipräsident Rolf-Dieter Spiegel deutete mit der Hand auf einen der schwarzen Lederstühle, die vor seinem Schreibtisch standen. Er zeichnete noch ein Schreiben ab, klappte den Aktendeckel zu und legte seinen Füller in eine hölzerne Stiftablage. »Sie wissen wahrscheinlich, warum ich Sie um diesen Termin gebeten habe?«

Volker Rodenhausen lehnte sich zurück und bemühte sich um einen möglichst neutralen Gesichtsausdruck. »Ich denke, es geht um den jüngsten Fund an der Mosel. Ich meine natürlich das Falschgeld.«

»Sie sagen es, Herr Kollege. Ich habe heute einen Anruf vom Landeskriminalamt in Düsseldorf erhalten. Ein Team des LKA hat in Köln illegale Schusswaffen in einem Keller sichergestellt. Und außerdem Falschgeld im Wert von rund drei Millionen Euro.«

»Nun, die eine Million, die hier bei uns schon lagert, repräsentiert fast die Hälfte des Falschgeldbestandes, der im letzten Jahr bundesweit sichergestellt wurde.«

»Ja, Sie haben recht, aber das war noch nicht alles: Ich habe auch eine Mail aus Wiesbaden bekommen. Der dortige Gruppenleiter für den Bereich Falschgeld hat sich ebenfalls lobend geäußert.«

Jetzt konnte sich Volker Rodenhausen ein selbstzufriedenes Lächeln nicht verkneifen. »Das freut mich außerordentlich.«

»Ich weiß leider nicht, warum Sie das freuen sollte, und deswegen habe ich Sie um dieses Gespräch gebeten.«

Irritiert runzelte Rodenhausen die Stirn. Die Stimme des Polizeipräsidenten hatte alles Verbindliche verloren. Es gab einiges, was er über Spiegels Werdegang gehört hatte. Mit zweiundfünfzig Jahren war der Polizeipräsident deutlich jünger als seine beiden Vorgänger im Amt. Es hieß, er sei als aktiver Personenschützer ein »knallharter Knochen« gewesen. Als Rodenhausen jetzt bemerkte, wie sein Vorgesetzter ihn kühl musterte, glaubte er jede einzelne Geschichte, die über Rolf-Dieter Spiegel im Umlauf war.

Trotzdem fragte er nach: »Ich verstehe Sie nicht ganz, Herr Polizeipräsident?«

»Dann muss ich wohl deutlicher werden. Sie haben mit den Fahndungserfolgen, dem Auffinden des Falschgeldes und der Sicherstellung der illegalen Waffen salopp gesagt so viel zu tun wie ein Schwein mit Kernphysik. Im Gegenteil: Ich habe gehört, dass Sie den bedauerlichen Mord an einem jungen Geistlichen nicht weiter verfolgt haben, obwohl Ihre Amtsvorgängerin, die ich übrigens sehr schätze, Sie mehrfach darauf hingewiesen hat, dass Handlungsbedarf bestand.«

»Ich weise das entschieden zurück. Ich habe lediglich Frau von Michel daran erinnert, dass sie nicht mehr im aktiven Polizeidienst ist.«

»Ach, ich habe andere Gerüchte gehört. Man hat mir erzählt, dass Sie in der Kantine damit angegeben haben, dass Sie die Möglichkeit hätten, die erste Kriminalhauptkommissarin a. D. Clarissa von Michel wegen Verbreitung von Falschgeld anzuzeigen. Aber das sind ja nur Gerüchte. Mir gefällt das große Ganze nicht. Ihre Einschüchterungsversuche, Ihre fehlende Bereitschaft, Hinweisen nachzugehen. Ich darf Ihnen übrigens versichern, dass diese Informationen weder über Kollegin von Michel noch von Mitarbeitern aus Ihrer Abteilung auf meinem Tisch gelandet sind. Nein, und das ärgert mich besonders, ich habe vieles vom BKA erfahren müssen. Ich frage mich, warum die Kollegen in Wiesbaden mehr über die Arbeit einer ehemaligen Führungskraft dieses Hauses wissen als ich. Auch diesen Austausch hätte ich mir von Ihnen gewünscht, Herr Kollege.«

Rodenhausen rutschte auf seinem Stuhl unruhig hin und her. »Nun, in der Hektik der allgemeinen Ermittlungsarbeit bleibt natürlich so manches liegen, das werden Sie sicher verstehen.«

»Im vorliegenden Fall ging Ihre Ermittlungstätigkeit gegen null. Sie haben lediglich eine Million Euro Falschgeld entgegengenommen, die der Krimi-Club Niedermühlenbach gefunden hat. Die gleichen engagierten Menschen haben auch dem

Landeskriminalamt in Düsseldorf den entscheidenden Hinweis gegeben. Der Krimi-Club war es, der die Mörder des jungen Geistlichen überführt hat, ein umfängliches Geständnis inklusive. Das ist jetzt schon das zweite Mal in wenigen Wochen, dass uns diese engagierte Gruppe einen Mörder praktisch auf dem Silbertablett serviert hat. Fälle, in denen Sie, Herr Kollege Rodenhausen, es nicht einmal für nötig erachtet haben zu ermitteln. Ich habe mich entschlossen, den Krimi-Club dem Innenministerium für eine Auszeichnung in Sachen Zivilcourage und bürgerliches Engagement zu empfehlen. Ich fürchte, Herr Kollege, Sie dagegen sind von Auszeichnungen noch weit entfernt.«

»Ich schätze selbstverständlich die Erfahrung meiner Amtsvorgängerin …«

»Dann sollten Sie, wenn sich die Erste Kriminalhauptkommissarin a.D. Clarissa von Michel noch einmal bei Ihnen meldet und einen Hinweis für Sie hat, sehr genau zuhören. Ich kenne die Gerüchte, die im Umlauf waren. Leider habe ich nie die Quelle finden können. Im Nachhinein muss ich es mir selber vorwerfen, dass Frau von Michel in den Ruhestand gegangen ist, ich hätte mich dafür einsetzen müssen, dass sie bleibt. Sie sollten dankbar sein, von der Erfahrung Ihrer Vorgängerin profitieren zu können.«

»Natürlich, Herr Polizeipräsident.«

»Schön, ich schätze es sehr, wenn meine Führungsebene selbstkritisch die eigene Arbeit reflektiert. Von meiner Seite wäre das dann alles.«

»Nun, dann … ähm … ja. Guten Tag.«

Ein neues Mitglied für den Krimi-Club

Auf der Terrasse des Forsthauses hatte Clarissa zwei Tische zusammengeschoben, damit ihre Gäste genügend Platz hatten. Es war einer dieser Abende im Mai, der einen langen, wunderbaren Sommer vorwegnahm. Die großen Steine der Bruchsteinmauern hatten die Wärme des Tages gespeichert, eine leichte Brise wehte vom Tal herauf. Clarissa hatte im ganzen Garten kleine Windlichter mit Kerzen aufgestellt und zur Feier des Tages ein gutes Dutzend verschiedene Tapas zubereitet.

»Bitte bedient euch drüben am Büfett«, lud sie ihre Gäste ein. »Dort findet ihr Salate, verschiedene Dips, geschmorte Pilze, Käse und Brot. Und wer ein Steak vom Grill möchte, muss sich an Kurt halten.«

»Hoho, und ich dachte, ich wäre hier eingeladen, weil ich so ein netter Kerl bin und einen Feuerwehrwagen fahren kann«, Kurt lachte. Allen war klar, wie sehr er seine Rolle als Chef vom Grill genoss, schließlich trug er bereits eine lange schwarze Schürze und hatte seinen großen Holzkohlengrill schon vor mehr als einer halben Stunde angefeuert.

Zufrieden betrachtete Clarissa von ihrem Platz aus die Runde. Kurt stand hinter dem Grill, seine Ehefrau Astrid tauschte gerade mit Vera und Luise den neuesten Dorfklatsch aus, sogar Wolfgang Adenau nahm an diesem Gespräch teil. Ferdi bediente sich am Büfett und unterhielt sich dabei mit Jochen Bremmer, etwas abseits standen Alex und Lisa.

Zu gern wüsste ich, worüber sich die beiden unterhalten, dachte Clarissa. Den Gesichtern nach schien es zumindest kein unangenehmes Thema zu sein.

»Schön hast du es hier. Der Garten wird ein Traum, und der Blick in dieses Tal ist wirklich einmalig.« Mit einem Glas gekühltem Riesling in der Hand trat Anne Lichtel-Gauss neben sie. »Ein Glück, dass ich dein Gästezimmer benutzen darf. Es wäre eine Schande gewesen, diesen wunderbaren Wein nicht trinken zu dürfen.«

Clarissa prostete Anne zu. »Für den Wein ist Jochen verantwortlich. Siehst du ihn? Da drüben. Er besitzt ein Weingut an der Mosel und hat diesen Riesling aus seinem Keller mitgebracht.«

»Ich glaube, da werde ich recht bald vorbeifahren müssen, um meinen Weinvorrat aufzustocken.«

»Das lohnt sich auf jeden Fall. Sag mal, Anne, ein ganz anderes Thema: Habt ihr die Quelle des Falschgelds ermitteln können?«

»Nein, noch nicht. Aber die gute Nachricht ist, dass wir jetzt einen Fuß in der Tür bei den Kollegen in Sankt Petersburg haben. In den nächsten Wochen werden das noch sehr spannende Ermittlungen. Ich habe meinem Chef übrigens die eine oder andere Kleinigkeit zu diesem Fall verraten. Von wegen Miss-Marple-Gehabe und so. Er hat eine Mail mit einer wahren Lobeshymne an deinen Polizeipräsidenten geschickt. Die beiden haben sich ausgetauscht und sie sind der Meinung, dass euer Einsatz auch von höherer Stelle noch gewürdigt werden sollte.«

»Ach, weißt du, Ruhm und Ehre waren nie der Grund, warum ich ermittelt habe.«

»Oh, das glaube ich sofort. Und ich wette, die meisten anderen wissen das auch. Aber du hast so nette Freunde, Clarissa, gönne ihnen die Anerkennung.«

Die beiden Frauen stießen mit ihren Gläsern an. »Auf Ruhm und Ehre. Mir hat übrigens ein Mäuschen verraten, dass Kriminalhauptkommissar Rodenhausen sich nicht mit Ruhm bekleckert hat. Er wird sich zweimal überlegen, ob er sich weiter abschätzig über dich und den Krimi-Club äußert«, sagte Anne lächelnd.

»Ich fürchte, das wird nur ein sehr brüchiger Frieden. Jemanden wie Volker Rodenhausen kannst du nicht umkrempeln. Aber das ist okay. Ich glaube nicht, dass ich in der nächsten Zeit mit ihm zu tun haben werde.«

Anne schaute Clarissa mit einem skeptischen Lächeln an, schwieg dann aber, weil Vera aufgestanden war und kurz mit der Gabel gegen ihr Weinglas klopfte. »Kinder, bitte alle mal herhören. Wir haben ja vor geraumer Zeit Kurt schon einmal angeboten, Mitglied in unserem Krimi-Club zu werden. Aber er hat wenig Zeit zum Lesen. Nichtsdestotrotz sollst du, lieber Kurt, wissen, dass du bei uns jederzeit willkommen bist.«

Die ganze Runde klatschte Beifall und Kurt, der gerade ein Steak umdrehte, trat vom Grill zur Seite und verbeugte sich theatralisch.

»Anders sieht das mit dem Lesen bei Alex aus. Und deshalb stelle ich hiermit den Antrag, Alexander Freiherr von Michel offiziell als Mitglied in den Krimi-Club Niedermühlenbach aufzunehmen. Ich bitte um eine kurze Abstimmung per Handzeichen.« Luise, Ferdi, Vera und Clarissa hoben praktisch gleichzeitig die Hand. »Ich halte fest, die Abstimmung ist einstimmig. Alex, du bist offiziell aufgenommen.« Alle klatschten erneut Beifall.

»Eine große Ehre, herzlichen Dank. Ich kann natürlich nicht versprechen, dass ich zu jedem Treffen des Krimi-Clubs kommen kann, aber ich will mir Mühe geben«, erklärte Alex feierlich.

Vera griff in ihre Tasche, die neben ihrem Stuhl stand, und zog ein eingepacktes Polohemd heraus. »Und hier habe ich für dich unser offizielles Clubshirt, inklusive Logo und den eingestickten fünf kleinen, blutigen Messern, mit denen wir normalerweise unsere Bewertung für die Gemeindebücherei abgeben.«

»Danke für das Polohemd. Ich hoffe, dass nicht nur mein Hemd, sondern auch mein erster Krimi fünf blutige Messer bekommt.«

»Da wir praktisch Hauptfiguren in deiner Geschichte sind, muss sie uns ja enorm gut gefallen. Wir freuen uns schon alle auf deinen Tante-Bruni-Krimi«, sagte Luise und lachte. »Ich erhebe mein Glas auf unser neues Mitglied und vor allem aber auf den Krimi-Club Niedermühlenbach. Zum Wohl. Der Krimi-Club, er lebe hoch!«

Die Gläser stießen klirrend aneinander und ein vielstimmiges »Hoch, hoch, hoch« gefolgt von ausgelassenem Lachen hallte weit über das Tal.

Zwei Wochen später

Das Grab lag an einer hübschen Stelle auf dem Friedhof des Dorfes. Ein alter Walnussbaum stand ganz in der Nähe und spendete Schatten. Das schlichte Holzkreuz mit Name, Geburts- und Sterbedatum würde nicht mehr lange am Kopf des Grabes stehen.

»Weißt du, Bernhard, der Krimi-Club hat im Dorf Geld gesammelt und einen Grabstein in Auftrag gegeben. Der sieht aus wie ein naturbelassener Findling, ich denke, er wird dir gefallen.« Sie schaute auf das Grab, auf dem noch ein paar welke Gestecke lagen. Ich werde hier später im Jahr ein paar Stauden pflanzen, überlegte sie.

Der Friedhof lag hinter der St.-Hubertus-Kirche und dem alten Pfarrhaus. Die kleinen schmalen Wege des Friedhofs mit seinen Büschen und den alten Bäumen erinnerten sie sehr an den Garten, den Bernhard keine zweihundert Meter entfernt liebevoll angelegt hatte. Clarissa seufzte. »Vielleicht interessiert es dich, Bernhard: Frauke wird, anders als Clemens, Dingo und Pitt, mit einer Bewährungsstrafe davonkommen. Die Verantwortlichen deines Streetworker-Projekts in Frankfurt wollen in Köln etwas Vergleichbares etablieren. Frauke soll das Büro in Köln übernehmen. Ich denke, sie weiß besser als jeder andere, was zu tun ist und vor allem, was die Frauen, die dort betreut werden, vorher durchgemacht haben. Pfarrer Türmer will regelmäßig Kollekten für dein Projekt sammeln. Erste Unterstützer aus der Gemeinde haben sich sogar auch schon gefunden. Ich denke, finanziell ist deine Idee abgesichert. Ach ja, ich habe mir die Philosophenbank aus deinem Garten geholt. Kurt hat sie mir mit seinem Anhänger gebracht. Sie steht jetzt an der Bruchsteinmauer, und die Hortensien, die du vorgeschlagen hast, habe ich danebengepflanzt. Pfarrer Türmer war es furchtbar peinlich, dass er dich verdächtigt hatte. Stell dir vor, er wollte mir die Bank sogar schenken. Aber ich habe darauf bestanden, anstelle einer Bezahlung ebenfalls Geld nach Frankfurt zu schicken. Um deine Tulpen musst du dir keine Sorgen machen. Ich habe sie heimlich ausgegraben, sie haben bei mir im Garten ein neues Zuhause gefunden. Mehr gibt es im Moment nicht zu erzählen.«

Die Kirchturmuhr schlug drei. Zeit für ein Stück von Veras Streuselkuchen und einen großen Milchkaffee, dachte Clarissa, und danach werde ich das Gewächshaus streichen.

Sie bückte sich und legte eine einzelne orange Tulpe auf das Grab. »Ich komme wieder. Bis bald, Bernhard. Ich muss mich um den Garten kümmern.«

Clarissa von Michel zog das schmiedeeiserne Tor des Friedhofs hinter sich zu, stieg auf ihr Fahrrad und radelte die Straße hinunter zum Marktplatz. Die Sonne schien ihr ins Gesicht. Zwei, drei mittlerweile bekannte Gesichter nickten ihr einen freundlichen Gruß zu.

Einen Garten anzulegen, heißt an das Morgen zu glauben.

Anmerkungen

Beim Schreiben dieses Romans stapelten sich auf meinem Schreibtisch wieder ein paar Titel großer Krimi-Autorinnen und -Autoren.

Anthony Horowitz' *Die Morde von Pye Hall* ist ein wunderbares Buch, und man wünscht sich, es gäbe noch mehr Krimis mit seinem Ermittler Atticus Pünd.

Vor vielen Jahren habe ich eine ganze Reihe von Nero-Wolfe-Krimis gekauft und gelesen. Im Klett-Cotta-Verlag sind ein paar Titel von Rex Stout in einer neuen Übersetzung erschienen. Mit großem Vergnügen habe ich die ersten davon verschlungen. Wie würde Nero Wolf sagen: »Zufriedenstellend!«

Das Zitat von Sherlock Holmes »Nichts ist trügerischer als eine offenkundige Tatsache« stammt aus der Geschichte, die unter dem Titel *The Boscombe Valley Mystery* erstmals im Oktober 1891 im *Strand Magazine* erschienen ist. Nach Aussage des Sherlock Holmes Wiki im Netz wurde dieser Fall unter insgesamt fünf verschiedenen deutschen Titeln veröffentlicht.

Die Lebensgeschichte des Schauspielers Stringer Davis und seiner deutlich bekannteren Gattin Margaret Rutherford ist schon bemerkenswert. Ich mag seine Figur des Mister Stringer in den Miss-Marple-Verfilmungen, auch wenn Agatha Christie in ihren Büchern den Bibliothekar Jim Stringer nie erwähnt hat. Hätte sie vielleicht tun sollen … Und das bekannte Zitat von ihm zeugt von großem Humor. Ich bin froh, dass ich in meine Geschichte nun auch einen Mister Stringer einbauen konnte.

Übrigens hieß die Heldin dieser Geschichte ursprünglich Brunhilde von Michel, genannt Tante Bruni. Von dieser Idee habe ich mich dann recht schnell wieder verabschiedet. Der Name Clarissa passte einfach besser, und mir war auch bald klar, dass diese Figur auf keinem Fall »Tante« genannt werden will. Aber mit dem ersten Krimi von Alex habe ich die alte Idee dann ja doch noch verwenden können.

Danksagung

Während ich diese Danksagung schreibe, ist der erste Mosel-Krimi mit Clarissa von Michel und dem Krimi-Club bereits als E-Book und als Hörbuch auf dem Markt. Es gibt schon erste begeisterte Rezensionen und darüber freue ich mich sehr, denn es ist natürlich immer etwas Besonderes eine neue Krimi-Reihe zu entwickeln. Lieben Dank an alle Leserinnen und Leser!

Meine Agentin Anna Mechler hat auch bei diesem Buch dafür gesorgt, dass ich mich ganz auf die Geschichte konzentrieren konnte, während sie sich um alle Vertragsfragen und Absprachen gekümmert hat. Du bist die Beste, liebe Anna.

Bastei Lübbe, dem »beTHRILLED«-Team und allen voran Kathrin Kummer ein riesiges Dankeschön. Wenn überhaupt, dann hat die Zusammenarbeit mit euch noch mehr Spaß gemacht als beim ersten Band. Stichwort Zusammenarbeit. Dass Clarissa und der Krimi-Club so geworden sind, wie sie sind, verdanke ich auch meiner wunderbaren Lektorin Dr. Clarissa Czöppan. Danke für die tolle Arbeit, Clarissa!

Ich muss es an dieser Stelle noch einmal deutlich sagen: Ich habe im Roman bewusst nicht das Polizeipräsidium Koblenz erwähnt, denn alles, was mit »dem Polizeipräsidium« zusammenhängt, ist natürlich frei erfunden. Es gibt auch keine Polizistinnen oder Polizisten in Koblenz, die als Vorlage für Clarissa von Michel, Lisa Bellenberg, Tobi und Volker Rodenhausen oder die Vorgänge im Polizeipräsidium dienten. Alles frei erfunden. Nicht frei erfunden dagegen sind die aktuellen Zahlen und Beispiele zum Thema Falschgeld, die ich dem Bericht der Bundesbank entnommen habe.

Übrigens gibt es die beschriebene Ritterburg tatsächlich in einer Gemeindebücherei. Hier dienten mir Fotos aus der Gemeindebücherei Sulzberg im Bistum Augsburg als Vorlage.

Als ich Fragen zum Thema Bundeskriminalamt hatte, half mir prompt mein Autorenkollege Dieter Aurass, der 41 Jahre als Polizeibeamter, unter anderem beim BKA tätig war. Dieter, du warst eine ganz große Hilfe in einer Phase, wo ich wirklich ins Grübeln kam. Herzlichen Dank für den Austausch!

Immer wieder werde ich gefragt, ob meine Frau Christine (dem zweiten Teil des Duos »Barbara Erlenkamp«) an diesen Krimis mitschreibt. Die Antwort ist einfach: Ja! Denn sie schafft das Kunststück, manche meiner Absätze einfach noch etwas besser zu machen. Und für ihren Zuspruch und ihre Unterstützung bin ich unendlich dankbar.

Andernach, im Sommer 2021

Andreas Erlenkamp